Für Dick,
der lange genug gewartet hat,
in Liebe und Dankbarkeit

Danksagungen
Ich danke den Achtklässlern des Jahrgangs 1992 in Grayslake, Illinois, die mir geholfen haben, den Titel dieses Buches zu finden, und Laureen Scherling, die mich so bereitwillig in ihre Klasse eingeladen hat.

Mein Dank gilt auch Jim Ziegler für seine wertvolle fachliche Unterstützung.

Meinen besonderen Dank möchte ich Dale Griffith aussprechen, die mir die Augen geöffnet hat, und meinem Verleger, Jim Giblin, der mich seitdem immer unterstützt hat.

„Blowin' in the Wind" von Bob Dylan ©. 1962 Warner Bros. Music; 1990 Special Rider Music. Internat. copyright. Abdruck genehmigt.

Vorbemerkung der Autorin

Die Geschichte von Evaline Bloodsworth, die in diesem Roman erzählt wird, basiert auf einer wahren Begebenheit. Obwohl ich die Namen der Personen und Orte geändert habe, wie auch manche der besonderen Einzelheiten der Geschehnisse, sind die grundlegenden Begebenheiten ihres Lebens, wie es in dieser Geschichte geschildert wird, tatsächlich so geschehen.

Sollace Hotze

Ein Sommer
zwischen Licht und Schatten

Sollace Hotze

Ein Sommer zwischen Licht und Schatten

Deutsch von
Angelika Eisold-Viebig

Boje Verlag Erlangen

Die Deutsche Bibliothek — CIP-Einheitsaufnahme

Hotze, Sollace:
Ein Sommer zwischen Licht und Schatten / Sollace Hotze. Dt.
von Angelika Eisold-Viebig. — Erlangen : Boje Verl., 1994
Einheitssacht.: Acquainted with the night <dt.>
ISBN 3-414-88619-7

Alle deutschsprachigen Rechte: © 1994 Boje Verlag GmbH, Erlangen
© für die deutsche Übersetzung: 1994 Boje Verlag GmbH, Erlangen
Titel der Originalausgabe: Acquainted with the night
Erschienen bei Houghton Mifflin Company, Boston, USA
via Michael Meller Lit. Agency, München, D
Text: © 1992 Sollace Hotze
Übersetzung: Angelika Eisold-Viebig
Titelillustration: Irmtraud Guhe
Umschlaggestaltung: Ulrike Gabler und Margret Lochner
Satz: Pestalozzi-Verlag, Erlangen
Printed in Slovakia
ISBN 3-414-88619-7
97 96 95 94   1 2 3 4

klare – jasny, przejrzysty
der Teil – część
zum Teil – po części
die Kiste – wybrzeże
trennen – dzielić, rozdzielić
glitzern – połyskiwać, błyszczeć
jedoch – jednak(że)
ebenso – równie, tak samo
trüb(e) – mętny, zamazany
der Hafen – port
in den Hafen einlaufen – wpływać do portu
aus dem Hafen auslaufen – wypływać z portu
der Fähre – prom

1. Kapitel

An klaren Tagen ist der Teil des Meeres, der Plum Cove Island von der Küste von Maine trennt, grün und glitzert wie die Augen meines Cousins Caleb. An diesem bewölkten Morgen von Calebs Ankunft war das tiefe Wasser jedoch ebenso trübe wie das im Hafen. Alles an diesem Tag, dem 25. Juni 1970, war grau — graues Wasser, grauer Himmel, und die graue Fähre tauchte plötzlich auf wie ein Gespenst aus dem Nebel. Es war einer jener Tage, denen die Farbe fehlt und nur die Schatten von Licht und Dunkel die Landschaft beherrschen.

Chiaroscuro ist mein Lieblingswort. Es bedeutet Schatten von Licht und Dunkel in einem Kunstwerk ohne Farben. Ich mag den Klang dieses Wortes. Es rollt so schön von meiner Zunge. Ich träume manchmal davon, daß ich eines Tages als eine Künstlerin bekannt werde, die so arbeitet. Nicht als Maler wie mein Onkel John, der mit Farbe gearbeitet hat, sondern als eine Zeichnerin, deren Werkzeuge nur Bleistift und Zeichenkohle, Feder und Tinte sind.

Als ich so am Anlegeplatz auf die Fähre wartete, schien die graue Landschaft einen scharfen Kontrast zu unserem letzten Sommer auf der Insel vor neun Jahren zu bilden. In jenem Sommer, als Caleb zwölf war und ich acht wurde, war ein wolkenloser Tag auf den anderen gefolgt, mit Farben so intensiv wie die hellen Farbtupfer auf Onkels Johns Palette. Onkel John hatte mir einmal erzählt, daß Caleb als Baby so lange auf das Meer hinausgeschaut hätte, daß seine blauen Augen grün geworden waren, und ich hatte ihm geglaubt. Niemand sonst in unserer Familie hat grüne Augen.

In jenem Sommer hatte ich Caleb zum letztenmal gesehen. Jetzt, neun Jahre später, nachdem er in Vietnam verwundet und mit dem Silver Star und dem Purple Heart ausgezeichnet worden war, kam er zurück auf die Insel, um zu genesen. Ich sollte ihn abholen.

Während ich durch den Nebel zur Fähre hinüberspähte, die das letzte Stück der insgesamt drei Meilen zurücklegte, die New Dover auf dem Festland von dem Hafen auf der Insel hier trennten, fühlte ich mich unbehaglich. Es kam mir vor, als ob ich auf einen Fremden warten würde. Ich wischte meine feuchten Handflächen an den Beinen meiner Bluejeans ab und hatte Bauchschmerzen vor ängstlicher Erwartung. Was sagt denn ein Mädchen, das eben siebzehn geworden war, zu einem Mann von einundzwanzig, der gerade aus einem Krieg zurückgekehrt war, in dem er fast sein Leben verloren hatte?

Ich hätte mir keine Sorgen zu machen brauchen. Von dem Augenblick, in dem er von der Fähre trat und mich grüßte, war es klar, daß Caleb McLaughlin nicht besonders an Unterhaltung interessiert war. Ich hätte mir auch keine Gedanken darüber machen müssen, ob ich ihn wohl wiedererkannte. Auf der Fähre befanden sich nur wenige Menschen, und nur einer davon war ein junger Mann, der hinkte und einen Stock benutzte.

Ich hätte ihn aber auch so erkannt. Bevor er mich entdeckte, konnte ich ihn noch kurz betrachten. Er trug Jeans, Fliegerstiefel und eine Armyjacke. An der Jacke deuteten kleine Stücke nicht verblichenen Stoffs darauf hin, daß die üblichen Abzeichen nachträglich entfernt worden waren. Calebs Silhouette zeichnete sich gegen das dunkle Wasser ab. Er hatte den Kopf zur Seite geneigt, und ich sah, daß er die gleiche gerade Nase und die ausgeprägten, hohen Wangenknochen wie Onkel John hatte. Wie Onkel John hatte er auch volles, dunkles Haar mit rötlichem Schimmer, das ihm in die Stirn fiel.

Was mich allerdings verblüffte, war sein Gesichtsausdruck. Ich erinnerte mich, daß er als Kind immer übermütig und fröhlich ausgesehen hatte. Man hatte stets den Eindruck gehabt, daß er irgendeinen Streich im Sinn, oder gerade vollbracht hatte. Jetzt hellte nicht einmal der Ansatz eines Lächelns die bedrückten Züge auf. Obwohl seine Hautfarbe die Blässe zeigte, die typisch für Leute ist, die lange krank waren, hätte ich doch sein Gesicht in diesem Moment dunkel gezeichnet.

Er sah auf und ertappte mich dabei, wie ich ihn anstarrte. Einen Augenblick lang spürte ich Panik in mir aufsteigen, als ich mich plötzlich fragte, ob er von mir erwartete, daß ich ihm einen Kuß gab oder ihm die Hand schüttelte. Aber mir blieb die Peinlichkeit der falschen Entscheidung erspart, denn ich konnte nichts von beidem tun. In der einen Hand trug er seinen Stock, mit der anderen hielt er eine große Reisetasche fest, die über seiner Schulter hing. Eine Gitarre baumelte quer über seiner Brust. Also steckte ich die Hände in die Taschen meiner Jeans und warf mein dunkles Haar, das mir fast bis zur Taille reichte, mit einer Kopfbewegung über die Schulter nach hinten. Ich holte tief Luft und trat dann auf ihn zu.

„Du mußt Caleb sein", sagte ich mit einem nervösen Versuch zu lächeln. „Ich bin …"

„Molly", unterbrach er mich. „Ich habe dich noch nicht vergessen, Molly", fuhr er fort und musterte mich. „Du hast dich immer unter meinem Bett versteckt und wolltest mich belauschen."

Ich sah ihn forschend an, um herauszufinden, ob er Spaß machte, und da entdeckte ich, daß seine Augen immer noch grün waren.

„Keine Angst", sagte ich. „Das tu ich nicht mehr. Und damals hatte ich es auch nur getan, um dir heimzuzahlen, daß du mir Quallen vor die Nase gehalten hast."

„Ich glaube, wir sind beide seitdem erwachsen geworden." Zum erstenmal hellte die Andeutung eines Lächelns sein Gesicht auf.

Er lehnte den Stock gegen sein rechtes Bein und streckte mir die Hand entgegen. Trotz des feuchten, kühlen Junitags fühlte sich seine Hand warm an. Die Haut war etwas angerauht, das erinnerte mich ein bißchen an eine Katzenzunge. Obwohl die Haut auf seiner Hand und seinem Unterarm sehr blaß und komisch gefleckt aussah, war sein Händedruck fest. Tante Phoebe hatte uns erzählt, daß sein rechtes Bein zerschmettert worden war, als eine Mine vor ihm explodierte, aber sie hatte nichts von Verbrennungen erwähnt.

Ich wußte nicht, was ich noch sagen sollte. Ausgerechnet ich, der mein Vater als Kind den Spitznamen Plappermäulchen verpaßt hatte, brachte plötzlich keinen Ton mehr heraus.

„Fragt Caleb nicht nach Vietnam", hatte Mutter mich und meinen kleinen Bruder, P.J., bei mehr als einer Gelegenheit gewarnt. „Er kommt zu uns, um sich zu erholen und den Krieg zu vergessen, nicht um eine Menge Fragen darüber zu beantworten." Aber mir fiel einfach kein anderes Thema ein als der Krieg.

„Er wird sich wahrscheinlich ziemlich zurückziehen", hatte Tante Phoebe in einem Brief kurz vor Calebs Ankunft geschrieben. „Er verbringt zu viel Zeit allein. Selbst wenn er mit anderen Leuten zusammen ist, zieht er sich in sich selbst zurück. Er nennt es ‚nachdenken', aber ich nenne es ‚brüten'. In vielem erinnert er mich an seinen Vater."

Mir wurde plötzlich klar, daß ich diejenige war, die die meiste Zeit mit Caleb verbringen würde. Einen Großteil des Tages war Mutter damit beschäftigt, irgendwelche Schriftsätze für komplizierte Gerichtsverfahren zu verfassen. Und mit zehn Jahren war P.J. zu jung, um für Caleb von Interesse zu sein. Also blieb nur ich übrig. Ich durfte den Krieg nicht erwähnen, er sollte nicht alleingelassen werden, und ich wußte schon jetzt nicht mehr, was ich mit ihm reden sollte. Der Sommer versprach ja einfach großartig zu werden.

„Ich kann dir etwas abnehmen", sagte ich, weil mir nichts anderes einfiel. „Deine Tasche zum Beispiel."

Er schlüpfte aus dem Band, das die Gitarre hielt. „Nimm die hier", bat er und hielt mir das Instrument entgegen. „Die stört mich beim Laufen, und ich bin schon ohne sie langsam genug."

Er hinkte auf die Autos zu, die am Ende des Piers parkten. Ich achtete darauf, daß wir die gleiche Schrittgeschwindigkeit hatten, als ich neben ihm herlief. Ich zermarterte mir den Kopf nach einem Gesprächsthema, aber Caleb schien meine Nervosität gar nicht zu bemerken. Sein Blick wanderte ruhelos von den hohen Masten der Schiffe im Hafen zu den Möwen, die auf den verwitterten Pfosten entlang des Strandes saßen.

Am Ende des Piers blieb er stehen, um die Hauptstraße hinaufzublicken, die sich durch den Ort wand und an deren Seiten die Häuser hinter den Bürgersteigen eine unruhige Linie bildeten. „Es hat sich nicht sehr verändert, oder?" stellte er fest.

„Du erinnerst dich wahrscheinlich viel besser an früher als ich", erwiderte ich, erleichtert, ein Thema gefunden zu haben. „Hier in Bucks Harbor sieht alles ziemlich wie früher aus. Aber auf der anderen Seite der Insel, bei Windhover, hat sich einiges getan. Viele neue Sommerhäuser wie das, das wir gekauft haben, und einige neue Läden. Du weißt schon, mehr für die Touristen, wie Teestuben und Handarbeitsläden."

Ich sagte nichts mehr, als mir einfiel, daß meine Familie

ebenfalls zu dieser Kategorie gehörte – Touristen, Sommergäste – wohingegen Caleb fast dreizehn Jahre richtig auf der Insel gelebt hatte. Ich überlegte, wie es wohl sein mußte, nach so vielen Jahren zurückzukommen, und was er empfinden mochte, nach all dem, was in den neun Jahren geschehen war, seit seine Familie Plum Cove Island verlassen hatte. Es war mir jetzt peinlich, daß wir uns ein Sommerhaus auf der Insel leisten konten, wo sie doch damals gezwungen waren, ihr Haus zu verkaufen und nach St. Louis zu ziehen.

Ich warf ihm einen Blick von der Seite zu und hoffte, mein Gesichtsausdruck würde nicht zu viel von meinen Gefühlen enthüllen, aber er schien in seinen eigenen Gedanken verloren zu sein.

„Es ist der blaue Jeep", sagte ich und deutete darauf. Er warf seine Reisetasche auf die offene Ladefläche, und ich legte die Gitarre vorsichtig auf den Rücksitz. Etwas umständlich kletterte er auf den hohen Beifahrersitz neben mir und streckte sein rechtes Bein aus. Ich wollte ihn schon fragen, ob er immer noch Schmerzen hatte, aber dann dachte ich, daß das vielleicht unter die Kategorie Kriegsthema fiel, also schwieg ich.

Jetzt, Ende Juni, war Bucks Harbor fast menschenleer, die Hauptstraße noch nicht von Autos verstopft, wie es im August der Fall sein würde. Während wir durch die Ortschaft fuhren, schlugen die Kirchenglocken zwölf Uhr Mittag. Wie als Antwort auf die Glockenschläge, begann es aufzuklaren, Sonnenstrahlen drangen durch die Wolken. Hier, auf der Hafenseite der Insel, die dem Festland zugewandt war, hob sich der Nebel. In der Nähe von Windhover jedoch, auf der dem Ozean zugewandten Seite, würde der Nebel immer noch am Boden kleben.

In der kühlen, feuchten Luft sah Caleb durch das offene Seitenfenster und hob das Gesicht den schwachen Sonnenstrahlen entgegen, als ob er Wärme suchte. Sein Gesichtsausdruck war immer noch verschlossen.

Ich konzentrierte mich auf die Straße. „Möchtest du gerne etwas von der Insel sehen?" fragte ich. „Oder möchtest du lieber ohne Umwege zu uns nach Hause?"

„Nehmen wir die Küstenstraße", erwiderte er, ohne zu zögern. „Außer, Tante Libby erwartet uns um eine bestimmte Uhrzeit zum Essen."

„Mutter ist wahrscheinlich mit ihren Schriftsätzen beschäftigt", erklärte ich. „Bis zum Ende des Gerichtsverfahrens, an dem sie gerade arbeitet, stellt die Frage, wann wir essen, für sie das geringste Problem dar."

„Hört sich ziemlich wichtig an", meinte Caleb.

„Ich weiß eigentlich kaum etwas darüber, außer, daß es sich um irgendeinen großen Regierungsfall handelt. Wenn Mutter sich nicht durch Riesenstöße von Papierkram wühlt, telefoniert sie mit New York. Aber sie ist trotzdem noch lieber hier als in der Stadt, auch wenn sie arbeiten muß."

„Ihr seid letzten Sommer auch hier gewesen, nicht wahr?"

„Ja, aber damals hatten wir nur ein Haus gemietet. Mutter wollte sicher sein, daß es sowohl P.J. als auch mir hier auf Plum Cove Island gefällt, bevor sie etwas kaufte. Das letztemal, als wir hier waren, war P.J. schließlich erst ein Jahr alt, und deshalb hat er sich natürlich an die Insel überhaupt nicht mehr erinnert."

„Ich bin mir nicht sicher, ob ich P.J. noch erkenne", sagte Caleb.

„Na ja, ich kann es mir nicht vorstellen", antwortete ich mit einem Lachen. „Er sieht auf jeden Fall nicht mehr wie ein Baby aus. Für einen Zehnjährigen ist er gar nicht so übel", fügte ich hinzu, denn ich wollte, daß P.J. bei ihm einen guten Start hatte.

Mir fiel ein, daß im letzten Sommer, als Mutter, P.J. und ich ausprobiert hatten, wie es uns auf der Insel in unserem gemieteten Haus gefiel, Caleb gerade irgendwo im Dschungel von Vietnam gekämpft hatte. Er war nicht eingezogen worden. Er hatte sich freiwillig gemeldet, und ich hatte mich oft gefragt, weshalb er das wohl getan hatte.

„Wo genau ist es denn?" fragte Caleb.

„Wo ist was?" fragte ich und kam mir ziemlich blöde vor, weil ich nicht mehr richtig bei der Sache gewesen war.

„Euer Haus."

Die Antwort war mir leicht unangenehm. „Na ja, es ist am anderen Ende der Bucht, praktisch gegenüber von eurem alten Haus. Vom Ort ist es ungefähr eine halbe Meile den Berg hinauf. An klaren Tagen können wir euer Haus auf der anderen Seite der Bucht sehen. Es steht zum Verkauf und ist deshalb nicht bewohnt."

Ich fügte nicht hinzu, daß Mutter ernsthaft überlegt hatte, es zu kaufen, aber dann gemeint hatte, daß dieses Haus zu viele Erinnerungen barg. Seit Onkel Johns Tod und der Scheidung meiner Eltern vor sieben Jahren, hatte Mutter versucht, alles als einen neuen Anfang zu sehen. Das Haus ihres Bruders verkörperte zu viel Vergangenheit, zu viele Erinnerungen an die glücklicheren Jahre, bevor ihre Lebenswege sich trennten.

„Möchtest du euer Haus sehen?" fragte ich und sah Caleb an. „Wir könnten daran vorbeifahren."

„Nein!" antworte Caleb scharf, sein Gesicht verschloß sich noch mehr, und es tat mir leid, daß ich diesen Vorschlag überhaupt gemacht hatte. „Ich würde es gerne noch einmal sehen, bevor es verkauft wird", fügte er nach einem Augenblick hinzu, „aber nicht heute."

Er drehte den Kopf wieder zur Seite, und ich fragte mich, ob auch er vielleicht an diese unbeschwerten Jahre zurückdachte.

Wir fuhren die langgezogene Kurve entlang, die vom südlichen Ende der Insel bis zum Ostufer reicht. Auf dieser Seite der Insel waren die dünnen Sonnenstrahlen wieder hinter dem Nebel verschwunden, der jetzt durch die offenen Fenster des Jeeps drang. Ich stellte die Scheinwerfer an und verlangsamte die Geschwindigkeit.

Wir fuhren auf der Straße, die zu den Klippen hinaufführte und sich dann wieder an unserem Haus vorbei in die Ortschaft Windhover hinunterwand, wo sie erneut anstieg bis hinüber zu Calebs altem Haus auf der anderen Seite der Bucht. Als wir uns den Klippen näherten, wuchsen nur noch vereinzelt Kiefern, und die Entfernungen zwischen den Häusern nahmen zu. Nicht jeder wohnte gerne weiter oben, wo im Winter der Wind aus Nordosten hinwegfegte und über die felsige Küste heulte.

Wir kamen zum höchsten Punkt auf der Insel, der durch einen alten, verlassenen Leuchtturm markiert wurde.

„Halte hier für einen Augenblick an", befahl Caleb.

Erschrocken fuhr ich an den Straßenrand. Noch bevor der Jeep richtig stand, hatte Caleb bereits seine Tür geöffnet und war hinausgeklettert. Mit langen Schritten humpelte er über das Gras.

Er lief hinüber zum Rand der Klippen, die sich über der offenen See erhoben, und stand so nahe am Abgrund, daß nur ein einziger Fehltritt – oder ein absichtlicher Schritt – ihn abstürzen lassen würde. Ich eilte zu ihm. Er sah mich an, aber wir sagten kein Wort, sondern standen nur dort und sahen auf das Meer hinaus. Dort hielten sich immer noch Nebelschwaden.

High Point, wo wir nun standen, teilte das offene Meer von der Bucht, und von unserem Platz aus konnten wir die beiden Gesichter des Ozeans sehen. Auf der einen Seite brachen sich die Wellen an den Felsen mit der ganzen Kraft des Atlantischen Ozeans. Auf der anderen Seite war das Wasser ruhiger. Die Bucht sammelte die Gischt und wiegte sie sanft hin und her, nachdem die Wellen sich ausgetobt hatten.

Auf der uns gegenüberliegenden Seite der Bucht lag ein einzelner Schoner vor Anker. Kaum erkennbar durch den Nebel hatte er ein geisterhaftes Aussehen, als ob er aus Luft und Wasser entstanden sei und jeden Augenblick verschwinden könnte.

„Sieh nur", sagte ich und deutete in Richtung des Schoners. „Es sieht genauso aus wie das Schiff in ‚The Rime of the Ancient Mariner.'"

„Du kennst dieses Gedicht?" fragte Caleb überrascht. „Ich dachte nicht, daß das heutzutage noch jemand liest."

„Wir mußten es letztes Jahr im Englischunterricht lesen. Mr. Daniels nimmt es in all seinen Englischklassen durch. Es ist eines seiner Lieblingsgedichte."

Es war auch eines meiner Lieblingsgedichte. In der Kunststunde hatte ich ein Bild von dem Schiff gemalt, mit dem Albatros darüber. Sehr stimmungsvoll. Ich hatte das Bild Mr. Daniels geschenkt, der es sogar gerahmt und über die Tafel vorne in sein Klassenzimmer gehängt hatte.

Caleb drehte sich um und ging ein Stück um die Klippen herum. Auf halbem Weg dort unten stand unser Haus, aber heute konnte man es von hier aus nicht sehen. Ich ließ ihn gehen und betrachtete weiter das Schiff. Der Wind wurde nun stärker und würde den Nebel bald aufs Meer hinausblasen.

Ich wußte, daß Mutter mittlerweile sicher das Essen fertig haben würde. Also machte ich mich auf den Weg zu Caleb, um ihm zu sagen, daß wir nun doch gehen müßten, doch dann blieb ich unvermittelt stehen. Caleb starrte auf etwas unter sich in der Bucht. Von meinem Platz aus konnte ich nicht erkennen, was es war, aber er lehnte sich so weit vor, daß ich es mit der Angst bekam. Rasch ging ich auf ihn zu, doch dabei fiel mir plötzlich ein, daß er mich mit hinunterreißen könnte, wenn er fiel, und so blieb ich in sicherem Abstand zu ihm stehen. Warum hatte Mutter nur ausgerechnet mich schicken müssen, um ihn abzuholen, und warum hatte ich überhaupt hier angehalten!

Caleb achtete nicht auf mich, sondern starrte immer weiter in die Bucht hinunter. Sein Gesicht war noch blasser als vorher am Hafen und wirkte wie aus Stein gemeißelt.

Ich sah hinunter, folgte seinem Blick. Zuerst konnte ich nichts Besonderes erkennen, nur den Nebel, die Felsen und die Brandung. Aber dann tauchte im Nebel eine Gestalt auf. Es schien ein junges Mädchen zu sein, mit langen, hellblonden Haaren, die im Wind flatterten.

Das Mädchen stand da und blickte aufs Meer hinaus, seine Beine schienen fest im Fels verankert. Das Kleid, dessen Farbe in dem grauen Licht nicht erkennbar war, reichte fast bis zu den Knöcheln. Sie trug eine altmodische Haube von der Art, die irgendwie unter dem Kinn gebunden wird. Obwohl ich ihre Füße nicht deutlich sehen konnte, wußte ich, daß sie barfuß war. Als ich mich bemühte, genauer hinzusehen, schien der Nebel dichter zu werden und das Mädchen fast unwirklich zu erscheinen. Als ob sie unsere Anwesenheit geahnt hätte, wandte sie sich zu uns und hob den Kopf, um uns anzusehen.

In all dem Nebel konnte sie sicher nicht mehr als zwei undeutliche Gestalten über sich auf den Klippen erkennen, aber ich hatte trotzdem das Gefühl, daß sie Caleb direkt in die Augen sah. Eine Gänsehaut lief mir über den Rücken.

Ich wollte Caleb schon fragen, ob auch er das Gefühl hätte, daß sie ihn ansah, aber der Ausdruck auf seinem Gesicht brachte mich zum Schweigen. Es war ein Ausdruck, den ich auf Papier festhalten, aber den ich schwer in Worten beschreiben könnte — ein gequälter Gesichtsausdruck.

Ich langte hinüber und berührte ihn sanft, aber er zuckte zurück, und ich zog meine Hand wieder weg.

„Was für ein merkwürdig aussehendes Mädchen", sagte ich schließlich. „Was glaubst du, woher es wohl kommt?"

Einen Augenblick dachte ich, er würde gar nicht antworten, aber dann erwiderte er mit leiser Stimme: „Es war kein Mädchen."

„Kein Mädchen?" wiederholte ich verständnislos.

„Nein", sagte er. „Sie war nach vorn gebeugt, richtig krumm. Eine alte Frau mit langem weißem Haar, das im Wind wehte."

„Oh, es muß am Nebel gelegen haben!" sagte ich schnell und überlegte, ob Calebs Erlebnisse in Vietnam vielleicht auch seinem Verstand geschadet hatten. Der Gedanke ließ mich schaudern, und ich sah noch einmal nach unten, um mich zu vergewissern, daß es wirklich ein junges Mädchen war, das ich gesehen hatte.

Aber als ich nach unten sah, war das Mädchen fort, verschwunden, als ob es vom Meer verschlungen worden sei.

2. Kapitel

Ich war froh, daß es nicht einmal mehr eine Meile bis nach Hause war. Auf der kurzen Fahrt zu unserem Haus erwähnten weder Caleb noch ich das Mädchen auf den Felsen, aber ich hatte das Gefühl, daß sich all meine düsteren Vorahnungen bezüglich des Sommers zu erfüllen schienen.

Obwohl ich überlegt hatte, ob Caleb denn ganz richtig im Kopf war, fiel es mir doch schwer zu glauben, daß er tatsächlich Halluzinationen hatte. Ich wußte jedoch, daß der Nebel einem manchmal ganz schöne Streiche spielen konnte, so daß man Dinge sah, die gar nicht da waren. Andererseits war Caleb ja eigentlich mit dem Nebel vertraut, und er hatte so sicher geklungen, als er von der alten Frau gesprochen hatte.

„Dort drüben ist es", sagte ich, um ihn abzulenken, und deutete den Berg hinunter zu unserem Haus, das gerade im Nebel auftauchte. Ich fuhr in die unbefestigte Einfahrt und hielt kurz an. „Und von hier aus können wir euer altes Haus sehen, wenn die Sicht klar ist."

Caleb lehnte sich aus dem Fenster. Obwohl mittlerweile zumindest die Häuser und Geschäfte von Windhover sichtbar waren, lag doch alles entlang des Berges immer noch im Nebel. Ich fuhr das letzte Stückchen vor und parkte den Wagen neben dem Haus. Vorher hupte ich noch zweimal, um Mutter wissen zu lassen, daß wir da waren.

Ich sah, daß P.J. bereits im Flur stand, das Gesicht gegen eines der Fenster neben der Tür gedrückt. Er wartete auf Mutter, bevor er herauskam, um Caleb zu begrüßen, den Cousin, an den er sich nicht mehr erinnerte. „Heh, P.J., wir sind da!" rief ich, und die Vordertür öffnete sich langsam.

Mutter tauchte hinter ihm auf und trat an ihm vorbei auf die Veranda heraus. Als sie die Arme ausbreitete, um Caleb zu umarmen, fiel mir auf, wie ähnlich sie sich sahen, mit ihrem kastanienbraunen Haar, der blassen Haut und der McLaughlin-Nase. Mit unserem schwarzen Haar und den braunen Augen ähnelten P.J. und ich der Todd-Linie der Familie.

Mutter küßte Caleb auf beide Wangen, und er lächelte sie an. Das war das erste richtige Lächeln, das ich von ihm sah. Es tat mir fast leid, daß ich ihn draußen am Hafen nicht auch geküßt hatte.

„Caleb. Es ist schön, dich zu sehen", sagte Mutter und hielt ihn auf Armeslänge, um ihn zu betrachten. „Wir sind so froh, daß du da bist. Bleib, so lange du möchtest. Den ganzen Sommer."

Mutter sprach immer in kurzen, einfachen Sätzen, eine Angewohnheit, die sie nach sechs Jahren von Zeugenvernehmungen und beim Plädoyer vor den Geschworenen angenommen hatte.

„Ich nehme dich beim Wort, Tante Libby", erwiderte Caleb. „Du kannst dir gar nicht vorstellen, wie glücklich ich bin, hier zu sein. Es ist so lange her." Er drehte sich um und blickte hinaus auf den Ozean.

„Zu lange", meinte Mutter nachdrücklich. Sie hatte Caleb zuletzt bei Onkel Johns Beerdigung vor sieben Jahren gesehen. Ich wußte, sie konnte nicht anders als festzustellen, wie sehr Caleb Onkel John ähnlich sah. Ob es ihr wohl etwas ausmachen würde, täglich damit konfrontiert zu werden?

Einen Arm um Calebs Taille gelegt, ging sie mit ihm auf das Haus zu, hielt aber an, als P.J. mit großen Schritten die Treppe herunterkam. „Caleb, das hier ist Peter John, genannt P.J.", stellte sie ihn vor. „Als du ihn das letztemal gesehen hast, konnte er noch nicht laufen."

„Stimmt, aber dafür konnte er ziemlich schnell auf Händen und Knien vorankommen." Obwohl Caleb ohne zu lächeln sprach, schien sein Gesicht plötzlich weicher, seine Kiefermuskeln wirkten weniger angespannt. „Ich wette, du hast immer noch die Schwielen, um das zu beweisen, P.J."

„Also, nein", erwiderte P.J. verlegen und wurde rot. Dabei schob er die Brille, die wie üblich auf seine Nasenspitze hinuntergerutscht war, wieder nach oben. „Mittlerweile komme ich auf meinen Füßen besser zurecht."

„Das Essen ist fertig, wenn ihr soweit seid", sagte Mutter und ging weiter die Treppe zur Tür hinauf. „Ich habe dich im zweiten Stock untergebracht, Caleb. Da hast du die meiste Ruhe. Ich hoffe nur, all die Stufen werden dir keine Probleme bereiten. Falls doch, könntest du mit P.J. Zimmer tauschen."

„Nein, nein, das ist kein Problem", erklärte Caleb. „Ich soll mein Bein sowieso so oft wie möglich trainieren."

Die beiden verschwanden nach drinnen und überließen es P.J. und mir, die Gitarre und die Reisetasche hineinzubringen. „Hier, du Lausejunge", sagte ich und reichte ihm die Gitarre. „Aber sei vorsichtig, laß sie nicht fallen."

„Wow! Die ist aber wirklich cool", rief er aus und strich mit den Fingern über das polierte Holz. „Vielleicht bringt er mir bei, wie man darauf spielt."

„Vielleicht. Aber drängle ihn nicht."

„Natürlich nicht", sagte er und warf mir einen vorwurfsvollen Blick zu, während er auf das Haus zuging. „Ich bin schließlich nicht blöde."

Er hielt die Gitarre fest in beiden Händen, stieß die Tür mit dem Knie auf und zwängte sich hinein. Noch bevor die Tür zufiel, hörte ich ihn rufen: „Heh, Caleb, zeigst du mir mal, wie man auf der Gitarre spielt?"

Ich hob die Reisetasche von der Ladefläche herunter,

ließ sie jedoch erst noch auf dem Gras stehen. Schnell lief ich die Einfahrt entlang bis zum Rand der Klippen. Dort drehte ich mich um, und versuchte, unser Haus mit Calebs Augen zu sehen, so als sähe ich es zum erstenmal. Die Verschalung mit frisch geschlagenem Zedernholz verlieh ihm einen etwas rohen, unfertigen Eindruck, doch bis zum nächsten Sommer würde die salzige Gischt es in ein sanftes Taubengrau gekleidet haben. Entlang der Vorderfront und einer Seite erstreckte sich die breite Veranda.

Mir gefiel das Haus wirklich gut, aber es war der Grundbesitz, weswegen Mutter es letztlich gekauft hatte. Zu dem Haus gehörten zwei Morgen Land. Der vordere Morgen bestand aus einem grasbewachsenen kleinen Berg in Richtung der Straße nach Windhover. Das Haus stand auf seiner Spitze, den Sommerwinden ausgeliefert, doch dafür bot es den Blick sowohl auf den Ort, wie auch auf beide Seiten der felsigen Bucht, die sich unter uns wie ein Halbmond erstreckte.

Der rückwärtige Grundstücksteil wand sich hinunter zu einem kleinen Kiefernwäldchen, eine der wenigen bewaldeten Stellen an der Küste der Insel. Über die Jahre mußte der Berg die Bäume vor dem Salzwasser und den eisigen Winterwinden behütet haben. Weiter hinten stand, von unserem Haus aus gar nicht zu sehen, eine alte Holzhütte versteckt im Wald. Ein baufälliges Überbleibsel aus alten Zeiten, wenn man von ihrem Zustand ausging. Ich hoffte, die Hütte in ein Studio verwandeln zu können.

Aber das Beste an unserem Besitz war die Tatsache, daß genau unter der Stelle an den Klippen, wo ich jetzt stand, ein schmaler Streifen Sandstrand lag, der einzige Strand auf der Südseite der Bucht. Es konnte schwierig werden, nach der Flut über die nassen Felsen dort hinunterzuklettern, aber unseren eigenen Privatstrand zu haben, war die Mühe wert. Ich hoffte nur, daß Caleb mit seinem steifen

Bein in der Lage sein würde, hinunterzukommen. Sobald es wärmer wurde, wollte ich viel Zeit an diesem Sandstrand verbringen.

Ich sah hinunter auf die Stelle, wo wir das Mädchen im Nebel gesehen hatten. Sie war auf den Felsen gestanden, nicht mehr als einige Meter von dem Sandstrand entfernt, und jetzt wurde mir erst klar, daß sie fast direkt unter unserem Haus gewesen sein mußte. Ich suchte mit den Augen die ganze Bucht ab, aber ich sah niemanden und auch kein Zeichen dafür, daß irgend jemand dagewesen war. Als ich schließlich die Reisetasche ins Haus brachte, saßen Mutter und P.J. schon beim Essen in der Küche.

„Wo ist denn Caleb?" fragte ich.

„Er wollte sich ein bißchen hinlegen", erklärte sie und schnitt eine Orange in acht kleine Stücke. „Er hat sich sein Brot mit hinauf genommen. Wahrscheinlich war er ziemlich erschöpft von der langen Reise. Er mußte schließlich schon bei Morgendämmerung in den Bus steigen, um rechtzeitig für die Mittagsfähre in New Dover anzukommen." P.J. nahm sich ein Stück Orange und lutschte lautstark daran herum. Mutter sah ihn stirnrunzelnd an, sagte aber nichts. „Ich denke, es kostete ihn schon genug Überwindung, überhaupt auf die Insel zurückzukommen. Ich hoffe nur, du hast ihm nicht die Ohren vollgeredet."

„Zufällig", antwortete ich gereizt, „war es so, daß er nicht viel zu sagen hatte, und so habe ich auch nichts gesagt."

P.J. sah von seiner Orange hoch und blickte mit einem besorgten Gesichtsausdruck erst zu Mutter, dann zu mir. Er haßte es, wenn wir uns stritten — ein Überbleibsel, denke ich mir, von den Streitereien, die immer zwischen Mutter und Daddy stattgefunden hatten. Diese Auseinandersetzungen müssen zu den frühesten Kindheitserinnerungen von P.J. gehören.

Ich habe einmal mitangehört, wie Mutter einer Freundin erzählt hat, daß sie P.J. nur bekommen hat, um damit ihre Ehe zu kitten, daß aber das Baby alles nur noch schlimmer gemacht hätte. Ich habe davon nie ein Wort zu P.J. gesagt, aber ich fragte mich oft, ob er es nicht irgendwie spürte. Es war auch nicht gerade hilfreich, daß er genau wie unser Vater aussah, mit seiner dunklen Haut, den weit auseinanderliegenden Augen und langen Wimpern, um die ihn jedes Mädchen beneidete.

Ich wünschte oft, Mutter würde sich mehr um P.J. kümmern, aber jedesmal, wenn ich es ansprach, sagte sie, ihm ginge es gut und er käme bestens auch ohne meine Fürsprache zurecht. Ich war mir da nicht so sicher. Aber jetzt zuckte ich um seinetwillen einfach nur mit den Schultern und setzte mich, um zu essen.

„Na, hat Caleb gesagt, daß er dir beibringt, Gitarre zu spielen?" fragte ich P.J.

Sein Gesicht hellte sich auf. „Ja, und er hat sogar gesagt, wir könnten gleich heute abend damit anfangen, gleich nach dem Abendessen."

„Super."

Ich sah zu, wie P.J. eine Essiggurke mit der Gabel aus dem Glas holte und hineinbiß. Der Gedanke an das Verzehren einer Essiggurke gleich nach einer Orange verursachte mir Bauchschmerzen, aber ich sagte nichts, nicht einmal, als der Gurkensaft ihm das Kinn hinunter in den Kragen lief. Ich war froh, daß Caleb etwas Zeit mit ihm verbringen würde, und war nur ein klein wenig neidisch, daß P.J. es lernen durfte und nicht ich.

„Welchen Eindruck macht er denn auf dich?" fragte Mutter. „Du weißt schon, so im allgemeinen."

„Ganz okay", antwortete ich langsam, wobei ich mir nicht sicher war, was ich wirklich dachte. „Vielleicht ein bißchen merkwürdig."

„Merkwürdig? Inwiefern?"

Ich wollte das Mädchen auf den Felsen erwähnen, das Caleb für eine alte Frau gehalten hatte, aber dann schien es irgendwie gar nicht mehr so wichtig und seltsam, wenn man den Nebel in Betracht zog.

„Ach, eben einfach ziemlich ruhig", sagte ich statt dessen. „Du weißt schon, als ob er viel nachdenkt."

„Nun, das ist nicht überraschend, nach all dem, was er durchgemacht hat." Mutter stand auf und trug ihren Teller zur Spüle. „Ich muß noch etwas arbeiten. Aber sagt mir, wenn er aufgewacht ist. Ich habe noch Hummer. Wenn das Wetter besser wird, könnten wir ihn am Strand kochen." Sie machte eine Pause, und zwischen ihren Augenbrauen erschien eine tiefe Falte. „Oder vielleicht auch nicht", fügte sie dann hinzu und verließ die Küche.

„Was hat sie denn auf einmal?" fragte P.J.

„Ach, Onkel John hatte seine eigenen Hummerreusen, und als er noch am Leben war, haben wir oft Hummer und Muscheln unten am Strand gekocht", erklärte ich und erinnerte mich an die Abende, an denen wir uns beim Sonnenuntergang am Strand getroffen hatten.

„Igitt", rief P.J. aus und stand auf. Während er aus der Küche ging, sagte er: „Ich finde Hummer gar nicht so toll. Und Muscheln sind eklig."

Ich ließ ihn gehen, ohne ihn daran zu erinnern, daß er seinen schmutzigen Teller und das Glas in die Spülmaschine räumen solle. Ich war traurig, daß P.J. gar keine Erinnerungen an diese schönen Zeiten hatte. Seit Onkel Johns Tod vermied Mutter jede Erinnerung an ihn. Ich weiß nicht, ob es daran lag, daß sie immer noch um ihn trauerte oder weil sie ihm niemals vergeben konnte, daß er sich umgebracht hatte.

Zwei Jahre nachdem Onkel John mit seiner Familie die Insel verlassen hatte, verübte er in seiner Garage in St.

Louis Selbstmord. Er hatte den Motor des Autos angestellt und darauf gewartet zu sterben. Diese Nacht, in der Tante Phoebe anrief, um uns die schreckliche Nachricht mitzuteilen, war wahrscheinlich die schlimmste Nacht meines Lebens, und es fällt mir immer noch schwer, daran zu denken. Glücklicherweise lag P.J. damals schon im Bett, aber ich saß mit Mutter in der Küche.

Es war Daddy, der ans Telefon ging, und ich habe mir oft überlegt, ob sich alles wohl anders entwickelt hätte, wenn Mutter abgehoben und die Nachricht direkt von Tante Phoebe erfahren hätte anstatt von Daddy. Aber es war nun mal Daddy, der es uns sagte. Mutters Gesicht war wie zu Stein erstarrt, und sie sagte keinen einzigen Ton. Ich kann mich immer noch erinnern, wie Daddy auf sie zuging und seine Arme um sie legen wollte, aber sie drehte sich von ihm weg. Sie ging in ihr Schlafzimmer und schloß die Tür.

Als ich den verletzten Ausdruck auf Daddys Gesicht sah, begann ich zu weinen. Ich weinte um Onkel John und auch wegen meines Vaters. Daddy nahm mich in die Arme und hielt mich fest, bis irgendwann meine Tränen schließlich versiegten. Da wischte er mir das Gesicht mit seinem Taschentuch ab.

Nur ein halbes Jahr nach Onkel Johns Tod trennten sich Mutter und Daddy. Ich habe diese beiden Ereignisse in meiner Erinnerung stets miteinander verbunden, und ich frage mich immer noch, ob die Scheidung etwas mit Onkel Johns Tod zu tun hatte. Mutter hatte weder über das eine noch das andere gesprochen, und ich war nicht überrascht, als sie beschloß, Onkel Johns Haus nicht zu kaufen.

Mit einem Kloß im Hals räumte ich P.J.s und mein Geschirr weg. Wenn P.J. auch keine glücklichen Erinnerungen an die Sommer auf der Insel hatte, so hatte er zumindest auch keine schmerzvollen Erinnerungen an die

Nacht, in der Tante Phoebe anrief. Dafür war ich dankbar.

An diesem Abend nach dem Essen zog ich mir eine Jacke an und ging hinaus, um mich auf die Veranda zu setzen. Obwohl der Nebel sich schließlich verzogen hatte, waren die Abende doch zu kalt, um draußen am Strand zu essen, und so aßen wir unseren Hummer am Küchentisch. Nach dem Essen war Mutter wieder nach oben verschwunden. P.J. ging mit Caleb ins Wohnzimmer, um seine erste Gitarrenstunde zu bekommen.

Auf der Veranda wählte ich einen Schaukelstuhl in der Nähe des Fensters. Ich drehte ihn herum, so daß ich ins Zimmer zu Caleb und P.J. sehen konnte. Mithören konnte ich durch das leicht geöffnete Fenster auch.

Sie saßen nebeneinander auf dem Sofa, P.J.s dunkler Haarschopf neben Calebs hellerem. Im Licht der Deckenlampe schimmerte Calebs Haar fast rotgolden. Er legte die Gitarre über P.J.s linkes Knie und zeigte ihm, wie er seine linke Hand um den Gitarrenhals legen mußte, um mit der rechten Hand die Saiten zu schlagen.

„Das ist der Hals der Gitarre, und das hier ist der Bund", erklärte Caleb und deutete darauf. Er benannte die sechs Saiten und zeigte, wie die verschiedenen Noten gespielt wurden, indem er die Finger an die entsprechenden Stellen auf dem Griffbrett legte.

Während der nächsten halben Stunde zeigte Caleb ihm alle Grundlagen, und wie er seine Finger bewegen mußte, immer und immer wieder, bis P.J. die Akkorde nacheinander spielen konnte.

Ich sah die beiden in dem erleuchteten Zimmer durch das Fenster und gleichzeitig sah ich mein eigenes Spiegelbild im Glas. Obwohl meine Haare und meine Augen dunkler sind als P.J.s und die meines Vaters, fast schwarz wie Tante Phoebes, war ich überrascht zu erkennen, daß

Caleb und ich uns in manchem ähnlich sahen. Wir hatten die gleiche breite Stirn und die hohen Wangenknochen, den gleichen Mund mit der volleren Unterlippe und der Oberlippe, die sich wie ein Bogen leicht nach oben wölbte.

Ich war verblüfft über die Ähnlichkeit, obwohl das eigentlich gar nicht so verwunderlich war. Schließlich waren wir nicht nur einfach Cousin und Cousine, sondern gleich doppelt. Onkel John war Mutters Bruder, doch gleichzeitig war Tante Phoebe die Schwester meines Vaters. Er und Mutter hatten sich auf der Hochzeit von Onkel John und Tante Phoebe kennengelernt und im folgenden Jahr geheiratet.

„Du bist ein Naturtalent", sagte Caleb gerade zu P.J. „Du wirst im Nu auftreten können."

„Danke", sagte P.J. und wußte gar nicht, wohin er schauen sollte, wie immer, wenn er verlegen war. „Und vielen Dank für den Unterricht."

„Das ist wahrscheinlich genug für einen Tag. Immer einen Schritt nach dem anderen."

„Spielst du jetzt etwas?" fragte P.J. und hielt ihm die Gitarre entgegen. „Bitte."

Caleb nahm das Instrument und hängte es sich um. Er ließ die Finger erst einmal kurz über die Saiten gleiten und zog dann eine fester an. Ich merkte sofort, daß er gut war, aber ich wußte nicht wie gut, bis er anfing, richtig zu spielen.

Nach den ersten Klängen erkannte ich „Blowin' in the Wind" von Bob Dylan. Nachdem Caleb anfangs nur gespielt hatte, begann er die Verse zu singen, zuerst leise, dann immer lauter, und etwas in der Art, wie er sang, ließ mich mein Augenmerk besonders auf die Worte richten.

Yes, 'n how many seas must a white dove sail
Before she sleeps in the sand?

> Yes, 'n how many times must the cannonballs fly
> Before they're forever banned?
> The answer, my friend, is blowin' in the wind,
> The answer is blowin' in the wind.

Ein Schauer lief mir den Rücken hinunter. Calebs Stimme wurde voll und paßte irgendwie zu den Wellen, die sich an den Felsen brachen. P.J. hatte sich in die Ecke des Sofas gesetzt und betrachtete Caleb aus großen Augen.

Als Caleb von dem Mann sang, der seinen Kopf wegdreht und so tut, als hätte er nichts gesehen, schloß er die Augen. Seine Stimme wurde wieder weicher. Er schien nur noch für sich zu singen und P.J. vergessen zu haben. Im künstlichen Licht der Lampe sah Caleb viel älter aus als einundzwanzig. Er sah aus wie ein Mann, der sich an viele Dinge erinnert, die er vergessen wollte.

Ich beugte mich in meinem Schaukelstuhl nach vorne, betrachtete sein Gesicht und lauschte wieder, als er die letzte Strophe sang.

> How many times must a man look up
> Before he can see the sky?
> Yes, 'n' how many ears must one man have
> Before he can hear people cry?
> Yes, 'n' how many deaths will it take till he knows
> That too many people have died?
> The answer, my friend, is blowin' in the wind,
> The answer is blowin' in the wind.

Er summte den Refrain noch einmal leise, und seine Finger hielten nun die Saiten still. Das polierte Holz der Gitarre glänzte im Licht.

Ich saß da, ohne mich zu bewegen, hoffte, er würde noch ein anderes Lied spielen, aber er nahm die Gitarre ab und stand auf.

P.J. sah vom anderen Ende des Sofas zu ihm hoch.

„Mensch, Caleb, du bist wirklich gut", sagte er. „Du solltest Platten aufnehmen."

Für einen Augenblick sah Caleb in die Ferne, als ob er von ganz weit zurückkäme. Dann drehte er sich zu P.J. „Ich hoffe nur, eine Plattenfirma teilt deine Meinung", sagte er mit einem kurzen Lachen. „Aber du hast selbst Talent, P.J. Sag mir Bescheid, wenn du wieder eine Stunde haben möchtest."

P.J. strahlte. „Ja, Caleb, wann immer du Lust hast."

Caleb gähnte und streckte sich. „Für mich ist der Tag jetzt beendet."

P.J. folgte Caleb aus dem Zimmer und die Treppe hinauf. Ich konnte kaum glauben, daß er freiwillig ins Bett ging. Normalerweise fand P.J. immer noch irgend etwas, was er unbedingt tun mußte, wenn Bettzeit war. Keiner von beiden blickte in meine Richtung, und so fühlte ich mich irgendwie unsichtbar und vergessen.

Mit einem Seufzer ging ich ins Haus und suchte nach dem Kriminalroman, den ich gerade las. Ich hörte Mutter in ihrem Zimmer auf der Schreibmaschine tippen und wußte, daß sie bestimmt noch die halbe Nacht beschäftigt war.

Bis auf die Lampe im Flur drehte ich alle Lichter aus, aber ich machte mir nicht die Mühe, die Haustür zu verschließen. Niemand auf Plum Cove Island verschloß jemals seine Tür. Wo sollte denn schließlich auch ein Dieb oder Mörder hin?

Oben in meinem Zimmer machte ich es mir mit meinem Buch im Bett bequem, aber ich konnte mich einfach nicht auf die Geschichte konzentrieren. Irgendwie fiel mir immer wieder das Mädchen am Strand ein. Ich hätte gern gewußt, wer sie war und woher sie kam.

Ich mußte eingenickt sein, denn als nächstes erinnere ich mich nur noch daran, daß ich immer noch im Bett saß, das Licht brannte und das Buch in meinem Schoß lag. Aber die Uhr auf meinem Nachttisch zeigte fast Mitternacht. Ich langte hinüber, um das Licht auszudrehen. Ich hatte mich kaum unter meine Decke gekuschelt, als ich hörte, wie sich die Tür des Dachzimmers über mir öffnete. Sekunden später waren leise Schritte auf der oberen Treppe zu vernehmen. Es hörte sich so an, als ob jemand versuchte, so leise wie möglich zu gehen. Die Schritte näherten sich zunächst meiner Tür und bewegten sich dann daran vorbei, die Treppe hinunter. Die Haustür wurde geöffnet und wieder geschlossen.

Ich kletterte aus dem Bett und ging gebückt zum Fenster, so daß nur meine Augen über dem Fensterbrett auftauchten. Auf den Knien beobachtete ich, wie Caleb zu den Klippen hinüberhumpelte. Durch das offene Fenster hörte ich auch, wie sich die Wellen an den Felsen brachen, das Wasser sprühte hoch wie ein silbernes Netz. Bis auf ein paar vereinzelte Wolken war der Himmel klar und funkelte vor Sternen. In einigen Tagen würde Vollmond sein.

Caleb kletterte langsam über die Felsen, ein- oder zweimal schwankte er und bückte sich, um sich mit einer Hand festzuhalten. Das Bild eines zerschmetterten Körpers auf den Felsen kam mir in den Sinn. Mein erster Gedanke war, daß ich ihm folgen und versuchen müßte, ihn aufzuhalten. Doch dann erinnerte ich mich daran, wie ich am Rand der Klippen neben ihm gestanden hatte, und ich entfernte mich wieder vom Fenster. Zum zweitenmal an diesem Tag ließ ich Caleb tun, was er meinte, tun zu müssen.

Gerade als ich wieder ins Bett klettern wollte, verstummten die Wellen einen kurzen Moment. In der plötzlichen Stille hörte ich jemanden jammern. Ein schriller Ton, als ob jemand trauere. Ich hielt die Luft an und lauschte. Der Schrei verklang, und ich dachte, es muß wohl ein Tier gewesen sein, dessen Schrei dem menschlichen ähnlich klingt. Ich suchte die vom Mondschein erleuchtete Straße ab und das Gras daneben, aber ich sah nichts.

Dann waren wieder jammernde Schreie zu hören, und es war ganz deutlich die Stimme einer Frau. Die Haare standen mir zu Berge. Ich spähte wieder aus dem Fenster und versuchte, etwas zu erkennen, wartete. Niemand war zu sehen, und in der Nacht war es unmöglich, die Richtung, aus der die Schreie kamen, auszumachen. Ich dachte an das Mädchen am Strand.

Nun übertönten die Wellen wieder jedes andere Geräusch, doch auch als sie ruhiger wurden, vernahm ich keinen Schrei mehr. Bis auf das Rauschen des Wassers, das sich von den Felsen zurückzog, war nichts mehr zu hören. Ich kroch in mein Bett, machte mir Sorgen um Caleb und war wegen dieser Schreie verwirrt. Ob Caleb sie wohl auch gehört hatte?

Ich lag noch lange wach und steif unter der Decke, die ich mir bis zum Kinn hochgezogen hatte. Schließlich hörte ich Caleb zurückkommen. Er stieg leise die Treppe zu seinem Zimmer hoch. Nachdem ich wußte, daß er wenigstens wieder sicher zu Hause war, konnte ich endlich in einen unruhigen Schlaf fallen.

3. Kapitel

Am nächsten Morgen schlief ich länger. Als ich schließlich zum Frühstück in die Küche kam, waren weder Caleb noch P.J. zu sehen. Nur Mutter saß am Tisch und gönnte sich den Luxus einer weiteren Tasse Kaffee und einer Zigarette.

Ich machte laute Würgegeräusche, hustete betont und wedelte den Rauch fort.

„Ich habe verstanden, Molly", sagte Mutter. „Du brauchst dich nicht mehr so anzustrengen." Sie nahm einen letzten Zug und drückte die Zigarette dann im Aschenbecher aus.

„Schläft Caleb noch?" fragte ich.

„Nein. Er hat bereits vor einer Stunde gefrühstückt und ist dann zum Strand hinuntergegangen. P.J. ist bei ihm."

„Zum öffentlichen Strand oder zu unserem?"

„Zu unserem."

Ich goß mir ein Glas Orangensaft ein, holte mir eine Schüssel und füllte sie zur Hälfte mit Cornflakes, dann schüttete ich Milch dazu und setzte mich an den Tisch, Mutter gegenüber. Ich hätte ihr wahrscheinlich besser von Calebs mitternächtlichem Spaziergang entlang der Küste erzählen sollen. Aber jetzt im Tageslicht schien mir meine nächtliche Angst feige, und es war mir peinlich, davon zu berichten.

„Hast du letzte Nacht etwas Merkwürdiges gehört?" fragte ich nach einem Augenblick und versuchte, meine Stimme beiläufig klingen zu lassen. Der Gedanke an diesen traurigen, klagenden Schrei schreckte mich selbst im Tageslicht.

„Was soll ich denn gehört haben?" fragte Mutter. „Nein, ich habe nichts gehört. Warum?"

„Ich dachte, ich hätte draußen jemanden schreien gehört", erklärte ich, „aber ich habe niemanden gesehen. Ich könnte nicht einmal genau sagen, woher es kam."

„Wahrscheinlich irgendein Tier. Oder vielleicht war es auch nur das Meer. Es kann sich manchmal eigenartig anhören."

„Vielleicht", stimmte ich zu.

Mutter trank ihren letzten Schluck Kaffee, dann schob sie den Stuhl zurück und stand auf. „Zeit, wieder an die Arbeit zu gehen", sagte sie mit einem Seufzer.

„Warum nimmst du dir nicht den Vormittag frei und kommst mit uns zum Strand hinunter?" fragte ich.

Einen Augenblick dachte ich schon, sie nähme mich beim Wort, aber dann schüttelte sie den Kopf und ging zur Tür.

„Ich kann nicht", sagte sie. „Ich würde ja gern. Wirklich. Aber ich muß mit dieser Sache fertig werden. Die Verhandlung ist bereits in sechs Wochen. Wenn ich mit den Vorbereitungen fertig bin, kann ich vielleicht den Aufenthalt hier besser genießen. Aber im Augenblick ..." Ihre Stimme verklang, als sie durch die Tür verschwand.

Ich beendete mein Frühstück allein, schlichtete rasch das schmutzige Geschirr in die Spülmaschine und trat auf die Veranda hinaus. Nach dem gestrigen Nebel war der heutige Tag klar und hell. An solchen Tagen war ich fast versucht, meinen Entschluß, eine Künstlerin ohne Farben sein zu wollen, wieder zu ändern.

Ich holte mir meinen Skizzenblock und die Schachtel mit Kohle und Stiften und folgte dem Pfad, den Caleb gestern nacht genommen hatte. Ich trug nur ein T-Shirt, Shorts und Turnschuhe, denn heute wärmte die Sonne trotz der Meeresbrise. Es war Ebbe, und entsprechend ruhig gab sich das Wasser. Ich spähte in Richtung des Sandstrandes und entdeckte Caleb und P.J. dort.

Caleb lag ausgestreckt auf dem Rücken im Sand. Einige Meter weiter stand P.J. auf einem Felsen am Rande des Wassers und fütterte die Möwen, die um ihn kreisten. Von P.J. bekamen immer nur die Möwen etwas, die es wagten, das Brot direkt aus seinen Fingern zu holen, ich dagegen zuckte immer im letzten Augenblick zurück und ließ das Brot fallen. Sobald P.J. kein Brot mehr hatte, flogen die Möwen davon zu einer anderen Nahrungsquelle.

P.J. suchte jetzt die Felsen ab, bückte sich hier und da, um einen Seestern oder andere Schätze aufzuheben, die der Ozean in den kleinen Wassertümpeln inmitten der Felsen zurückgelassen hatte.

Ich kletterte hinunter zu Caleb, aber er schien meine Ankunft gar nicht zu bemerken. Seine Augen waren geschlossen. Neben ihm lag eine offene Tube Sonnencreme. Im hellen Sonnenschein hatte seine Haut die bläßliche Farbe, die von einem langen Krankenhausaufenthalt herrührt. Obwohl seine Schultern und seine Brust bis auf den leichten Flaum brauner Haares unverletzt und glatt waren, zog es mir doch das Herz zusammen, als ich die lange, weiße Narbe auf seinem Bauch sah, die bis zu seiner Badehose führte.

Aber was mir wirklich richtig weh tat, war der Anblick seiner Beine. An seinem linken Oberschenkel waren zwei kurze, weiße Narben zu sehen, eine längere lief bis hinunter zur Wade. Sein rechtes Bein bestand praktisch nur aus Narben und war immer noch von kleinen Löchern übersät, als ob die Fäden erst kürzlich herausgezogen worden wären. Eine sehr tiefe Narbe lief das ganze Bein entlang vom Knöchel bis zur Hüfte, als ob sein Bein von oben bis unten geöffnet worden wäre. Tante Phoebe hatte uns erzählt, daß Caleb sich vier Operationen zu unterziehen hatte, bevor die Ärzte sicher waren, daß sie das Bein nicht amputieren mußten. Kein Wunder, daß er sich gestern so verhalten hatte, als ob es Dinge gäbe, die er vergessen wollte.

Wie ich ihn nun so friedlich am Strand liegen sah, schämte ich mich für meine anfänglichen Zweifel und Verdächtigungen und beschloß, es wieder gutzumachen. Ich verspürte den starken Impuls, mich niederzuknien und über seine Narben zu streichen, aber ich behielt meine Hände bei mir und sah statt dessen wieder zu P.J., der immer noch auf den Felsen umherlief, mit einem großen Eimer in der Hand. Nach dem letzten Sommer hatte P.J. beschlossen, Meeresbiologe zu werden.

Ich blickte wieder zu Caleb. Seine Augen waren jetzt geöffnet, und er sah mich an.

„Hallo", grüßte ich und war froh, daß er mich vorhin nicht dabei erwischt hatte, wie ich auf seine Beine gestarrt hatte.

„Hallo", erwiderte er.

„Ich bin ja so froh, daß das Wetter heute besser ist."

„Ich auch", antwortete er.

Ich wollte ihn fragen, wohin er in der Nacht noch gegangen war, aber er schloß wieder die Augen, und ich verlor den Mut. Er war offensichtlich nicht in der Stimmung, sich zu unterhalten. Ich setzte mich auf ein glattes Felsstück neben dem Sandstrand und öffnete mein Skizzenbuch. Der Schoner lag immer noch in der Bucht vor Anker, und ich begann zu zeichnen, versuchte, die Gischt und die rollenden Wellen mit schwarzen und grauen Strichen einzufangen. Ich arbeitete ohne Pause etwa eine halbe Stunde daran, skizzierte auch den gegenüberliegenden Strand und den Hafen von Windhover, den Schoner und das Wasser, dann verwischte ich die harten Linien und verwandelte die schwarze Kohle in sanfte Grautöne.

„Du bist sehr gut", sagte Caleb über meine Schulter und erschreckte mich damit. Ich hatte nicht gehört, wie er aufgestanden war. „Ich meine, du bist wirklich gut." Er kauerte sich neben mich, und seine Schulter berührte beinahe meine.

„Danke", murmelte ich. Es machte mich verlegen, zu wissen, daß er mich beobachtet hatte.

„Malst du auch?" fragte er, als ich weiter mit der Kohle arbeitete.

„Ein bißchen. Aber eigentlich zeichne ich lieber."

„Möchtest du dabei bleiben?" fragte er und sah mich an. Heute hatten seine Augen die gleiche Farbe wie das Meer.

„Ja", sagte ich und blickte auf meine Zeichnung. „Mutter möchte, daß ich nächstes Jahr nach Radcliffe gehe, aber ich möchte lieber eine Kunstakademie besuchen. Außerdem war ich bis jetzt immer auf einer Mädchenschule. Ich möchte mal etwas anderes machen."

„Tja, du bist jedenfalls gut genug für eine Kunstakademie", sagte er, und ich fühlte mich so geehrt, als hätte mir ein Kunstkritiker gerade einen Preis verliehen.

„Wenn wir schon dabei sind", sagte ich verwirrt und sprach das erste aus, das mir in den Kopf kam. „Ich habe dich letzte Nacht durch das Fenster spielen gehört, als ich draußen auf der Veranda saß. Ich hoffe, das macht dir nichts aus. Du bist auch gut, weißt du das?" Ich machte eine Pause und fand, daß sich das bis jetzt ziemlich mager angehört hatte. „Nicht nur gut, einfach spitze!"

„Wir können eine richtige Gesellschaft zur gegenseitigen Bewunderung gründen", meinte Caleb mit einem leicht höhnischen Lächeln, aber er blieb neben mir.

„Du erinnerst mich an Großvater McLaughlin, bis auf die Tatsache, daß du nicht nur spielen, sondern auch singen kannst", sagte ich. Unser Großvater McLaughlin brauchte ein Musikstück nur ein einziges Mal zu hören, dann konnte er sich ans Klavier setzen und es ohne Fehler nachspielen. Aber er hatte nie Musikunterricht, weil sein

Vater der Meinung war, Musik sei Zeitverschwendung.
„Spielst du nach Gehör?" fragte ich.

„Ja, aber ich habe auch die Noten gelernt, weil ich meine eigenen Lieder schreiben möchte."

Ich sah ihn überrascht an. Tante Phoebe hatte das nie erwähnt.

„Ich würde sie gern einmal hören." Das sagte ich nicht nur aus Höflichkeit. Ich wollte Caleb wirklich gerne wieder singen hören, und es interessierte mich auch, welche Art von Liedern er geschrieben hatte. „Schreibst du auch deine eigenen Texte dazu?"

„Meistens." Er hob eine leere Muschel auf und warf sie ins Meer. „Es ist komisch mit der Vererbung. Ich habe das Musische von Großvater geerbt, und du das Künstlerische von meinem Vater."

„Ich schätze, das heißt dann, daß P.J. den Geschäftssinn geerbt hat", sagte ich mit einem Lachen. Großvater McLaughlin führte immer noch den Familienbesitz, den sein Vater vor hundert Jahren gegründet hatte, die Schuhfabrik in St. Louis, wo Onkel John gearbeitet hatte, nachdem die Familie dorthin gezogen war.

„Mir wäre das nur recht", sagte Caleb mit einer Heftigkeit, die mich überraschte. Er starrte hinaus aufs Meer. „Denn wenn P.J. tatsächlich einmal dort arbeitet, dann hoffe ich um seinetwillen, daß er es tut, weil er es möchte und nicht weil er muß. Und wenn du wirklich eine Künstlerin werden möchtest, dann ist es am allerwichtigsten, dabeizubleiben und nicht aufzugeben."

Er sah hinauf zu den Klippen am anderen Ende der Bucht. Sein Mund war jetzt zusammengekniffen. Heute bei klarem Himmel war Calebs altes Haus dort oben genau zu erkennen.

„Möchtest du es heute anschauen?" fragte ich mit beklommener Vorahnung. Zweifellos war das eine der Gelegenheiten, wo Tante Phoebe ihn nicht allein sehen wollte. „Wir könnten nach dem Mittagessen hinüberfahren, wenn du möchtest."

Zu meiner Erleichterung schüttelte er den Kopf. „Nein", sagte er schroff. „Nicht heute, noch nicht. Aber ich sage dir, was du für mich tun könntest", fügte er hinzu.

„Und das wäre?"

„Meinen Rücken mit Sonnencreme einreiben." Er reichte mir die Tube und kauerte sich mit dem Rücken zu mir neben mich. Ich tupfte etwas von der Creme auf seinen Rücken und begann, ihn einzureiben. In kleinen Kreisen fuhr ich über seinen Hals, seine Schultern und dann den Rücken hinunter. Ich kam zu seiner Badehose und hielt inne, meine Fingerspitzen lagen leicht auf seinem Rücken. Seine Haut war warm und glatt, und meine eigene Haut prickelte plötzlich. Verwirrt zog ich meine Hand zurück.

„Danke", sagte er und stand auf. Die Rückseiten seiner Beine waren blaß, aber ohne Narben. Er ging zurück zu seinem Handtuch und legte sich bäuchlings darauf.

Ich zögerte.

„Möchtest du, daß ich dir auch die Beine eincreme?" fragte ich schließlich. „Da könntest du sonst ziemlich leicht einen Sonnenbrand bekommen."

„Danke, aber die habe ich heute morgen bereits eingerieben." Seine Augen waren wieder geschlossen, und ich konnte ihn ungehindert betrachten.

Wie er da so auf dem Bauch in der Sonne lag, sah sein Gesicht entspannt und jünger aus als gestern. Während ich ihn ansah, verschwanden meine bösen Vorahnungen völlig, und ich spürte eine besondere Verwandtschaft, eine Nähe, die ich als Kind nie gespürt hatte. Damals schienen die vier Jahre Altersunterschied riesig. Ohne eine Freundin in meinem Alter war ich immer hinter Caleb hergelaufen wie ein kleines Hündchen. Manchmal neckte er mich, oder er tat so, als sei ich ein Pferd, und führte mich an meinen beiden Zöpfen herum. Aber ich freute mich, daß er mich überhaupt beachtete, und er wurde nie grob. Und wenn ich mich unter seinem Bett versteckte, um ihn und seine Freunde zu belauschen, dann warf er mich mit einem Grinsen aus dem Zimmer, anstatt böse zu werden, wozu er allen Grund gehabt hätte.

Ich dachte wieder an all das, was er durchgemacht hatte — sein Zuhause auf der Insel zu verlieren, und zwei Jahre später seinen Vater. Dann hatte er sich für einen Krieg gemeldet, den niemand haben wollte, und wäre fast getötet worden. Er war hierhergekommen, um sich zu erholen, und ich würde alles tun, um ihm zu helfen. Es schien das mindeste, was ich tun konnte.

Ich wandte mich wieder dem Schoner zu, der sanft auf den leichten Wellen schaukelte. In der hellen Sonne erinnerte er mich nun nicht mehr an das Geisterschiff. Mit einem Seufzer vertiefte ich mich in meine Skizzen.

4. Kapitel

Als wir schließlich eine halbe Stunde später zum Haus zurückkehrten, war Calebs Haut nicht mehr weiß, sondern hatte zweifellos einen rosa Schimmer. Während des Essens sah ich, wie Stirn und Nase ebenfalls langsam rot wurden. Mit unserem dunkleren Hauttyp bekamen P.J. und ich selten einen Sonnenbrand.

Nach dem Essen fragte ich Caleb, ob er noch mal an den Strand zurückwollte.

„Ich denke, er hat für heute genug Sonne abbekommen", meinte Mutter mit einem Lachen.

„Ich glaube, du hast recht." Caleb schnitt eine Grimasse. „Ich spüre bereits die Auswirkungen."

Ich dachte, er würde vielleicht nach dem Essen gleich wieder nach oben verschwinden, und war überrascht, als er sich zu mir wandte.

„Tante Libby hat erzählt, du willst irgendein Häuschen in ein Studio verwandeln", sagte er. „Wenn du diesen Nachmittag damit anfangen willst, helfe ich dir dabei."

„Das wäre schön", sagte ich und freute mich über sein unerwartetes Angebot. „Aber es ist kaum ein Häuschen, nur eine Hütte drüben im Wäldchen mit einem einzigen Zimmer und darüber hinaus auch noch ziemlich heruntergekommen. Ich glaube, in letzter Zeit wurde sie hauptsächlich von den Tieren benutzt.

Ich war froh über seine Gesellschaft. Der Ort war mir irgendwie ein wenig unheimlich, vielleicht weil es dort im Wald so dunkel war.

„Wie ist es mit dir, P.J.?" fragte Caleb.

„Ne, danke", sagte P.J. schnell und zog die Nase kraus. „Da ist es irgendwie gruselig. Außerdem wollte ich weiter Meeresproben nehmen."

Nach dem Essen stellte ich zusammen, was wir brauchten — einige Lappen, zwei Eimer Wasser, einen mit Putzmittel, einen mit klarem Wasser, einen Hammer, eine Tüte mit verschiedenen Nägeln, dazu noch einen Besen. Damit beladen machten Caleb und ich uns auf den Weg. Der besondere Geruch des Meeres und die salzige Luft nahmen langsam ab und machten dem würzigen Duft der Kiefern Platz.

Wir betraten das Dickicht, und die Bäume, die sich um uns zu schließen schienen, hielten die Sonne zurück. Ich schauderte in der plötzlichen Kühle. Als ich uns durch die Bäume führte, dämpfte der dicke Teppich von Kiefernnadeln unsere Schritte. Nach einigen Metern weiter ins Dickicht hinein sahen wir etwas schimmern. Es war das Stück Blech um den Kamin der Hütte, das von einem Sonnenstrahl getroffen worden war, der seinen Weg durch eine winzige Lücke zwischen den Bäumen gefunden hatte. Noch einige Schritte, und wir standen in der kleinen Lichtung.

„Da hol mich doch der Teufel", sagte Caleb und stieß einen überraschten Pfiff aus, als er die Hütte sah. „Ich dachte, ich kenne alles und jeden auf der Insel, aber davon habe ich nichts gewußt."

„Ja, wer immer die gebaut hat, muß die Zurückgezogenheit gesucht haben", stellte ich fest. Ich setzte einen der Eimer auf das, was früher wohl einmal eine kleine Stufe gewesen sein mußte, mittlerweile jedoch nur noch verrottetes Holz war. „Zuerst dachte ich, es wäre vielleicht das Blockhaus von Kindern. Aber es hat ein Steinfundament und eine hübsche Feuerstelle, auch wenn der Rest ziemlich zusammengewürfelt aussieht."

Caleb lehnte den Besen an den Türrahmen und spähte durch das Fenster neben der schmalen Tür.

„Ich denke, so etwas bezeichnen die Grundstücksmakler im allgemeinen als Ein-Zimmer-Appartement", sagte ich mit einem Lachen, „aber wie du sehen kanst, ist es schon reichlich baufällig."

Die Tür hatte keinen Griff. Ich drückte dagegen, und sie schwang mit einem ärgerlichen Krächzen auf. „Willkommen in meinem Studio", sagte ich ironisch und verbeugte mich. Caleb folgte mir hinein.

Ich war bis jetzt selbst nur ein einziges Mal hier gewesen. An dem Tag hatten P.J. und ich das Wäldchen durchforstet und die Hütte überhaupt erst entdeckt. Damals hatte ich sofort daran gedacht, ein Studio für mich daraus zu machen. Obwohl es für ein Atelier eigentlich zu dunkel war, freute mich doch der Gedanke, einen Platz ganz für mich allein zu haben. Aber sowohl P.J. als auch ich hatten uns dort irgendwie merkwürdig gefühlt, als ob wir fremdes Eigentum beträten. Also waren wir nicht lange geblieben und auch nicht wieder hierher zurückgekehrt. Ich war froh, daß Caleb heute bei mir war.

„Wir haben hier etliches zu tun", meinte er mit einem vielsagenden Blick.

Spinnweben hingen von der niedrigen Decke und in den Ecken des Raumes. Sie zogen sich über die beiden Fenster wie ein dicker, grauer Vorhang. Ich nahm mir einen der Lappen und wischte einige Male über das Vorderfenster. Der Raum wurde heller, als gleichzeitig ein Sonnenstrahl seinen Weg hereinfand. Das einzige andere Fenster ging nach hinten hinaus.

Ich hielt mir die Nase zu, um ein Niesen zu unterdrükken, als eine Staubwolke zusammen mit winzigen, durchsichtigen grünen Flügeln von toten Fliegen in die Luft stieg. „Was ich wirklich toll finde", sagte ich, „ist, daß niemand die Fenster eingeworfen oder die Möbel gestohlen hat. In New York wäre es schon zehn Minuten, nachdem der Eigentümer ausgezogen ist, völlig verwüstet."

Caleb antwortete nicht. Er stand nur da und sah sich in dem einfachen Raum mit den hölzernen Wänden und den wenigen Möbelstücken um. In der Mitte des Zimmers stand ein alter Holztisch. Schwache blaue Farbstreifen auf der Oberfläche deuteten darauf hin, daß er früher einmal gestrichen worden war. Ein wackeliger Holzstuhl stand davor.

Die Feuerstelle aus Stein war in eine der Wände ohne Fenster gemauert. An der Wand, auf einer Seite der Feuerstelle, stand eine breite Bank, die als Schlafgelegenheit gedient haben durfte. Auf der anderen Seite füllte ein einfacher, hölzerner Schrank den restlichen Platz aus. Davor war ein ziemlich kleiner Schaukelstuhl aus Holz mit geschwungenen Armlehnen. Ich zwängte mich hinein, die Knie gingen mir fast bis zum Kinn. Obwohl der Stuhl unter meinem Gewicht ächzte, lehnte ich mich zurück und schaukelte sanft hin und her.

Als ich so dasaß, hatte ich das komische Gefühl, daß mich jemand betrachtete. Ich sah schnell zu Caleb, aber er blickte aus dem Fenster, den Kopf zur Seite geneigt, als ob er auf ein fernes Geräusch lausche. Ich merkte, daß ich darüber nachdachte, ob wohl immer noch jemand hier lebte, auch wenn ich wußte, daß das unmöglich war. Ganz offensichtlich hatte nichts die jahrelangen Ansammlungen von Staub und von Mäusedreck berührt.

Trotzdem konnte ich nicht anders, als mit der Frage herauszuplatzen: „Glaubst du, daß hier noch jemand lebt?"

„Nein", sagte Caleb und sah sich noch einmal langsam um. „Niemand könnte jetzt hier leben — schon lange nicht mehr. Aber es wäre interessant zu wissen, wer früher hier gelebt hat."

Er verlagerte sein Gewicht und wandte sein Gesicht der Nachmittagssonne zu, die eben durch das Fenster schien.

Eine Seite seines Gesichts lag im Schatten, während die andere im Licht zu glühen schien.

Ich hielt den Atem an und wünschte mir, ich hätte meinen Skizzenblock mitgebracht. Wie gern hätte ich diesen Moment festgehalten und Caleb hier in diesem merkwürdigen Raum gezeichnet. Sein Gesicht, das sowohl in Sonne gebadet war wie auch in der Dunkelheit verborgen lag, schien geheime Wunden zu offenbaren. Das eigenartige Gefühl, das ich bei seiner Ankunft empfunden hatte, begann wieder, in mir hochzusteigen, und ich erhob mich aus dem Schaukelstuhl. Ob meine Zeichnung wohl etwas enthüllen würde, was tief in ihm begraben war?

Ich konnte nur dastehen und Caleb anstarren, bis er sich schließlich umdrehte.

„Wir sollten uns besser an die Arbeit machen", meinte er langsam, nahm den Besen und begann zu kehren. Er fing bei den Wänden an, fuhr mit dem Besen auch über die Regalbretter, bis sie frei von Spinnweben und darin gefangenen Insekten waren. Dann machte er sich über den Boden her. Ich schüttelte endlich meine Benommenheit ab, nahm den Wassereimer mit dem Putzmittel darin und einen Lappen und begann zu wischen, wo er gekehrt hatte.

Als wir mit dem Boden und den Wänden fertig waren, machte ich mich mit einem nassen Lappen an das hintere Fenster, während Caleb den Hammer und die Nägel nahm und einige Bretter auf beiden Seiten der Feuerstelle wieder festnagelte. Das Hammerklopfen begleitete meine Arbeit, und ich achtete gar nicht darauf, bis es aufhörte und Caleb leise zu mir sagte: „Molly, komm bitte mal kurz her."

Ich nahm an, daß er Hilfe bei einem Brett brauchte, ließ meinen schmutzigen Lappen in den Eimer fallen und drehte mich um. Aber er stand gleich neben der Bank hinter dem kleinen Schaukelstuhl und starrte in die Luft.

„Komm bitte mal kurz her", wiederholte er leise. Verwirrt ging ich auf ihn zu, doch ich sah nichts Ungewöhnliches.

„Jetzt geh auf die Bank zu — langsam."

„Was ist los?" fragte ich, aber er antwortete nicht.

Ich ging zögernd zwei Schritte nach vorne. Dann spürte ich es, und mein Herz schlug schneller. Es war, als ob jemand da wäre. Ich sog heftig die Luft ein, und mir wurde fast schlecht vor Angst. Ich wartete, doch ich spürte nichts weiter als eine gewisse unerklärliche Gegenwart, wie eine Veränderung in der Luft.

„Spürst du es auch?" fragte Caleb hinter mir, aber ich drehte mich nicht zu ihm um. Obwohl mich nichts direkt berührte, nichts Festes jedenfalls, hatte ich den Eindruck, daß sich etwas an mich preßte, wie ein Lufthauch an meinem Rücken, nur weniger bestimmt. Ich machte einen steifen Schritt nach vorne, dann noch einen, bis meine Knie fast die Bank berührten. Leise kam Caleb an meine Seite. Ich langte nach seinem Arm und hielt sein Handgelenk fest.

„Was ist das?" fragte ich.

„Ich weiß nicht", antwortete er. „Da ist etwas hier drin mit uns, aber ich weiß nicht was. Ich wollte gerade das Brett festnageln, als ich es spürte."

Er deutete auf ein breites Brett neben der Feuerstelle, das mit der Bank abschloß. Eine Seite des Brettes war herausgesprungen. Ich kniete mich auf die Bank und streckte zögernd eine Hand aus, um das Brett wieder zurückzudrücken. Vielleicht konnte ich das einschließen, was hier war, was immer es sein mochte.

„Nein", sagte Caleb und langte über meine Schulter. „Drücke es nicht hinein, zieh es weg."

Ich ließ meine Hand fallen, und das Ende des Brettes sprang wieder heraus. Mit einem Ruck hatte Caleb es weggezogen und legte damit eine kleine Öffnung frei, in der sich sehr schmale Bretter befanden, wie ein Puppenschrank. Es stand nichts darin. Caleb tastete mit der Hand in der schmalen Öffnung herum.

„Ich kann etwas fühlen", sagte er nach einem Augenblick. Langsam zog er seine Hand wieder heraus. Er hielt etwas in der Hand, das er auf die Bank fallenließ.

Es war eine kleine Stoffpuppe, klein genug, um in eine Hand zu passen. Die Art von Puppe, mit der ein Kind vor hundert Jahren gespielt haben mochte. Obwohl sie schmutzig und die Farbe des Stoffes zu einem einheitlichen Grau verblaßt war, war sie doch sorgfältig genäht, mit Haaren aus Garn und einem langen Kleid. Ganz schwach konnte man noch die Gesichtszüge erkennen, die früher einmal auf das kleine Gesicht gemalt worden waren.

Vorsichtig nahm ich sie auf, um sie näher zu betrachten. „Eine Puppe. Vielleicht gehörte sie den Leuten, die hier gewohnt haben."

„Sehr wahrscheinlich", stimmte Caleb mir zu. „Sie muß vom Regal gefallen sein. Vielleicht ist noch mehr dort unten, aber meine Hand ist zu groß. Ich konnte kaum die Puppe erreichen. Versuch du es noch einmal."

Ich zögerte, aber die Aussicht auf andere verborgene Schätze siegte über die Furcht. Ich steckte meine Hand in die Öffnung und tastete mich vor. Am Grund berührte eine Fingerspitze etwas Kaltes und Hartes. Ich streckte meine Finger weiter aus und zog sie langsam mit dem, was ich gefunden hatte, wieder heraus. Das eine war ein Elfenbeinkamm, in dem einige Zähne bereits fehlten, das andere ein Feuerstein.

Ich griff noch einmal hinein, tastete langsam den Boden ab. Meine Finger trafen auf etwas Weiches und dennoch Festes. „Da ist noch etwas", sagte ich aufgeregt, als meine Finger etwas erfühlten, das Papier sein mußte, mit einer Stoffumhüllung. „So wie ein Buch."

Ganz vorsichtig holte ich es herauf. Es war ein dünnes, selbstgemachtes Buch aus rauhem Papier, dessen Seitenränder nicht den glatten Abschluß hatten wie unser heutiges Papier. Eingebunden war es in ein umnähtes Tuch. Es fühlte sich brüchig an und war voller Staub. Ich wagte kaum, es zu öffnen, aus Angst, es könnte auseinanderfallen.

„Laß uns sehen, was drinsteht", sagte Caleb, zog mir ungeduldig das Buch aus den Händen und öffnete es. Ich blickte über seine Schulter.

Auf der ersten Seite standen nur drei Zeilen in einer runden, kindlichen Schrift, die so verblaßt war, daß ich sie kaum erkennen konnte. Caleb hielt das Buch ins Licht, und schweigend lasen wir beide:

Dieses Buch gehört
Evaline Cobb Bloodsworth
New Dover, Maine — 14. September 1824

Ich hörte plötzlich ein Geräusch hinter mir, und als ich mich umdrehte, flog die Vordertür auf, und ich zuckte zusammen. Ich sah überrascht hinaus, befürchtete, daß ein Sturm aufzog. Aber es war immer noch hell und klar. Die Baumspitzen bewegten sich nicht. Nicht der leiseste Windhauch war zu spüren.

Vor der Feuerstelle schaukelte der kleine Schaukelstuhl hin und her, mit jedem Mal wurde er langsamer, als ob jemand dort gesessen hätte und dann aufgestanden wäre.

5. Kapitel

Unser Hausputz kam zu einem abrupten Ende. Caleb und ich räumten in schweigender Übereinkunft unsere Dinge zusammen und machten uns auf den Weg zurück durch den Wald. Meine Gedanken waren bei dem, was gerade in der Hütte passiert war, und sprangen zu dem Mädchen auf den Felsen und dem Weinen, das ich letzte Nacht gehört hatte.

„Caleb, hast du vielleicht letzte Nacht jemanden weinen hören?" fragte ich und brach damit unser Schweigen.

Er sah mich fragend an, schüttelte aber den Kopf.

„Nein. Niemand." Seinen nächtlichen Ausflug erwähnte er nicht. Ich erklärte, wie ich in der Nacht aufgewacht war und was ich gehört hatte. „Es hörte sich an, als ob eine Frau in Trauer um einen Verstorbenen weine." Ich versuchte, das nachzuahmen, was ich gehört hatte, aber meine Imitation hörte sich mehr wie der Schrei eines Tieres an. Caleb versuchte, ein Lächeln zu verbergen, und selbst ich konnte nicht anders als zu lachen.

„Mutter dachte, es sei wahrscheinlich ein Tier. Wenn ich mich selbst so höre, bin ich auch nicht mehr so sicher, aber gestern nacht hätte ich geschworen, es sei eine weinende Frau."

„Das mag durchaus richtig sein", meinte Caleb. „Nur weil niemand anders es gehört hat, heißt das noch lange nicht, daß du dich getäuscht hast. Besonders nach all den anderen Dingen ..." Seine Stimme wurde leiser, und wir liefen schweigend weiter.

„Es ist irgendwie eigenartig, nicht wahr?" sagte ich schließlich gedämpft, als ob jemand im Wald mithören könnte. „Ich meine, seit deiner Ankunft sind so viele merkwürdige Dinge passiert. Es ist fast, als ob jemand auf deine

Ankunft gewartet hätte. Hört sich das bescheuert für dich an?"

„Nein, ganz und gar nicht."

Wir verließen jetzt den Wald und liefen auf dem Gras. Caleb stützte sich schwer auf seinen Stock. Ich hatte ein schlechtes Gewissen, daß er meinetwegen über so unebenen Boden gehen mußte.

Als wir fast bei unserem Haus waren, stellte ich die andere Frage, die mir schon die ganze Zeit durch den Kopf ging. „Sollen wir P.J. und Mutter von dem erzählen, was uns in der Hütte passiert ist? Du weißt schon ... das mit der Tür und dem Schaukelstuhl und alles?"

„Zeigen wir ihnen, was wir gefunden haben", sagte er schließlich. „Die Puppe und die anderen Sachen. Natürlich werden sie das Buch lesen wollen, und das ist ja auch in Ordnung. Wir können es zusammen lesen. Aber vielleicht ist das alles, was wir jetzt erwähnen sollten. Der Rest würde sich einfach zu merkwürdig anhören. Ich könnte mir denken, Tante Libby würde sagen, es sei eben der Wind gewesen."

Ich nickte. „Mutter würde uns für verrückt halten, und P.J. würde wahrscheinlich ausziehen wollen. Nachdem wir die Hütte entdeckt hatten, gefiel ihm schon der Gedanke nicht besonders, sie da hinter uns im Wald zu wissen."

„Hast du den beiden schon von dem Mädchen auf den Felsen erzählt?"

„Nein, es schien nie ganz der richtige Moment zu sein, um das anzubringen."

„Dann behalten wir doch auch das erst einmal für uns."

Er sah mich fragend an, und ich nickte wieder, ganz froh, daß das alles unser Geheimnis bleiben würde, zumindest vorerst.

Sowohl P.J. als auch Mutter waren in der Küche, als wir ins Haus kamen. Mutter begann gerade mit den Vorbereitungen für das Abendessen, und P.J., der auch ziemlich viel Sonne abbekommen zu haben schien, wusch seine nachmittägliche „Sammlung" im Spülbecken.

Selbst Mutter schien interessiert an unseren Funden, und als ich Evaline Bloodsworths Buch herauszog, wollte P.J. es sofort lesen. Ich zögerte, und Caleb sprang mir bei.

„Wie wäre es, wenn wir bis nach dem Abendessen warten, P.J.?" schlug er vor. „Dann können wir es alle zusammen lesen."

„Okay", stimmte P.J. zu, und mir wurde klar, daß bereits nach einem Tag P.J. allem zustimmte, was Caleb vorschlug.

Während Mutter die Hühnchen zubereitete, schälte ich die abgekühlten gekochten Kartoffeln und die hartgekochten Eier. Mutter bot Caleb ein Bier an, und er trank es gleich aus der Dose, während er half, den Sellerie und die Zwiebeln für den Kartoffelsalat zu schneiden.

Es war nett, wie wir da alle so zusammen in der Küche arbeiteten, und selbst Caleb lachte ein wenig über P.J.s schräge Witze.

Sobald wir gegessen und abgeräumt hatten, setzten wir uns wieder um den Tisch, und ich öffnete das kleine Buch und begann zu lesen.

„Dieses Buch gehört
Evaline Cobb Bloodsworth
New Dover, Maine – 14. September 1824"

Ich machte eine Pause und sah zu den anderen. Calebs Stuhl war leicht zurückgekippt, außerhalb des Lichtzirkels über dem Tisch, aber P.J. saß vorgebeugt da, die Ellbogen auf dem Tisch, das Kinn in die Hände gestützt.

Ich blätterte um und schob das Buch ein bißchen vor, so daß das Licht direkt auf die offenen Seiten fiel. Es war nicht einfach, die verblaßte und altertümliche Handschrift zu lesen.

„Heute ist mein Geburtstag", las ich langsam, manches mußte ich mir eher zusammenreimen, „der Anfang meines zwölften Lebensjahres, aber ich habe wenig, was zu feiern wäre.

Mr. Gibbons, unser Schullehrer, hat mir dieses Buch gegeben, damit ich die Ereignisse meines Lebens aufschreiben kann. Ich werde die Schule nicht mehr länger besuchen, und er betet, daß ich das Lesen und Schreiben nicht vergesse. Er will, daß ich in dieses Buch schreibe und weiter in der Bibel lese. Papa hat mir gesagt, daß ich bald von zu Hause weggehe, vielleicht sogar New Dover verlasse, und so bekomme ich dieses Buch nicht nur zu meinem Geburtstag. Es ist auch ein Abschiedsgeschenk für den Abschied von der Schule und von zu Hause.

Mir kommt es so vor, als sei es auch ein Abschied von meinem Leben.

Mutter sagt mir, ich muß mich in Gottes Hände geben, aber ich kann nicht anders als immer zu denken, daß Gott uns verlassen hat."

Ich wollte schon sagen, wie traurig es doch sein mußte, im Alter von zwölf Jahren sein Zuhause zu verlieren, aber dann fiel mir ein, daß Caleb ja etwas Ähnliches passiert war. So blätterte ich schnell die Seite um und las weiter. „20. September. Es ist jetzt sicher, daß ich fortmuß, aber wohin, das weiß ich noch immer nicht. Weil ich die Älteste bin, will ich meinen Schwestern und Brüdern ein gutes Vorbild sein, aber manchmal fällt es mir schwer, nicht zu weinen. Ich bete, daß meine Schwestern nicht auch fortgeschickt werden. Meine Brüder werden hier gebraucht, um auf der Farm zu helfen."

„Aber warum?" unterbrach mich P.J. „Warum schickt

ihr Vater sie weg?" Im Lichtschein vergrößerten die Brillengläser seine Augen und den Ausdruck der Empörung. P.J. rettete stets alle verletzten oder heimatlosen Wesen. Ich überflog die nächsten Zeilen. „Das wird noch erklärt", sagte ich zu ihm. Mittlerweile hatte ich mich an Evalines Handschrift gewöhnt, und das Lesen fiel mir leichter.

„Letztes Frühjahr hat die Gemeinde die alte Mrs. Booker aus dem Dorf gejagt. Es hieß, sie hätte mit Hexen und Dämonen zu tun und sie sei an dem harten Winter schuld gewesen. Aber jetzt sind die Dinge noch schlimmer als je zuvor.

Dieses Jahr war das schlimmste, an das sich überhaupt jemand erinnern kann. Obwohl Papa so hart gearbeitet hat, haben wir doch nichts von all der Arbeit gesehen. Jeden Monat hat es Frost gegeben, sogar im Sommer. Was Papa im Frühjahr gesät hat, ist in der Erde erfroren, und jetzt haben wir gar keine Vorräte für den Winter. Mein Bauch tut schon weh, weil er nie gefüllt wird. Unsere Tiere sterben, und die Kuh gibt keine Milch mehr. Papa sagt, er wird sie schlachten, aber dann haben wir nie mehr Milch."

Ich blickte von dem Buch auf. „Es ist schwer zu glauben, daß die Leute noch vor hundertfünfzig Jahren an Hexen geglaubt haben", meinte ich.

„Und manche tun es noch heute", sagte Mutter. „Aber wenigstens ist diese arme Mrs. – wie hieß sie gleich?"

„Mrs. Booker", antwortete P.J. sofort.

„Ja, Mrs. Booker. Sie wurde zumindest nur aus dem Dorf gejagt. Wenn sie noch einmal hundert Jahre früher gelebt hätte, wäre sie auf dem Scheiterhaufen verbrannt worden. Und die Gerichtsbarkeit hat das nicht nur erlaubt, sondern sogar gefördert." Mutter schüttelte den Kopf. „Gott sei Dank sind unsere Gesetze heutzutage zumindest diesbezüglich etwas besser."

„Gab es denn damals wirklich Hexen?" fragte P.J.

„Nein, natürlich nicht", sagte ich.

„Die sogenannten Hexen dienten nur als Sündenbock, P.J." sagte Caleb.

„Was ist ein Sündenbock?" fragte P.J. und zog die Nase kraus, um seine Brille nach oben zu schieben.

„Ursprünglich war ein Sündenbock ein Tier, das geopfert wurde", erklärte Caleb. „Die Menschen glaubten, daß sie alles Böse, was geschehen war, auf ein Lamm oder einen Bock übertragen könnten. Dann jagten sie das Tier in die Wildnis hinaus, und die Menschen waren überzeugt, daß es das Böse mit sich trüge. Manchmal töteten sie die Tiere auch."

„Aber was hat das mit den Hexen zu tun?"

„Als die Tieropfer nicht mehr zu reichen schienen, kamen sie darauf, Menschenopfer zu bringen. Später, als der Teufel für alles Böse in der Welt verantwortlich gemacht wurde, da wurden eben die Hexen die Sündenböcke. Man glaubte, sie stünden mit dem Teufel im Bunde. Oft wurden sie dann verbrannt."

„Warum haben sie denn nicht gleich den Teufel verbrannt?" P.J. war empört.

Caleb lächelte. „Nun, das wäre natürlich viel klüger gewesen. Aber den Teufel konnten sie ja leider nicht fangen. Also suchten sie sich statt dessen unschuldige Menschen, meist unverheiratete Frauen, die kein Ansehen in der Gemeinde und ihnen nichts entgegenzusetzen hatten. Sie brauchten sie nur zu beschuldigen, Hexen zu sein. Aber das Böse war eigentlich in ihnen selbst — all die Sünden, die sie begangen hatten und geheimhielten. Und so konnte natürlich nichts besser werden."

„Du weißt aber eine ganze Menge", sagte P.J. mit einem Hauch von Ehrfurcht.

Caleb lachte. „Nur, weil ich auf dem College einen Kurs

in ‚Primitive Religionen' belegt hatte."

Ich hatte ganz vergessen, daß er zwei Jahre auf dem College gewesen war, bevor er sich freiwillig für den Kriegseinsatz gemeldet hatte.

„Vielleicht war Evaline Bloodsworth eine Hexe", meinte P.J. nach einem Augenblick der Stille.

„Sei nicht albern, P.J.", warf ich ein. „Wie Caleb gerade erklärt hat, waren die Frauen keine richtigen Hexen."

„Das weiß ich auch", gab P.J. ungeduldig zurück. „Ich meine, vielleicht dachten sie, sie wäre eine Hexe."

„Und vielleicht erzählt sie es uns ja noch, wenn wir ihr die Gelegenheit geben, P.J.", erwiderte ich, jetzt selbst ungeduldig.

„Kein Grund, gleich bissig zu werden, Molly", rügte mich Mutter mit sanfter Stimme. Mit einem Seufzer wandte ich mich wieder Evaline Bloodsworths Tagebuch zu.

„Im Juli wurde Nelly Wilcox, meine beste Freundin, auf einer Versteigerung verkauft. Ich habe eine Woche lang um sie geweint. Sie wurde an eine Familie in Fayette verkauft und lebt nun dort. Jetzt werde ich sie nie mehr sehen und auch nicht hören, wie es ihr geht. Damals hatte Papa geschworen, er würde niemals einen von uns verkaufen. Er sagte, unser Glauben an Gott und das Vertrauen in die Zehn Gebote wären unsere Rettung, aber jetzt soll ich doch bei der nächsten Versteigerung verkauft werden. Ich werde dann an denjenigen verkauft, der für mich am meisten Geld bietet. Dann wird die Gemeinde New Dover ihm die Kosten für meine Unterkunft für ein Jahr bezahlen, und ich muß dafür ein Jahr ohne Lohn arbeiten. Meine Schwestern weinen und klammern sich an mir fest. Manchmal glaube ich schon, ich werde vor lauter Verzweiflung ohnmächtig, und ich frage mich, was wohl aus mir werden wird."

„Du lieber Gott", sagte Mutter leise. „Die arme Familie!"

„Und was ist mit der armen Evaline?" murrte P.J. „Sie muß uns doch leidtun!"

„Natürlich, die arme Evaline. Lies weiter, Molly."

„10. Oktober. Vielleicht ist Gott doch noch gnädig. Ich soll nicht verkauft werden! Jemand hat Papa von den Baumwollspinnereien in der Stadt Lowell in Massachusetts erzählt, und ich soll nun dort hingehen, um zu arbeiten. Lowell ist drei Tagesreisen von New Dover entfernt. Ich werde in einer der Spinnereien arbeiten und dort leben und für meinen Unterhalt bezahlen. In der Baumwollspinnerei zu arbeiten ist auf jeden Fall besser als versteigert zu werden. Ich habe schon gehört, daß manchmal Witwer oder unverheiratete Männer für junge Mädchen bieten und sie außer zum Kochen und Saubermachen auch für ihre eigenen Zwecke mißbrauchen. Ich danke Gott, daß mir dies nicht passieren soll. Sobald Papa für mich mit einer der Spinnereien einig geworden ist, werde ich weggehen."

„Da ist eine Stelle, die ich nicht lesen kann", erklärte ich und sah stirnrunzelnd auf den Fleck, wo die Tinte verwischt war. Ich blickte hoch und stellte fest, daß mich alle erwartungsvoll anschauten.

„Hier geht es weiter", sagte ich, als ich eine Stelle weiter unten gefunden hatte, wo ich wieder etwas entziffern konnte.

„… Etwas … war kalt, und ich war krank", fuhr ich fort. „Ich konnte nur einige eigene Kleidungsstücke mitnehmen, meine Bibel, dieses Buch und die Puppe, die Mutter mir am Tag meiner Abreise gegeben hat. Ich möchte es nicht laut sagen, aber jetzt gerade spendet mir die kleine Puppe mehr Trost als meine Bibel. Ich habe sie den ganzen Weg von New Dover nach Lowell fest im Arm gehalten.

Ich konnte nicht anders als auf der Reise zu weinen, und eine Frau hatte Mitleid mit mir. Als wir in Lowell ankamen, half sie mir, die Unterkunft zu finden, wo ich jetzt bin.

Die Leute, bei denen ich lebe, sind Calvin und Minna Raintree. Mr. Raintree ist so etwas wie ein Direktor in der Spinnerei und arbeitet in einem großen Büro, wo wir Mädchen nicht hineindürfen. Die Raintrees sind nett zu mir, aber ich sehe sie nur nach der Arbeit oder an den Sonntagen, wenn wir zusammen in die Kirche gehen. Das ist der einzige Tag, an dem wir nicht arbeiten müssen. Manchmal sehe ich, wie Mrs. Raintree mich anschaut, und einmal hat sie mir übers Haar gestrichen und gesagt, es sei eine Schande, daß ein so hübsches Mädchen so bald von zu Hause wegmußte. Da habe ich weinen müssen, denn das gleiche hat meine Mutter auch zu mir gesagt, als ich wegfuhr.

Die Raintrees haben zwei Kinder. Clara ist neun, und Thomas ist erst vier. Clara erinnert mich an meine Schwester Caroline, und dann bekomme ich immer Sehnsucht nach zu Hause. Aber sie ist nett und kommt manchmal zu mir in die Dachstube und unterhält sich mir mir."

Ich blätterte die Seite um und sah kurz hoch, aber niemand sagte ein Wort, und so las ich weiter.

„16. Dezember. Jetzt bin ich schon sechs Wochen in Lowell. Die Arbeit in der Spinnerei ist nicht schwerer als die Arbeit zu Hause, und mehr muß ich auch nicht arbeiten. Wir arbeiten von sieben Uhr morgens bis sieben Uhr abends. Abends müssen wir immer gleich von der Arbeit zu unserer Unterkunft gehen. Sie sind sehr streng und passen auf, daß uns nichts passiert. Sie wissen, daß niemand so jungen Mädchen sonst erlauben würde, hierher zur Arbeit zu kommen, wenn sie nicht auf uns aufpassen würden.

Einmal in der Woche haben wir nach der Arbeit noch eine Art Unterricht. Da kommt dann ein Pastor, oder ein anderer kluger Mann, um uns etwas vorzulesen. Meistens finde ich das nicht so interessant, und oft schlafe ich fast ein. Mr. Dobbs, mein Aufseher in der Spinnerei, bringt mich danach nach Hause. Er wohnt auch bei den Raintrees und hat ein Zimmer im zweiten Stock, das viel größer ist als meine Dachkammer. An den Vortragsabenden hat Mrs. Raintree immer ein warmes Abendessen für uns auf dem Herd stehen. Mr. Dobbs ist nicht so alt wie Papa und hat kein graues Haar, aber er ist viel älter als ich, und wenn er mit mir spricht, bin ich immer ganz verlegen.

Weil ich das einzige Mädchen aus der Spinnerei bin, das bei den Raintrees wohnt, habe ich eine eigene Kammer unter dem Dach. Die meisten anderen Mädchen wohnen zusammen in einem Wohnheim in der Nähe der Spinnerei. Ich habe Glück, daß ich ein eigenes Zimmer haben kann, aber trotzdem ist es nicht so schön, ganz allein zu wohnen. Es ist einfacher für die Mädchen im Wohnheim, eine Freundin zu finden. Bis jetzt habe ich noch keine."

„Das arme Ding", murmelte Mutter, aber mittlerweile hatte mich Evalines Geschichte so sehr in ihren Bann gezogen, daß ich die Bemerkung kaum hörte. Es war, als ob Evaline hier bei uns wäre und durch mich erzählte.

Ich blätterte die nächste Seite um und betrachtete sie ungläubig, dann blätterte ich weiter. Nichts war mehr zu entziffern. Alles war nur noch verschwommene blaue Tinte.

6. Kapitel

Ich hielt das Buch hoch, damit die anderen es sehen konnten. Verwaschene, getrocknete Tinte auf verknittertem Papier. „Seht nur", jammerte ich.

„Jetzt werden wir nie erfahren, was aus ihr geworden ist!" P.J. hörte sich an, als sei er den Tränen nahe. Ich konnte es ihm nachfühlen. Auch ich kam mir betrogen vor.

„Wieviele Seiten waren es denn noch?" fragte Caleb.

„Drei", antwortete ich. „Aber das Papier war so dünn, daß sie immer nur eine Seite beschrieben hat."

„Dann hätten wir sowieso nicht mehr viel erfahren."

„Nein, aber es ist trotzdem enttäuschend." Ich hätte mich auch betrogen gefühlt, wenn es nur noch eine weitere Seite gewesen wäre.

„Arme Evaline", sagte Mutter leise und schüttelte den Kopf. „Und sie war erst zwölf. Was für ein ergreifendes Schicksal für ein so junges Mädchen." Sie drehte sich zu mir. „Ob sie wohl ein neues Buch angefangen hat, nachdem sie mit diesem fertig war?"

„Wenn ja, so haben wir es nicht gefunden. All das hier lag zusammen", erklärte ich und deutete auf die kleine Puppe, den Kamm und den Feuerstein. „Mehr war nicht dort."

„Es wäre interessant herauszufinden, wie das Buch den ganzen Weg von Lowell nach Plum Cove Island gekommen ist", meinte Caleb. Er nahm den Feuerstein auf und rieb ihn zwischen den Händen, als ob er ihn zum Leben erwecken wolle.

„Ob Evaline es selbst mitgebracht hat?" überlegte ich laut und versuchte, mir eine Geschichte zusammenzureimen. „Vielleicht ist sie nach Hause zurückgekehrt, und ihre Familie ist auf die Insel gezogen. Vielleicht wollte ihr Vater es als Fischer versuchen, weil die Farm so schlecht ging."

„Möglich", meinte Mutter. „Aber ganz sicher hätten sie nicht alle in dieser winzigen Hütte leben können. Dort ist ja kaum genug Platz für eine Person, höchstens für zwei."

Mutter hatte natürlich wieder einmal die Situation logisch analysiert. In meiner Phantasie hatte in der Hütte eine ganze Familie zu sechst oder siebent Platz gefunden. Aber selbstverständlich hatte Mutter recht.

„Was uns wieder dorthin zurückbringt, wo wir begonnen haben", sagte ich. „Was geschah mit Evaline, und wie kam ihr Tagebuch in diese Hütte?"

P.J. nahm die kleine Puppe vom Tisch. „Vielleicht war das die Puppe, die sie mit nach Lowell genommen hat." Seine Brille war wieder ein Stück die Nase hinuntergerutscht, aber er schien es gar nicht zu bemerken.

„Wäre denkbar", sagte Caleb, „und das heißt, Evaline könnte in dieser Hütte gelebt haben. Aber jemand hat die Hütte leergeräumt, bis auf das, was von den Regalen gefallen und damit versteckt war."

„Nun, heute abend werden wir das jedenfalls nicht mehr herausfinden", stellte Mutter fest. „Und ich überlasse es euch, das Geheimnis zu lösen. Ich gehe jetzt ins Bett. Gute Nacht, alle miteinander." Sie winkte uns noch zu und ging hinaus.

Caleb stand auf und streckte sich.

„Wie wäre es mit einer Gitarrenstunde, Caleb?" fragte P.J. und unterdrückte mühsam ein Gähnen.

„Morgen abend", schlug Caleb vor und zauste P.J. das Haar. „Mein Gehirn ist jetzt schon zu taub, um meine Finger noch in Bewegung setzen zu können. Und ich wette, dir geht es auch nicht anders."

P.J. lächelte zu ihm hoch. „Ja, vielleicht. Ich denke, ich

geh auch lieber ins Bett. Gute Nacht." Er trollte sich in den Flur.

Caleb folgte ihm. An der Tür drehte er sich zu mir um. „Soll ich noch überall das Licht ausschalten?" Er sah müde aus, auf seiner Stirn waren kleine Fältchen zu sehen.

„Aber nein", wehrte ich ab und schüttelte den Kopf. „Das mache ich. Ich denke, ich bleibe noch ein wenig auf."

„Na, dann gute Nacht, Molly. Schlaf gut."

Ich sah zu, wie er auf die Treppe zuging. Dabei holte ich tief Luft und schloß die Augen. Ich versuchte, mir über meine Gefühle klar zu werden. Seit unserer Rückkehr von der Hütte, wurde es mir jedesmal, wenn Caleb mich ansah oder meinen Namen aussprach, ganz eng um die Brust herum, und ich hatte das Gefühl, nicht genug Luft zu bekommen. Ich war nicht sicher, ob es von dem Geheimnis kam, das wir teilten, oder ob es daran lag, daß seine dunkle, verschlossene Seite mich mehr und mehr anzog. Ich wollte wissen, warum er manchmal so verzweifelt aussah, genau wie ich das Schicksal von Evaline Bloodsworth kennen wollte.

Ich dachte an die Jungen, mit denen ich mich manchmal in New York getroffen hatte. Auch wenn ich sie nicht direkt mit Caleb verglich, schienen sie so jung und berechenbar zu sein. Keinen von ihnen umgab etwas Geheimnisvolles, was mich fesseln konnte, wie es bei Caleb der Fall war. Während ich ihm nachsah, wie er jetzt langsam die Treppe hinaufhumpelte, wurde mir das bewußt. Doch ich wußte, das mußte ich vor Mutter geheimhalten wie eine der geheimen Sünden, die Caleb P.J. gegenüber erwähnt hatte. Ich wartete und lauschte, bis ich hörte, wie sich die Tür des Dachzimmers schloß.

Jetzt, da ich allein in der Küche war, sah ich auf das verblaßte Buch hinunter. Ich öffnete es und las es noch einmal, jede Seite las ich langsam und sorgfältig, bis ich zu diesen letzten, verschwommenen, unleserlichen Seiten kam. Ich schloß die Augen und ließ meiner Phantasie freien Lauf. Das Bild eines jungen Mädchens kam mir in den Sinn. Ein Mädchen, das barfuß auf den Felsen stand, der lange Rock wehte ihr um die Beine. Ein Mädchen von ungefähr zwölf Jahren, das aussah, als ob es aus dem letzten Jahrhundert stammte. In meiner Erinnerung sah ich die offene Tür der Häuschens und den kleinen Schaukelstuhl, der vor und zurückschaukelte. Dieses Bild kam zusammen mit einem Namen. Evaline. Ich versuchte, den Gedanken, der in mir aufstieg, wieder zu verdrängen, aber es gelang mir nicht.

Nein, sagte ich mir. Das ist nicht möglich. Aber der Gedanke nagte weiter an mir, bis ich ihn schließlich ernsthaft bedachte. Wenn das Mädchen auf den Felsen Evaline war, und sie schließlich nicht mehr am Leben war, dann konnte es nur ihr Geist sein, den wir dort gesehen und später in der Hütte gespürt hatten. Ich schüttelte ungläubig den Kopf. Geister gibt es nicht in der Wirklichkeit. So etwas kommt nur in Büchern oder Filmen vor.

Verstandesmäßig war ich mir dieser Tatsache durchaus bewußt, aber tief in meinem Inneren war ich mir sicher, daß Caleb und ich die Gegenwart von Evaline Bloodsworth in der Hütte gespürt hatten. Wir hatten sie auf den Felsen im Nebel gesehen. Ich hatte sie so gesehen, wie sie als junges Mädchen ausgesehen haben mußte, bevor sie New Dover verlassen hatte, um auf ihre lange, einsame Reise nach Lowell zu gehen. Aber was war dort mit ihr geschehen? Warum war sie wieder nach New Dover zurück und von dort nach Plum Cove Island gekommen?

Ich stand auf und leerte den Geschirrspüler, dann sah ich auf meine Uhr. Sie zeigte erst zehn, aber ich war jetzt auch müde. Nacheinander knipste ich die Lampen aus und ging nach oben in mein Zimmer. Das Licht oben im Flur ließ ich an für den Fall, daß Caleb sich wieder zu einem mitternächtlichen Spaziergang entschließen sollte.

Sobald ich im Bett lag, fiel ich in einen tiefen Schlaf. Allerdings hatte ich wirre Träume, die mich in der Nacht mehrmals hochschrecken ließen, doch ich schlief jedesmal sofort wieder ein und träumte weiter.

In meinem Traum kam ich in ein seltsames Krankenhaus, an einem mir unbekannten Ort. Ich war dort, um ein Baby zur Welt zu bringen, aber zuerst mußte ich das richtige Zimmer finden. Und ich mußte rechtzeitig dort sein, oder das Baby würde nicht mir gehören. Das Krankenhaus schien menschenleer zu sein. Ich konnte niemanden nach dem Weg fragen. Ich lief durch den langen, weißgestrichenen Gang, an dessen Enden sich Schwingtüren befanden. Als ich am Ende anlangte, drückte ich die Türen auf und befand mich wieder in einem endlosen, leeren Flur. Aber ich wußte, daß ich weitersuchen mußte, und das schnell, sonst verlor ich das Baby.

Aus der Ferne hörte ich Stimmen. Ich begann, schneller zu laufen, ich wollte unbedingt rechtzeitig ankommen. Ich wurde von Weinkrämpfen geschüttelt. Die Stimmen wurden lauter, und ich wußte, wenn ich nur das Zimmer mit diesen Stimmen finden würde, dann wäre alles in Ordnung. Endlich stieß ich die Tür auf und stolperte atemlos in einen hell erleuchteten Raum. In der Mitte dieses Zimmers stand ein Geburtsstuhl, um den Ärzte und Krankenschwestern standen. Erleichtert wußte ich, daß ich mein Ziel erreicht hatte.

Doch während ich nähertrat, sah ich eine Frau dort liegen. Ein Arzt stand bei ihr. Er drehte sich zu mir um, und ich sah, daß er ein neugeborenes Kind an den Füßen hielt, den Kopf nach unten. Das Baby weinte, und in diesem Augenblick wußte ich, daß ich zu spät gekommen war. Mein Baby war von jemand anderem geboren worden, und ich hatte es für immer verloren. Ich brach in Tränen aus.

Noch während des Traumes kämpfte ich darum, wach zu werden. Als ich schließlich aufwachte, verspürte ich ein überwältigendes Gefühl von Verlust. Ich lag auf dem Bauch, das Gesicht in mein Kissen vergraben. Es war ganz naß, aber ob das vom Schweiß oder den Tränen herrührte, konnte ich nicht sagen. Meine Augen waren geschlossen. Der Traum war mir überdeutlich in Erinnerung, und ich hatte ein Gefühl, als ob mir das Herz herausgerissen worden wäre und eine tiefe Leere in mir herrschte.

Eine ganze Zeit lag ich bewegungslos da. Ich hatte Angst, wieder einzuschlafen, solange der Traum noch so lebendig war. Nach und nach verschwanden diese Bilder. Immer noch angespannt schloß ich die Augen, versuchte aber, noch wach zu bleiben. Da hörte ich meine Zimmertür knarren. Langsam öffnete ich wieder die Augen. Ein Lichtstrahl, der vom Flur hereinfiel, bildete einen kleinen, hellen Pfad auf dem Teppich.

In der Tür stand eine Gestalt, nur von hinten beleuchtet, das Gesicht im Dunkeln. Sie war schmal wie die eines Kindes, und ich dachte zuerst, es sei P.J. Ich wollte bereits fragen, was er wollte, als ich merkte, daß es kein Junge, sondern ein Mädchen war. Es war mit einem langen, grauen Gewand bekleidet und trug ein weißes Häubchen, das unter dem Kinn festgebunden war. Irgendwie sah sie durchsichtig aus, als ob Licht durch sie hindurchfiele. Jetzt kam sie auf mich zu, es war eher wie ein Gleiten, ihre nackten Füße berührten kaum den Boden.

Ich lag dort, unfähig, mich zu bewegen oder einen Ton von mir zu geben. Immer näher kam sie auf mich zu. Ich lag nach wie vor auf dem Bauch, meine Arme und Hände waren von meinem eigenen Gewicht wie festgenagelt, und ich konnte sie nicht freimachen. Ich versuchte zu rufen, aber ich brachte keinen Laut heraus. Es war wie einer dieser Träume, wo du davonlaufen willst, aber dich nicht von der Stelle bewegen kannst. Nur, daß es dieses Mal kein Traum war.

Als sie neben dem Bett stand, lief mir eine Gänsehaut über den Rücken, aber ich konnte mich noch immer nicht rühren. Ich versuchte, ihr Gesicht zu erkennen, aber da das Licht von hinten kam, lagen ihre Züge im Dunkeln. Alles, was ich sehen konnte, war die weiße Haube, die das Gesicht umrahmte, und die hellen Locken, die auf ihre Schultern fielen.

Ohne meinen Kopf zu bewegen, starrte ich aus den Augenwinkeln zu ihr hoch.

Ich holte tief Luft und brachte endlich etwas heraus. „Bist du Evaline?" flüsterte ich, doch sie antwortete nicht. „Was willst du?" flüsterte ich wieder, aber auch darauf bekam ich keine Antwort.

Mit einem Ton, der sich wie ein Seufzen anhörte, drehte sie sich um und ging zur Tür. Eine Sekunde später fiel die Tür hinter ihr ins Schloß.

Ich lag noch lange wach, doch erst eine ganze Weile später gelang es mir, meine Arme unter dem Kissen hervorzuholen.

Von draußen klang das Rauschen des Meeres herein. Heute schien es weit weg zu sein. Der Wind seufzte durch die zwei Kiefern, die an jeder Seite der Veranda standen. Ich wagte es nicht, meine Augen zu schließen, und lauschte auf die Geräusche der Nacht, bis ich schließlich in einen tiefen, traumlosen Schlaf fiel. Diesmal wachte ich nicht mehr auf, bis es hell war.

7. Kapitel

Ich lag still da und sah hinauf zur Decke. Die Erinnerungen an die letzte Nacht tröpfelten langsam in mein Bewußtsein. Während ich mich an den Traum erinnerte, verspürte ich auch wieder das Gefühl des Verlustes, das ich gefühlt hatte, als ich mitten in der Nacht aufgewacht war.

Dann, wie in einer Zeitlupenaufnahme, fügte ich im Kopf die eigenartige Szene zusammen, die ich nach meinem Traum erlebt hatte — das Mädchen, das zu mir ans Bett gekommen war. Im hellen Morgenlicht fragte ich mich, ob das nicht auch ein Traum gewesen war. Doch es war anders als ein Traum gewesen, obwohl es mir schwerfiel, den Unterschied zu begreifen.

Aber warum hätte das Mädchen in mein Zimmer kommen sollen?

Ich blinzelte unter den Sonnenstrahlen, die jetzt durch die halbgeöffneten Schlitze der Jalousien fielen. Als ich den Kopf wegdrehte, sah ich auf den Wecker neben meinem Bett. Viertel vor sieben. Immer noch früh. Zu zeitig, als daß die anderen schon auf wären, dachte ich. Aber dann hörte ich Geräusche über mir. Caleb war ebenfalls wach.

Ich stieg aus dem Bett und ging in das Badezimmer, das sich zwischem meinem und P.J.s Zimmer befand. Als ich mein Haar trocken gerubbelt und mir etwas übergezogen hatte, eilte ich in den Flur. Von Caleb nichts zu sehen. Die Tür zu seinem Zimmer stand offen. Ich rannte hinunter und sah Caleb gerade noch durch das Fenster die Einfahrt entlanghumpeln. Diesmal folgte ich ihm. Er hörte mich hinter sich und drehte sich am Ende des Weges um.

„Hast du etwas gegen Gesellschaft?" fragte ich. Meine Atemlosigkeit rührte mehr von der Nervosität als vom schnellen Gehen.

„Kommt auf die Gesellschaft an." Er sah mich mit einem schiefen Lächeln an, aus dem ich nicht erkennen konnte, ob es nun eine Ablehnung oder eine Ermunterung war, und ich zögerte. „Na komm schon", sagte er und faßte mich am Arm, um seine Aufforderung zu unterstützen. Als wir unsere Einfahrt verließen, ging er in Richtung Windhover.

„Wo willst du denn hin?" fragte ich.

„Ich weiß noch nicht genau. Ich soll soviel wie möglich laufen, also dachte ich daran, in die Stadt zu gehen." Er sah mich von der Seite an, und mir fiel ein, daß mein Haar immer noch feucht war und einfach an mir herunterhing.

„Ich sag dir was ..." erklärte er.

„Was?" fragte ich und sah auf meine große Zehe hinunter, die sich durch einen Schlitz in meinen Stoffschuhen bohrte.

„Wenn ich es bis zur Stadt hinunter schaffe, lade ich dich zu einem Kaffee ein."

„Einverstanden", antwortete ich mit einem Lachen.

„Aber hinunterzukommen ist der leichtere Teil. Der Rückweg wird viel schwieriger sein."

Es drängte mich, ihm davon zu erzählen, wie Evaline in mein Zimmer gekommen war – denn mittlerweile war ich sicher, daß es Evaline gewesen war –, aber ich fürchtete doch, daß sich die Geschichte zu fantastisch anhörte, um mehr zu sein als ein Traum. Ich konnte den Gedanken nicht ertragen, daß Caleb mir vielleicht nicht glaubte oder Witze darüber machte.

„Hast du noch mehr Hinweise auf Evaline in ihrem Buch gefunden?" fragte er plötzlich.

Verblüfft fragte ich mich, ob er irgendwie meine Gedanken lesen konnte.

„Nein", antwortete ich langsam und konzentrierte mich darauf, einen Stein die Straße vor mir entlangzustoßen.

„Keine Hinweise. Aber etwas Eigenartiges ist letzte Nacht passiert. Ich meine, wirklich richtig verrückt."

„Ja? Was war denn?"

„Na ja, zuerst hatte ich einen ziemlich merkwürdigen Traum", sagte ich und erzählte ihm den Traum.

Als ich zu Ende erzählt hatte, schüttelte er schweigend den Kopf.

„Aber das ist nicht alles", sagte ich. „Das war erst der Anfang." Ich beschloß, das Risiko einzugehen, ihm die ganze Geschichte zu erzählen, und holte tief Luft. Dann berichtete ich von dem Mädchen, das plötzlich in meinem Zimmer gestanden hatte.

Caleb hörte auf zu laufen und sah mich an. „Heh", sagte er. „Laß uns doch mal kurz Pause machen."

Wir setzten uns zusammen auf einen Hügel vor den Klippen. Obwohl die Sonne schien, schäumten die Wellen unten an den Felsen immer noch hoch. Das Meer hatte sich von dem Sturm vor einigen Tagen noch nicht ganz beruhigt.

„Jetzt erzähl mir den Rest", sagte er, als wir saßen.

Ich erzählte, wie das Mädchen mein Zimmer durchquert und an meinem Bett gestanden hatte. Ich sah Caleb nicht an, als ich das Gefühl eines leichten Windes erwähnte, wie wir ihn am Nachmittag in der Hütte erlebt hatten. Schließlich endete ich damit, wie die Gestalt wieder verschwunden und die Tür hinter ihr ins Schloß gefallen war. Ich wartete jetzt auf seine Antwort, auf den ungläubigen Ausdruck, der mir sagen würde, er dachte, es sei alles ein Traum gewesen. Aber lange Zeit saß er schweigend da und blickte aufs Meer hinaus. Als er schließlich redete, sagte er genau das, was ich ebenfalls gedacht hatte.

„Es muß Evaline gewesen sein, und aus irgendeinem Grund will sie, daß wir von ihrer Anwesenheit wissen."

„Dann hältst du mich also nicht für verrückt?"

„Aber nein." Er hob ein Stück Holz auf und warf es die Klippen hinunter. Ich zuckte zusammen, als es auf den Felsen aufschlug.

„Ich habe das nie jemandem erzählt, Molly", fuhr er fort, „aber eines Nachts, kurz nachdem mein Vater gestorben war, wachte ich auf und sah ihn auf dem Stuhl in der Ecke meines Zimmers sitzen. Er saß genau so da, wie ich ihn oft gesehen hatte, seine Pfeife im Mund, das Kinn in die Hand gestützt."

Ich sah Caleb an, ohne ein Wort zu sagen. Sein Sonnenbrand hatte sich in eine leichte Tönung der Haut gewandelt, und auf seiner Nase waren ein paar Sommersprossen erschienen. Er sah besser aus als bei seiner Ankunft — lag die erst zwei Tage zurück? —, aber im hellen Morgenlicht waren die dunklen Ränder unter seinen Augen wohl zu sehen.

„Dad hat mit mir gesprochen", fuhr er fort. „Er sagte: 'Ich möchte, daß du weißt, daß alles in Ordnung ist, Caleb. Es ist alles in Ordnung.' Dann verschwand er. Ich war erst vierzehn, und ich habe niemandem jemals davon erzählt — nicht einmal meiner Mutter —, denn ich wußte, sie hätte mir eingeredet, ich hätte es nur geträumt. Nach einer Weile dachte ich selbst schon, daß es vielleicht ein Traum gewesen sei. Aber dann sah ich ihn wieder... vor acht Monaten, als ich verwundet war."

Caleb holte tief Luft. „Ich lag auf der Erde und wartete auf die Sanitäter. Ich wußte, daß ich in ziemlich schlechtem Zustand war, aber ich war immer noch bei Bewußtsein. Diesmal erschien er und setzte sich neben mich auf die Erde. Er sagte: ‚Es ist noch nicht Zeit, Caleb.' Und ich wußte, daß ich weiterleben und wieder nach Hause kommen würde."

Caleb lachte kurz auf. „Natürlich wußte ich nicht, ob ich auf zwei Beinen oder mit zwei Stumpen nach Hause kommen würde, und so war ich damals nicht sicher, ob ich diese Botschaft überhaupt hören wollte. Aber ich denke, es gibt noch Schlimmeres im Leben, als die Beine zu verlieren." Er sah zu mir. „Und hier bin ich nun. Mit Beinen und allem anderen."

Er streckte die Beine aus, und wir sahen beide auf den ausgeblichenen Stoff seiner Jeans. Ich hätte Caleb gern berührt, ihn irgendwie getröstet, aber ich traute mich nicht.

„Du siehst", sagte er schließlich und stand etwas steif von dem Hügel auf, „deine Geschichte hört sich für mich durchaus glaubwürdig an. Aber ich bezweifle, daß es noch viele andere Leute gibt, die uns glauben würden."

Er streckte die Hand aus, um mich hochzuziehen, und ich faßte sie. Seine Finger fühlten sich kühl an und hielten meine Hand ganz fest.

„Bist du sicher, daß du den ganzen Weg hinunter in die Stadt laufen willst?" fragte ich.

„Du schuldest mir einen Kaffee."

„Ich dachte, es sei andersherum gewesen", erinnerte ich ihn mit einem Lächeln.

„Ich habe es ja auch nur versucht", sagte er, ließ meine Hand los und lächelte mich an. Es war das erstemal seit seiner Ankunft, daß er mich direkt anlächelte, und ich spürte die Wärme seines Lächelns bis in meine Zehen.

Während wir den Berg hinunter in die Stadt liefen, tauchten nach und nach Häuser rechts und links der Straße auf, und die Gärten wurden kleiner. Als wir schließlich unten angelangt waren, gab es nun auch Läden entlang der Straße zu sehen. Caleb lief langsam. Er nahm sich Zeit, in die Schaufenster und in die schmalen Gassen zu gucken, die sich links von der Hauptstraße nach oben wanden. Rechts von uns lag der Hafen mit seinen Anlegestellen für die Fischer.

Bis auf einige Boote waren die Anlegestellen leer. Die Fischer waren schon lange vor Sonnenaufgang hinausgefahren und würden in wenigen Stunden bereits wieder einlaufen.

In der Nähe der Docks roch die Luft nach Seetang, Salz, Fisch und Dieselöl. Ich atmete tief ein.

„Eau de Fisch", scherzte Caleb, aber auch er atmete tief ein. „Wenn jemand diesen Geruch in Flaschen abfüllen und an die Touristen verkaufen könnte, würde er ein Vermögen verdienen."

„Wie findest du es in Windhover?" fragte ich. „Ich kann mich nicht mehr so gut erinnern. Hat sich viel verändert?"

„Nein, nicht sehr viel. Es gibt einige neue Häuser, wie du gesagt hast, aber im Grunde ist es wie früher. Außer, daß insgesamt alles wohlhabender aussieht. Als ob der ganze Ort einen frischen Anstrich bekommen hätte. Die Zeiten müssen auch hier besser geworden sein. Vor zehn Jahren standen die Dinge ziemlich schlecht. Ich erinnere mich, daß einige Unternehmen verkauft werden mußten."

Wir kamen an Ralphs Service, der einzigen Tankstelle im Ort, vorbei. Sie war leer bis auf den Tankwart, der die Benzinpreise änderte. Caleb blieb stehen, um ihm zuzuschauen.

„Das hat sich nicht verändert", sagte er mit einem kurzen Lachen. „Das alte Ritual, daß die Benzinpreise für die Sommergäste hinaufgesetzt werden. Jetzt weiß ich, daß ich wieder zu Hause bin."

Er stand einen Augenblick gedankenverloren da. Schließlich drehte er sich zu mir um. „Weißt du was?" sagte er langsam. „Wenn wir schon in der Stadt sind, sollten wir jemanden besuchen."

„Und wer ist das?"

„Erinnerst du dich an Dwayne und Joel Bockman?"

„Klar", antwortete ich. Ich konnte mich gut an sie erinnern. Die beiden waren oft mit Caleb zusammengewesen.

In Dwayne war ich ein wenig verliebt gewesen, denn er hatte mir immer geholfen, wenn Joel und Caleb mich mit Quallen geärgert hatten.

„Wir sollten mal herausfinden, ob ihr Großvater noch in der Gegend ist. Er hat sein ganzes Leben lang in Windhover gewohnt, und wenn Evaline Bloodsworth jemals hier gelebt hat, dann weiß er vielleicht etwas über sie."

„Meinst du, er lebt noch?" fragte ich mit wachsender Aufregung bei dem Gedanken, daß wir mehr über Evaline herausfinden könnten.

Caleb ging hinüber zur Tankstelle. Der Tankwart war ein Junge in meinem Alter mit einem auffallenden Wirbel im Haar und fliehendem Kinn. „Weißt du vielleicht, ob Harry Bockman noch auf der Insel ist?" fragte Caleb ihn.

„Vor ungefähr einer Stunde war das so", antwortete der Tankwart, ohne sich umzudrehen.

„Wo finde ich ihn?"

„Vor dem Bootsladen. Dort ist er jeden Morgen um diese Zeit." Der Junge warf Caleb einen gleichgültigen Blick zu und drehte sich wieder zu seinen Preisschildern.

„Dankeschön", rief Caleb über die Schulter, als wir bereits die Straße überquerten.

Wir gingen um die Ecke und liefen zum Pier. Vor dem Laden saß ein älterer Mann, den ich nicht wiedererkannt hätte, auf einem Faß und flickte ein Netz. Andere Netze lagen in einem wirren Stoß zu seinen Füßen. Seine Hände waren so knotig, seine Knöchel so dick, daß es schwer war zu glauben, daß er irgend etwas flicken könnte. Aber seine Finger woben den schweren Faden so gekonnt in das Netz, wie Caleb auf der Gitarre spielte.

Caleb hielt vor ihm an. „Mr. Bockman", sagte er leise.

Der Mann sah unter seiner Mütze hervor zu uns hoch und blinzelte gegen die Sonne. Seine Augen waren von tiefen Furchen umgeben, die bis hinunter in seine sonnenverbrannten Wangen liefen.

„Ja so was", rief er aus. Er sah Caleb prüfend an und nickte. „Du bist der McLaughlin-Junge."

„Ja, Sir. Caleb McLaughlin."

„Zum Deibel noch mal. Für 'ne Minute hab ich schon gedacht, ich seh' deinen Pa vor mir, so ähnlich siehst du ihm. Wohnst du jetzt wieder hier?"

„Nein, ich bin nur zu Besuch da. Wir wohnen in New Hampshire, seit Mutter wieder geheiratet hat."

„Ach so? Hat uns alle schwer getroffen, das mit deinem Dad zu hören. Ein feiner Mann. Still in seiner Art, aber er hatte immer ein Wort für jeden. Es war wirklich schlimm, das zu hören …" Er schüttelte den Kopf. „Dein Dad hätte nie von der Insel fortgehen sollen."

„Da haben Sie wohl recht", stimmte Caleb ihm leise zu.

„Es war schwer hier auf der Insel damals, aber wir hätten alle so gut geholfen, wie wir konnten."

„Vielen Dank, Mr. Bockman. Und Dad hätte sich auch dafür bedankt. Aber er konnte nicht darum bitten."

„Nein, das hätte wohl niemand von uns gekonnt. Es ist schön, dich wieder hierzuhaben, Sohn. Ich geh kein einziges Mal an eurem Haus vorbei, ohne nicht an dich und deinen Dad zu denken." Er runzelte die Stirn. „Es ist hart zu sehen, daß jemand anderes dort wohnt. Nichts als Sommervolk hat dort gewohnt, seit deine Familie es verkauft hat. Und niemand hat es länger als ein oder zwei Jahre behalten. Jetzt steht es auch wieder leer."

„Das habe ich gehört", sagte Caleb mit schmalem Mund.

„Eine Schande ist das für mich. Aber du, mein Junge, komm mal bei uns vorbei, wenn du schon hier bist. Mildred wird sich freuen, dich zu sehen."

„Und Ihre Enkel?" fragte Caleb. „Sind die auch noch hier?"

„Dwayne ist vor ein paar Jahren von der Insel weg nach Gloucester gezogen. Seine Fau ist nämlich aus Boston, und sie wollte nicht so weit fort von dort. Aber Joel ist noch hier." Er legte den Kopf in den Nacken und lachte hustend. „Ich weiß noch, wie ihr beide eure Mütter auf die Palme gebracht habt, weil ihr dauernd mit irgendwelchen Schrammen nach Hause gekommen seid. Joel wird sich freuen, daß du wieder da bist."

„Was macht er denn zur Zeit?"

„Er fischt zusammen mit seinem Vater."

„Joel und ich, wir sind noch eine ganze Weile in Kontakt geblieben", sagte Caleb. „Aber keiner von uns beiden war gut im Briefeschreiben. Ist er verheiratet?"

„Nicht, daß ich es wüßte", antwortete Mr. Bockman mit einem Glucksen. „Aber das kann sich noch ändern, wenn das richtige Mädchen kommt." Er schirmte jetzt mit der Hand die Augen von der Sonne ab und blinzelte zu mir hoch. „Und wer ist denn nun dieses hübsche kleine Ding, das du dabeihast? Oder willst du sie ganz für dich behalten?"

Ich trat einen Schritt nach vorne und streckte ihm die Hand entgegen. „Ich bin Molly Todd, Mr. Bockman. Calebs Cousine." Meine Finger verschwanden völlig in seiner Hand, die Schwielen kratzten an meiner Handfläche. „Sie erinnern sich wahrscheinlich nicht mehr an mich, aber ich kann mich noch an Sie erinnern. Damals war ich allerdings noch klein – und Ihre Enkel auch. Zu der Zeit habe ich Dwayne angebetet."

„Molly Todd, ja?" wiederholte er und betrachtete mich.

„Dwayne hat anscheinend nicht darauf gewartet, daß ich erwachsen werde", fügte ich lachend hinzu. „So ein Pech."

„Das wird ihm auch leid tun. Wo wohnst du denn, Molly?"

„Mutter hat das neue Haus an der Cliff Road gekauft, das auf dem halben Weg zwischen der Stadt und High Point liegt."

„Ja, ich kenne die Stelle. Ich hab schon gehört, daß es verkauft worden ist."

„Wir wollten Sie dazu etwas fragen", sagte Caleb.

„Was denn?" Mr. Bockman spuckte in die Hände und rollte ein Stück Zwirn zwischen seinen Handflächen.

„Wußten Sie, daß dort hinten im Wald eine alte Holzhütte steht?" fragte Caleb. Er verlagerte sein Gewicht auf das linke Bein und stützte sich dabei auf seinen Stock.

Mr. Bockman nickte. „Jetzt, wo du es sagst, fällt es mir wieder ein. Warum?"

„Wir dachten, Sie wüßten vielleicht etwas über ein Mädchen — oder eine Frau —, die früher dort gelebt haben könnte. Ihr Name war Evaline Bloodsworth."

Mr. Bockman sah uns erstaunt an und beugte sich dann wieder über sein Netz. „Ich habe von ihr gehört", bestätigte er langsam. „Aber ich weiß nur das, was meine Großmutter erzählt hat, als ich noch klein war. Alle Erwachsenen haben uns immer davor gewarnt, dort hinzugehen. Ich glaube, sie wollten uns eigentlich nur Angst einjagen, damit wir nichts Dummes anstellten."

„Wovor haben die Leute damals die Kinder denn gewarnt, Mr. Bockman?" fragte ich, denn ich konnte einfach nicht länger still sein.

Er sah mich lange an, bevor er antwortete. „Nun, ich gebe nicht viel auf den Klatsch, aber wo du doch jetzt dort wohnst, will ich nicht derjenige sein, der dir irgendwelche Ideen in den Kopf setzt."

„Welche Ideen?" wollte ich wissen. „Bitte, Mr. Bockman, wir möchten es wirklich wissen."

Er mußte mir angesehen haben, daß es für mich wichtig war, denn diesmal gab er mir eine klare Antwort.

„Es hieß, dort ginge es um."

Ich starrte ihn an. „Es ginge dort um?"

„Das hieß es, ja. Der Geist von der alten Evaline Bloodsworth. Aber, wie ich schon gesagt hab, das ist bloß eine Geschichte, die hier vor vielen Jahren erzählt worden ist. In letzter Zeit hat man sie ganz und gar vergessen. Evaline war jemand, über den die Leute nicht weiter redeten." Er hob eine Hummerreuse auf und zog ein Ende des Zwirns durch ein Loch in einer Holzlatte. „Nein", fuhr er fort, „ich kann nicht sagen, daß ich an solches Gerede glaube. Und wenn du gut schlafen willst, solltest du auch nicht darauf achten."

„Ich habe die Geschichte nie gehört, Mr. Bockman", stellte Caleb mit einem verblüfften Gesichtsausdruck fest. „Die ganze Zeit, in der ich hier gelebt habe, habe ich nie davon gehört."

„Ich schätze, zu eurer Zeit waren die Gerüchte schon ziemlich verstummt. Und diejenigen hier, die noch davon wußten, haben nicht mehr darüber geredet. Besonders nicht die von der Handelskammer und die Grundstücksmakler. Die hatten große Ideen, wie sie noch mehr Sommervolk nach Windhover holen konnten, und das Gerücht von einem Geist hätte ihnen dabei sicherlich nicht geholfen."

„Hat Evaline Bloodsworth dort allein gelebt?" fragte Caleb.

„Soweit ich weiß, ja. Meine Ma hat immer gesagt, daß niemand dorthin wollte."

„Warum denn nicht?" fragte ich.

„Das kann ich dir nicht sagen, Molly. Wahrscheinlich hat meine Großmutter noch Genaueres gewußt, aber sie hat immer gesagt, es wäre das beste, wenn diese Geschichte eines natürlichen Todes sterben würde, genau wie Evaline selbst."

„Dann ist sie nicht ermordet worden, oder so was?" fragte ich.

„Nein, das bestimmt nicht. Aber mehr kann ich euch auch nicht sagen. Außer, daß es eben hieß, nachdem sie gestorben ist, würde ihr Geist hier umgehen."

„Hat irgend jemand den Geist wirklich gesehen?"

„Ein oder zwei Leute haben wohl was gesehen. Aber die meisten Leute sagten, sie hätten sie weinen gehört. Ein furchtbarer Klang. So traurig, daß es einem das Herz bricht."

Ich hielt die Luft an, denn ich wußte, welche Frage Caleb stellen würde. „Die sie gesehen haben — wie haben die sie denn beschrieben? War es ein junges Mädchen mit blondem Haar, das eine weiße Haube trug?"

„Ein junges Mädchen?" Mr. Bockman sah uns verblüfft an. „Aber nein, das war kein junges Mädchen. Was ich so gehört habe, hat sie so ausgesehen wie zu der Zeit, als sie starb. Da war sie kein junges Mädchen mehr, sondern eine alte Frau. Ganz gebückt, hieß es, mit langem, weißem Haar, das im Wind wehte."

8. Kapitel

Wir liefen noch das letzte Stück zum Café und setzten uns an einen Tisch für zwei Personen gleich neben dem Fenster. Von dort aus konnte man den ganzen Hafen überblikken. Caleb hatte die nördliche Seite der Bucht vor sich, wo er früher einmal gewohnt hatte. Hier drin, wo das Sonnenlicht nicht mehr so grell war, wirkte er weniger erschöpft. Ich machte mir trotzdem Sorgen wegen des Heimwegs den Berg hinauf.

Ich wartete darauf, daß er über die alte Frau sprach, aber dann merkte ich, daß er mit den Gedanken ganz woanders war. Seine Augen waren auf die Stelle des Berges gerichtet, wo sein altes Haus stand.

„Als du mir gesagt hast, daß du eine alte Frau auf den Klippen gesehen hast", brachte ich nun selbst das Thema auf, „habe ich gedacht, der Nebel hätte dich getäuscht. Aber ich hätte wissen müssen, daß du recht hattest. Das beweist uns das, was Mr. Bockman erzählt hat."

Calebs Blick blieb weiter fest auf den Berg gerichtet.

„Also müssen sowohl die alte Frau als auch das junge Mädchen Evaline Bloodsworth sein", fuhr ich fort. „Das junge Mädchen ist Evaline, bevor sie nach Lowell fuhr, die alte Frau ist Evaline, bevor sie starb. Aber wir wissen nicht, was mit ihr in der Zwischenzeit passiert ist."

Ich machte eine Pause, erhielt jedoch keine Antwort. Also fuhr ich fort. „Ich wünschte, wir könnten herausfinden, wie lange sie in Lowell geblieben ist und warum sie nach Plum Cove Island gekommen ist. Und warum wollten die Leute hier nichts mit ihr zu tun haben? Ich meine, Mr. Bockman sagte doch, sie wollten nicht einmal über sie sprechen."

Mit einem Mal hörte ich auf zu reden. Das kleine Plappermäulchen! Der Gedanke an den Spitznamen, den mein Vater mir gegeben hatte, machte mir wieder bewußt, wie sehr ich ihn vermißte. Nach der Scheidung war er nach Chicago gezogen, und P.J. und ich sahen ihn nur noch zweimal im Jahr — eine Woche an Weihnachten und eine Woche am Ende des Sommers, bevor die Schule begann. Wir telefonierten jede Woche, aber das war nicht das gleiche. Ich wünschte so, er wäre hier auf der Insel bei uns, und ich wünschte mir besonders, daß er und Mutter sich nie hätten scheiden lassen. Obwohl sie die letzte Zeit vor der Scheidung entweder miteinander gestritten oder gar nicht miteinander gesprochen hatten. Und immer wenn einer von ihnen etwas sagte, behauptete der andere automatisch das Gegenteil. Mutter beschuldigte Daddy, er wolle sie in eine Schablone pressen, die für sie nicht paßte, und Daddy beschuldigte sie, daß sie ihre Bedürfnisse für wichtiger hielt als seine. Ich denke, sie hatten beide zum Teil recht. Damals hoffte ich immer, sie könnten die glückliche Mitte finden, aber keiner von beiden konnte nachgeben. Trotzdem wünschte ich, Daddy wäre nicht so weit fort. Manchmal schien es fast, als sei er am anderen Ende der Welt.

Calebs Blick wanderte jetzt vom Fenster zu einer Stelle hinter mir, und ich drehte mich um. Eine Kellnerin kam mit zwei Gläsern Eiswasser auf unseren Tisch zu. Sie war ein oder zwei Jahre älter als ich, und ich mußte zugeben, daß sie auf eine leicht geschmacklose Art gut aussah. Ihre Lider waren mit einem mauvefarbenen Lidschatten dunkel getönt. Ihre Wimpern, die fast so lang wie P.J.s waren, klebten voller Wimperntusche, darüber hinaus hatte sie sie noch künstlich nach oben gebogen. An der Tasche ihrer Bluse befand sich ein Namensschild, das uns mitteilte, daß sie Peggy Ann hieß.

Nachdem sie uns begrüßt hatte, fragte sie, ob wir die Karten haben oder gleich bestellen wollten.

„Ich möchte nur einen Kaffee und eine Zimtrolle", erwiderte Caleb.

„Und du?" fragte sie mich, ohne den Blick von Caleb zu wenden. Ich hätte genausogut überhaupt nicht dasein können.

„Das gleiche", antwortete ich. Ich sah ihr nach, als sie zur Theke ging, ihre ausladenden Hüften ließen das blaue Dirndlkleid schwingen. „Tja", sagte ich, „du hast jedenfalls bereits eine Eroberung gemacht."

„Sie? Nein, nicht mein Typ. Ein wenig zu mollig. Und weißen Lippenstift mag ich schon gar nicht. Ich finde, damit sehen die Mädchen wie Gespenster aus."

Bevor ich einen weiteren Kommentar zu Peggy Ann abgeben konnte, tauchte sie wieder mit unserem Kaffee und Gebäck auf.

„Wollt ihr den Sommer hier verbringen?" fragte sie, während sie die Tassen und Teller auf den Tisch stellte.

„Mehr oder weniger", erwiderte ich.

„Ihr seid früher dran als die meisten", sagte sie zu mir und drehte sich dann wieder zu Caleb. „Zur Zeit ist es noch ziemlich ruhig."

„Wohnst du hier auf der Insel?" fragte Caleb und gab Sahne und Zucker in seinen Kaffee.

„Ja, seit ungefähr sechs Jahren."

„Dann haben wir uns knapp verfehlt", erklärte Caleb. „Ich bin vor neun Jahren von hier weggezogen."

„Da hab' ich ja wieder mal Pech gehabt. Kann ich euch sonst noch was bringen?"

„Leider nur die Rechnung", antwortete Caleb.

Sie legte die Rechnung neben seinen Teller. „Wenn ihr geht, könnt ihr an der Kasse bezahlen." Sie ging wieder, drehte sich aber dann noch einmal um und lächelte Caleb breit an. „Ich hoffe, ihr kommt mal wieder."

„Na, wenn das keine Einladung war", meinte ich. „Das

nächstemal läßt du mich aber besser zu Hause."
„Auf keinen Fall", sagte er und lächelte mich an. Dann wurde sein Gesicht plötzlich ernst. „Du bist mein Schutzengel", sagte er. „Du hältst die Dämonen von mir fern."
Ich sah auf und merkte, daß er mich ernst ansah. Verlegen beugte ich den Kopf und nahm einen langen Schluck von meinem Kaffee. Warum war es nur so, daß ich entweder zuviel redete oder mir überhaupt nichts einfiel.
„Glaubst du, daß wir jemals herausfinden, was mit Evaline passiert ist?" fragte ich schließlich. „Seit der Unterhaltung mit Mr. Bockman wünsche ich mir noch mehr als vorher zu wissen, warum sie auf die Insel gekommen ist – und warum sie uns erscheint."
„Ich denke, wenn wir das eine wissen, wissen wir auch das andere", sagte Caleb. „Ich meine", fuhr er fort, „wenn wir herausfinden, was geschehen ist, nachdem ihr Tagebuch endete, dann wissen wir, warum sie jetzt hier ist und was sie will."
Wir sprachen von Evaline, als ob sie immer noch leben würde. Und tatsächlich schien sie mir noch so lebendig, als ob sie mit uns am Tisch sitzen und Kaffee trinken würde. Es wurde mir plötzlich bewußt, daß das der Wahrheit eigentlich ziemlich nahe kam, und mir lief eine Gänsehaut über den Rücken.
„Aber wenn Mr. Bockman nichts über sie weiß", fuhr ich fort, „wer könnte denn dann etwas wissen? Mr. Bockmann ist sicher einer der ältesten Bewohner der Insel."
„Früher oder später werden wir eine Spur finden", sagte Caleb. „Vergiß nicht, daß wir den ganzen Sommer Zeit haben, das herauszufinden."
Wie er das so sagte, hatte ich das Gefühl, daß ich es Evaline zu verdanken hätte, wenn Caleb seinen Aufenthalt auf der Insel verlängerte. Dieser Gedanke ließ sie mir irgendwie weniger ominös erscheinen.

Wir tranken unseren Kaffee aus und aßen das Gebäck auf. Während Caleb die Rechnung bezahlte, warf ich einen Blick auf das Schwarze Brett neben der Tür. Dort hingen sämtliche Bekanntmachungen und Mitteilungen der Insel. Das Café war praktisch genausogut wie eine Zeitung.

„Sieh mal" sagte ich und deutete auf eine der Ankündigungen, als Caleb zu mir trat. „Nächsten Montag wird in Bucks Harbor der vierte Juli mit Feuerwerk und Rummel gefeiert."

„P.J. wird das gefallen", meinte Caleb und las über meine Schulter mit.

„Mir auch. Ich gehe gerne auf den Rummel und laß mir kein Feuerwerk entgehen."

„Gut. Dann gehen wir alle zusammen hin."

„Aber das ist noch nicht alles", sagte ich und fuhr mit dem Finger ein Stückchen weiter nach unten. „Am Samstag, den sechzehnten, findet in New Dover ein Folk-Festival statt, und Judy Collins wird dort auftreten. Ich wollte sie schon immer live hören." Je weiter ich las, desto besser wurde es. „Und sieh nur. Bevor sie spielt, kann jeder, der singen oder Musik machen kann, dort auftreten. Wir könnten alle zusammen hingehen, und du könntest deine Gitarre mitnehmen. P.J. wäre überglücklich, und ich wette, sogar Mutter würde mitkommen. Wäre das nicht toll, was meinst du?"

Caleb studierte die bunte Einladung. „Vielleicht", war alles, was er sagte, aber ich würde nicht so schnell aufgeben. Ich würde P.J. dazu bringen, ihn zu überreden, und selbst Mutter, wenn es nötig sein sollte. Und in der Zwischenzeit konnten wir uns auf den vierten Juli in Bucks Harbor freuen.

Wir machten uns auf den Weg zurück den Berg hinauf. Noch bevor wir mehr als eine Viertelmeile gegangen waren, wußte ich, daß es nicht so eine gute Idee gewesen war, bis in die Stadt zu laufen. Obwohl Caleb seinen Stock benutzte, zog er mit jedem Schritt sein rechtes Bein mehr nach.

Da hörte ich ein Stück hinter uns ein Auto in den niedrigeren Gang schalten, als es den Berg hinauffuhr.

„Sehen wir doch einfach mal, ob uns nicht jemand mitnimmt", sagte ich schnell. Noch bevor Caleb etwas erwidern konnte, hatte ich schon meinen Daumen herausgehalten. Es war ein alter, verrosteter Pickup, der dringend einen neuen Auspuff gebraucht hätte. Aber zu meiner Erleichterung fuhr er an die Seite und hielt.

„Wohin wollt ihr denn?" fragte der Fahrer durch das heruntergekurbelte Fenster. Der Mann war völlig kahl. Kein Haar, keine Augenbrauen, nichts. Im Sonnenlicht glänzte sein Kopf wie eine polierte, rosa Murmel.

„Den halben Weg den Berg hinauf", sagte ich und versuchte, ihn nicht zu auffällig anzustarren. Auf dem Beifahrersitz saß der größte Hund, den ich je gesehen hatte. Ein riesiger, schwarzer Neufundländer, der meinen Blick völlig gleichgültig erwiderte.

„Schwingt euch hinten drauf", rief der Mann. „Und klopft an das Fenster, wenn ihr da seid, wo ihr absteigen wollt."

Caleb und ich kletterten auf die Ladefläche, und ich krabbelte über einen Stoß Segeltuch und Seile bis hinter zu dem Rückfenster, damit ich ihm das Zeichen geben konnte, wenn wir bei unserem Haus angelangt waren.

Caleb lehnte sich an die Seite und streckte sein Bein aus. „Das war wirklich eine gute Idee, Molly", rief er mir laut zu, um das Motorengeräusch zu übertönen. „Besser als zu laufen. Mit meinem Bein hätte ich das wohl nicht mehr geschafft."

Ich war erleichtert, daß ich ihn mit meinem nicht besonders dezenten Manöver nicht beleidigt hatte.

Als wir uns unserem Haus näherten, beugte ich mich vor und klopfte an das Fenster. Der Mann hielt sofort an, und Caleb und ich kletterten hinunter.

„Vielen Dank", riefen wir zusammen. Der Mann winkte, schaltete und rumpelte weiter den Berg hinauf.

„Wo wart ihr denn?" rief uns Mutter von der Veranda aus zu, als wir die Einfahrt hinaufliefen. „Ich habe mir schon Sorgen gemacht. Ihr wart beide verschwunden, ohne eine Nachricht zu hinterlassen."

„Entschuldige, Tante Libby", erwiderte Caleb, bevor ich antworten konnte. „Es war meine Schuld. Ich wollte spazierengehen und habe Molly zu einer Tasse Kaffee eingeladen. In der Stadt haben wir Mr. Bockman getroffen und einfach die Zeit vergessen."

Mutter schien zufrieden, aber sie sah mich von der Seite an, als ich an ihr vorbei ins Haus ging. „Und seit wann bist du so eine Frühaufsteherin, Molly?" fragte sie.

„Die Sonne hat mich geweckt", antwortete ich, was ja die Wahrheit war, und ich brauchte trotzdem nichts von den merkwürdigen Dingen der Nacht zu erzählen.

„Nun, Mrs. Pattishaw ist hier", fuhr Mutter fort, „und ich möchte dich bitten, die Betten abzuziehen. Die Handtücher hat sie schon gewaschen, und jetzt kommt die Bettwäsche dran."

„In Ordnung", sagte ich und fragte mich, warum sie so verärgert klang. „Ich mach das sofort."

Mrs. Pattishaw kam während des Sommers einmal die Woche zu uns, um sauberzumachen und die Wäsche zu erledigen. Ihr Mann war Fischer, und sie machte bei den Sommergästen sauber, weil sie — so sagte sie immer, für schlechte Jahre gerüstet sein wollte.

Mrs. Pattishaw war vorige Woche bereits dagewesen, und ich wußte, daß sie Caleb noch von der Zeit kannte, als er in Windhover lebte. Ich hörte sie jetzt in der Küche lachen und plaudern, als sei er ihr verlorener Sohn. Vor Calebs Ankunft hatte ich gar nicht daran gedacht, wie viele Leute in Windhover sich an ihn erinnern würden und Zeit mit ihm verbringen wollten. Jetzt hoffte ich, die Liste würde nicht zu lang werden. Peggy Ann hatte mir klargemacht, daß ich ihn nicht teilen wollte — mit niemandem.

Ich lief rasch nach oben und zog die Betten in den drei Zimmern im ersten Stock ab, dann ging ich hoch in Calebs Zimmer. Plötzlich machte mich der Gedanke, Calebs Privatsphäre zu stören, verlegen. Das Dachzimmer war riesig und luftig gebaut, mit Gauben auf beiden Seiten. Aus unerfindlichen Gründen hatte der Erbauer beschlossen, den Raum mit geblümter Tapete auszustatten. Obwohl es ganz und gar nicht Mutters Geschmack war, hatte sie den Raum doch so belassen und dazu mit passenden Vorhängen ausgestattet. Das ganze Zimmer wirkte, als ob es einem kleinen Mädchen gehörte, und es war schwer, sich Caleb inmitten all dieser Rüschen und Blumen vorzustellen. Aber es gab hier nur wenig Anzeichen von Calebs Gegenwart, keine Stöße von Männerunterwäsche, es lagen auch keine Hemden oder Jeans herum. Alles war ordentlich in der Kommode oder im Schrank verstaut.

Außer einem Schreibtisch war die einzige andere Möblierung ein breites Bett mit einem kleinen Tisch daneben, eine Kommode und ein Lehnsessel, der mit einem Stoff bezogen war, der zur Tapete paßte. Auf der Kommode lagen Kamm und Bürste, daneben standen ein viereckiges Holzkästchen und eine Fotografie in einem Schildpattrahmen. Noch bevor ich sie mir näher angesehen hatte, erkannte ich Caleb und Onkel John darauf. Die Aufnahme mußte gemacht worden sein, kurz bevor sie die Insel verlassen hatten.

Onkel John stand auf der rechten Seite und sah genauso aus, wie ich ihn in Erinnerung hatte. Mit seinem dunklen, rötlichen Haar und der schlanken, muskulösen Gestalt sah er fast so aus wie Caleb, als ich ihn bei seiner Ankunft abgeholt hatte. Der einzige Unterschied war Onkel Johns Schnurrbart und die Pfeife zwischen den Zähnen. Obwohl ich Onkel John immer lächelnd in Erinnerung habe, kamen mir seine Augen auf dieser Fotografie dunkel und sorgenvoll vor, genau wie Calebs Augen oft blickten. Sein linker Arm lag leicht über Calebs Schultern.

Caleb sah mit seinen zwölf Jahren jünger aus, als ich ihn in Erinnerung hatte. Damals schien er mir immer viel älter. Die beiden standen auf den Klippen vor dem Meer, und hinter ihnen lag „die große Liebe in Onkel Johns Leben", wie Tante Phoebe oft gescherzt hatte, sein Schoner, die „Innisfree". Sie lag ruhig in der Bucht vor Anker, mit gerafften Segeln, der weiße Bug zeigte zur Küste, als ob sie sich ausruhen wollte.

Obwohl ich wußte, daß Mrs. Pattishaw hier später noch saubermachen würde, wischte ich mit meinem Ärmel den Staub vom Glas und stellte die Fotografie vorsichtig wieder auf die Kommode. Ich betrachtete das Holzkästchen — Teak, dachte ich, oder Mahagoni. Es war gut verarbeitet und hatte kleine Kupferscharniere und ein Schloß aus Kupfer, das offen stand. Obwohl ich mir bewußt war, daß ich herumschnüffelte, redete ich mir ein, daß Caleb das Kästchen sicher nicht offen stehengelassen hätte, wenn es irgend etwas sehr Privates enthielt. Langsam hob ich den Deckel an.

Das Kästchen war mit weichem, honigfarbenem Leder ausgekleidet. Obenauf lag eine Packung Zigaretten, was mich überraschte, denn ich hatte Caleb noch nicht rauchen gesehen.

Ich wollte die Packung beiseite legen, doch dann zögerte ich und bekam ein schlechtes Gewissen. Ich hatte noch nie in den Sachen von jemand anderem gestöbert.

Aber das Kästchen gehörte Caleb, und der Wunsch, seine Sachen zu berühren, wurde plötzlich so stark, daß er die Schuldgefühle überdeckte.

Ich nahm die Zigaretten heraus. Darunter lagen die Abzeichen, die er von seiner Armeejacke abgetrennt hatte, daneben seine Kriegsauszeichnungen. Ich nahm sie heraus und wiegte sie in meiner Hand, als ob mir das eine Ahnung vermitteln könnte, wie es sein mußte, dort zu kämpfen und sein Leben aufs Spiel zu setzen. Aber die Medaillen, still und unpersönlich, behielten ihr Geheimnis.

Ich wollte sie schon zurücklegen, als ich einen Briefumschlag unter den Abzeichen entdeckte. Ich holte ihn hervor und sah, daß der Brief in Montpelier, Ohio, abgestempelt war. Der Absender war eine Jeanne Englehart. Ich dachte sofort, daß Jeanne ein Mädchen sein mußte, das er vor dem Krieg gekannt hatte, vielleicht eine alte Freundin oder vielleicht sogar ein Mädchen, in das er immer noch verliebt war. Ich verspürte stechende Eifersucht.

Ohne nachzudenken zog ich rasch den Brief aus dem Umschlag und begann zu lesen:

Mein lieber Caleb,
ich danke Dir vielmals für Deinen lieben und tröstenden Brief. Als ich zuerst mitgeteilt bekam, daß Robert im Kampf gefallen sei, dachte ich, mein Herz bliebe stehen. Der Verlust meines einzigen Sohnes, so bald nach dem Tod seines Vaters, war ein größerer Schmerz, als ich meinte, ertragen zu können. Dann erhielt ich Deinen Brief, und er war mir wirklich ein großer Trost.

Ich kann Dir gar nicht sagen, wie sehr es mir geholfen hat zu hören, wie tapfer er starb. Zu wissen, daß Du an seiner Seite warst und er in Deinen Armen friedlich und ohne zu leiden starb, das gibt mir mehr Kraft und Ruhe, als ich sagen kann.

Obwohl wir uns nie kennengelernt haben, hat Robert doch so oft von Dir geschrieben, daß ich mich Dir sehr nahe fühle. Ich bete, daß Deine eigenen Wunden rasch heilen werden und daß Du bald wieder zu Hause sein wirst. Solltest Du jemals in den Westen kommen, dann denke daran, daß mein Haus Dir immer offensteht.
Mit lieben Grüßen
Jeanne Englehart

Wir hatten nie erfahren, weshalb genau Caleb seine Auszeichnungen bekommen hatte. Tapferkeit auf dem Schlachtfeld, das war alles, was wir wußten. Aber jetzt war ich sicher, es mußte damit zu tun haben, daß er sein eigenes Leben aufs Spiel gesetzt hatte, bei dem Versuch, seinen Freund Robert zu retten. Kein Wunder, daß Mrs. Englehart ihm so dankbar war.
Wie ich so auf das Kästchen hinuntersah, wurde mir klar, daß ich ganz und gar nicht recht gehabt hatte. Es enthielt sehr wohl Calebs persönlichste Dinge. Er hatte das Kästchen dort stehengelassen, weil es ihm gar nicht in den Sinn kam, daß irgend jemand von uns in seinen Sachen schnüffeln könnte. Und jetzt, nur weil ich eifersüchtig auf eine eingebildete Freundin war, hatte ich das Unverzeihliche getan. Ich hatte nicht nur seine Sachen durchgesehen, sondern auch noch seine Post gelesen. Es wäre mir nur recht geschehen, wenn ich entdeckt hätte, daß er in ein anderes Mädchen furchtbar verliebt war. Und was mir am meisten zu schaffen machte, war die Tatsache, daß ich dieses Mädchen gehaßt hätte, ohne sie zu kennen.
So sehr ich mir wünschte, diese Gedanken zu unterdrücken, brachte mich mein schlechtes Gewissen dazu, den Tatsachen ins Gesicht zu sehen. Meine Gefühle für Caleb wurden immer stärker, gingen bereits über verwandtschaftliche Empfindungen hinaus. Ich hatte mich

während der vergangenen Jahre schon öfter verliebt. Seit meinem ersten Schwarm, Dwayne Bockman, als ich acht war, hatte ich auch in New York einige Jungen gern gemocht. Aber ich wußte, daß das, was ich jetzt fühlte, anders war. Nie vorher hatte ich ein solches Verlangen danach verspürt, das zu berühren, was ihm gehörte. Und das betraf nicht nur seine Sachen, mußte ich mir eingestehen, sondern auch ihn selbst. Ich war nicht sicher, woher diese Gefühle kamen, aber so sehr sie mir auch Angst einjagten, wußte ich doch, daß ich darauf schon lange gewartet hatte.

Langsam faltete ich den Brief wieder zusammen und steckte ihn zurück in seinen Umschlag. Ich legte ihn unter die Abzeichen und Medaillen zurück und schloß den Deckel des Kästchens, so wie ich es vorgefunden hatte.

Dann ging ich hinüber zum Bett und zog die Decke ab. Der Nachttisch war leer bis auf einen ordentlichen Stapel von Büchern. Das oberste Buch hatte den Titel „Die gesammelten Gedichte von W. B. Yeats." Ein Stück Notenpapier diente als Lesezeichen. Ich wollte gerade das Buch an dieser Stelle aufschlagen, als ich die Hand wieder zurückzog. Ich hatte Calebs Privatsphäre für einen Tag genug verletzt.

Ich wandte mich zum Bett und nahm das Kopfkissen auf. Gedankenverloren hielt ich es an mein Gesicht, barg meine Nase in den weichen Daunen und sog den leichten Duft von Zitronenseife ein. Ich schlang meine Arme um das Kissen und preßte es an mich, als ob es Caleb selbst sei, den ich in den Armen hielt.

Erst als Mutter ungeduldig von unten heraufrief, bewegte ich mich wieder. Ich zog schnell die Bettwäsche ab und band sie zu einem Bündel. Damit verließ ich das Zimmer und schloß leise die Tür hinter mir.

9. Kapitel

Zur Strafe blieb ich Caleb für den Rest des Tages fern. Nach dem Essen legte er sich mit einem Stoß Bücher auf die Korbliege draußen auf der Veranda. P.J. verschwand mit einem Jungen namens Roger, einem neuen Freund, den er diesen Vormittag auf den Klippen kennengelernt hatte.

Mutter fuhr nach Bucks Harbor, um einzukaufen, und ich schlüpfte in meinen Badeanzug und machte mich mit meinem Skizzenblock und einem Handtuch auf den Weg zu unserem Strand. Ich versuchte, im Meer zu baden, aber das Wasser war immer noch so kalt, daß mir fast die Zehen abfielen, also blieb ich draußen auf einem Felsen sitzen und konzentrierte mich auf Kleinigkeiten — Muscheln an den Felsen, ein zerbrochenes Krabbengehäuse, ein Häufchen Seetang.

Ich zwang mich, eine Stunde zu bleiben, dann gab ich auf und ging wieder zum Haus zurück. Caleb lag immer noch draußen auf der Veranda. Sein Kopf ruhte an der Rückenlehne der Liege. Seine Augen waren geschlossen, und das Buch lag offen auf seinem Bauch. Ich wußte nicht, ob er schlief oder sich nur ausruhte, und für einen Augenblick war ich versucht, mich zu ihm zu setzen und darauf zu warten, daß er die Augen öffnete. Doch ich ging an ihm vorbei und ins Haus.

Ich sah ihn erst wieder, als er kurz vor dem Abendessen in die Küche kam, wo ich gerade einen Hackbraten machte. Mir waren meine Gefühle allzu bewußt, genau wie das Wissen um das, was ich am Vormittag getan hatte, und so konnte ich ihm nicht in die Augen schauen.

„Du warst heute den ganzen Nachmittag verschwunden", sagte er. „Warst du unterwegs?"

Ich schüttelte den Kopf, meine Hände steckten bis zu den Handgelenken in einer Mischung aus Hackfleisch, Brotstücken, Zwiebeln, Eiern und Milch. „Ich war schon hier", erklärte ich, „aber ich dachte, du möchtest vielleicht auch einmal allein sein." Er holte sich ein Bier aus dem Kühlschrank und öffnete es.

„Willst du auch eines?" fragte er.

Ich zog meine Hände aus dem Hackfleischgemisch und hielt sie hoch. „Vielleicht später", sagte ich mit einem Lachen, wobei ich mich geschmeichelt fühlte, daß er mich für alt genug hielt, ein Bier zu trinken.

Er setzte sich auf den Stuhl neben dem Tisch und trank aus der Dose.

„Hackbraten?" fragte er und nickte zur Schüssel hin.

„Ja. Spezialität des Hauses."

Er sah mir zu, während ich den Inhalt der Schüssel in eine Auflaufform gab und noch Speckstreifen obenauf legte.

„Es sieht so aus, als ob du weißt, was du tust", meinte er.

„Als Mutter wieder anfing, ganztags zu arbeiten, hatte ich keine andere Wahl. Es hieß, entweder kochen zu lernen oder zu verhungern."

„Es hat mir leid getan, von der Scheidung zu hören. Ich mochte immer beide, deine Mutter und deinen Vater sehr gern. Ich habe nie erfahren, warum sie sich eigentlich getrennt haben."

„Ich genausowenig", sagte ich. „Diese Familie spricht nicht viel über solche Dinge. Ich glaube, es gibt ein physikalisches Gesetz, das ihre Ehe ziemlich treffend beschreibt. Wenn zwei Gegenstände frontal aufeinander treffen, dann stoßen sie sich auch wieder ab oder so etwas ähnliches."

Caleb versuchte, ein Lächeln zu unterdrücken. „So ähnlich heißt das wohl", meinte er. Er stellte die Bierdose auf den Tisch. „Du mußt deinen Dad sehr vermissen."

„Ja, das tu ich", gab ich zu und versuchte, den Kloß hinunterzuschlucken, der sich plötzlich in meiner Kehle gebildet hatte. Ganz plötzlich stiegen mir die Tränen in die Augen, und ich wußte gar nicht warum. Nachdem meine Hände immer noch voller Hackbraten waren, konnte ich die Tränen nicht einmal wegwischen, und so liefen sie mir einfach übers Gesicht. Ich versuchte, mir mit dem Ärmel über die Wangen zu wischen, aber es kamen immer neue Tränen. Schließlich drehte ich mich um, lehnte mich gegen die Spüle und streckte meine klebrigen Hände vor mir aus. Ich konnte selbst nicht glauben, daß ich vor Caleb weinte, aber anscheinend konnte ich gar nicht mehr aufhören.

Caleb kam herüber und blieb hinter mir stehen. Mit einer Hand faßte er mein Kinn, mit der anderen nahm er das Geschirrtuch und wischte über meine Augen und Wangen.

„Heh", sagte er weich. „Es tut mir leid. Ich wollte dich nicht zum Weinen bringen. Was bin ich für ein Tölpel."

Ich schüttelte den Kopf und holte tief Luft. „Nein", sagte ich, „nicht du, ich bin der Tölpel." Ich versuchte ein Lachen. „Normalerweise passiert mir das nicht. Meine Güte, sie sind bereits seit sieben Jahren geschieden. Man sollte meinen, ich könnte mittlerweile damit umgehen."

„Du warst ja erst zehn, als sie sich trennten", sagte er und ließ mein Kinn los. Seine Hand lag leicht auf meiner Schulter. „Da ist es immer noch schwer für ein Mädchen, den Vater zu verlieren."

Ich stand ganz still und wagte kaum zu atmen. Ich war mir der Berührung seiner Hand bewußt und hatte Angst, daß er sie wegnahm, wenn ich mich bewegte. Seine Finger fühlten sich durch mein dünnes Baumwollhemd fest und warm an.

„Geht es dir jetzt wieder besser?" fragte er.

Ich nickte und sah zu ihm hoch. Seine Augen blickten leicht verwirrt, fast überrascht, und für einen Augenblick dachte – hoffte ich –, er würde mich küssen. Aber er nahm seine Hand von meiner Schulter, trat einen Schritt zurück und ging wieder zum Stuhl.

Nervös holte ich tief Luft und drehte den Wasserhahn an, um meine Hände abzuspülen. „Und außerdem", sagte ich schließlich, „ist es in jedem Alter schwer, den Vater zu verlieren. Für ein Mädchen mit zehn ist es nicht schlimmer als für einen Jungen mit vierzehn Jahren."

Ich drehte mich um und sah ihn an. Wir alle hatten seit Caleb bei uns war das Thema „Onkel John" gemieden. Mutter sprach sowieso nie von Onkel John. Jetzt fand ich, Caleb sollte zumindest wissen, wie leid es mir tat.

„Ich dürfte mich eigentlich nicht beschweren", fuhr ich fort, um es so schnell wie möglich hinter mich zu bringen. „Schließlich hab ich meinen Vater noch. Ich meine, er ist wenigstens nicht tot. Für dich muß es noch viel schlimmer gewesen sein. Es hat mir wirklich so leid getan, weißt du", endete ich lahm.

Caleb schob die Bierdose in kleinen Kreisen auf dem Tisch herum. „Ja, das war kein gutes Jahr, was Väter betrifft, nicht wahr?"

„Ist es denn für dich hier auf der Insel nicht noch schlimmer?" fragte ich. „Du weißt schon, wo dir alle Leute erzählen, wie sehr du ihm ähnlich siehst."

„Das macht mir nicht so viel aus", antwortete er langsam, „aber ich mache mir Gedanken, inwiefern ich ihm noch ähnlich sein könnte. Die Gene in unserer Familie scheinen eigenartig verteilt zu sein."

„Die Gene?" fragte ich nach.

„Sie bestimmen ja nicht nur unser Aussehen", sagte er. „Du hast das künstlerische Gen. Ich habe das Gen seines

Aussehens, und ich scheine auch seine Art geerbt zu haben. Manchmal denke ich darüber nach, wie es sein mag, so depressiv zu sein. Ich überlege, ob ich mich eines Tages jemals ... du weißt schon, so schlecht fühlen könnte."

Ich konnte gar nicht glauben, worauf er anspielte. Ich starrte ihn entsetzt an und konnte nichts anderes tun, als dazustehen und den Kopf zu schütteln.

„Nein, Caleb", sagte ich schließlich, „das kann nicht dein Ernst sein. Du könntest das niemals tun. Das liegt nicht an den Genen. Das heißt, daß man die Hoffnung aufgegeben hat. Das passiert nur, wenn alles um einen herum so schlimm geworden ist, daß man glaubt, es gibt keinen Ausweg mehr."

Mir wurde heiß und kalt bei dem Gedanken, daß er überhaupt an Selbstmord denken konnte. Warum hatte ich nur mit den Vätern angefangen? Ich merkte, wie mein Kopf sich wie von alleine vor und zurück bewegte wie eine kaputte Marionette.

„So etwas erbt man nicht", fuhr ich fort und erhob dabei die Stimme. „Man kann immer seine eigene Entscheidung treffen. Und außerdem, wenn du schon weißt, wie du dich gefühlt hast, als dein Vater starb, wie kannst du nur daran denken, das Tante Phoebe noch einmal anzutun — oder uns anderen?"

Ich sah ihm ins Gesicht, betrachtete seine geraden Augenbrauen, die Nase, die Wangen, die sich weich zum Mund hinzogen, der eine entschlossene Unterlippe und eine weichere Oberlippe hatte. Bei dem Gedanken, sein Gesicht im Todeskampf verzerrt zu sehen, fühlte ich mich ganz krank.

Er sah mich an. „Ich war derjenige, der ihn gefunden hat, weißt du."

Ich starrte zurück. Damals, als Onkel John gestorben war, hatte ich erfahren, daß er sich mit Autoabgasen getötet hatte, aber nicht, daß es Caleb gewesen war, der ihn gefunden hatte.

„Nein", flüsterte ich, „das habe ich nicht gewußt." Wie konnte ein vierzehnjähriger Junge mit so etwas fertig werden? Caleb sah aus dem Fenster zu den Bäumen im hinteren Grundstücksteil. Seine Augen hatten wieder diesen abwesenden Ausdruck, als ob irgendein Film bei ihm im Kopf abliefe.

„An dem Tag, damals, als ich von der Schule nach Hause kam, war Mutter bei der Arbeit", sagte er. Seine Stimme war leise und heiser. „Ich hörte das Auto in der Garage laufen. Ich ging hinaus, um nachzusehen – und da saß er. Hinter dem Steuerrad zusammengesunken, sein Kopf lag auf dem Lenkrad. Aber ich kam zu spät."

Ich wollte zu Caleb hinübergehen, meine Arme um ihn legen und versuchen, diese Erinnerungen wegzudrängen, aber ich hatte Angst, mich zu bewegen, Angst, ihm zu zeigen, wieviel er mir bedeutete. Also stand ich nur da, und die Arme hingen wie zwei nutzlose Anhängsel an meinen Seiten herunter.

Nach einem Augenblick fuhr er fort, und ich konnte in seinen Augen sehen, daß er sich in Gedanken wieder in dieser Garage zum Zeitpunkt der Entdeckung befand. „Das Schlimmste ist", sagte er, „daß ich nie erfahren werde, ob er sich wirklich umbringen wollte oder ob es ein Hilferuf war."

„Was meinst du damit?" fragte ich, meine Stimme war kaum vernehmbar. „Wie hätte er nicht diese Absicht haben können?"

„Ich habe das niemandem je erzählt, Molly, ganz sicher nicht meiner Mutter, aber seit er mir das erstemal erschienen ist, nachdem er... nachdem er gestorben war, habe ich mich gefragt, ob er damit gerechnet hatte, daß ich ihn rechtzeitig retten würde."

„Aber wie kommst du darauf, Caleb?"

„Normalerweise fuhr ich jeden Tag mit dem gleichen Bus nach Hause und war meistens um halb vier daheim. Mutter arbeitete und war nicht vor sechs zu Hause, aber ich war immer vor vier Uhr da." Er nahm einen langen Schluck Bier und setzte dann die Dose sorgfältig wieder in den gleichen Ring von Feuchtigkeit zurück, den sie auf dem Tisch hinterlassen hatte. „Nur an diesem Tag habe ich nach der Schule noch mit einigen Freunden Basketball gespielt. Dad war an dem Tag zu Hause, weil er über Halsschmerzen geklagt hatte, aber ich rief ihn nicht an, um zu sagen, daß ich später kommen würde. Als ich zu Hause ankam, war es fast fünf."

Er bewegte die Bierdose wieder im Kreis auf dem Tisch. „Wenn ich den üblichen Bus genommen hätte, wäre ich vielleicht rechtzeitig zu Hause gewesen. Vielleicht hatte er darauf gezählt ..." Seine Stimme wurde leiser.

Ich sah die Qual in seinem Gesicht, und mir wurde klar, warum er immer so verschlossen wirkte, wenn sein altes Haus erwähnt wurde, das Haus, wo er so lange so glücklich gewesen war.

„Aber weißt du was, Molly?" Er hatte aus dem Fenster geblickt und sah mich jetzt direkt an. „Mit einem hast du recht. Nachdem ich weiß, was die Auspuffgase mit ihm gemacht hatten, wie er danach aussah, könnte ich das jedenfalls nicht mehr tun. So nicht."

„Und auch anders nicht, Caleb! Niemals!"

Die Heftigkeit in meiner Stimme überraschte Caleb, glaube ich, denn er lächelte plötzlich. Kein richtiges Lächeln, aber genug, um den düsteren Blick in seinen Augen wegzuwischen.

„Es ist schön, dich in der Nähe zu haben, Molly Todd", sagte er leise, und wieder lag in seinen Augen ein Ausdruck der Überraschung.

Ich wäre vielleicht zu ihm hingegangen und hätte meine Arme um ihn gelegt, aber in diesem Augenblick kam Mutter herein.

„Molly, hast du denn den Hackbraten noch nicht im Ofen? Dann ist es ja Mitternacht, bevor wir das Essen auf dem Tisch haben." Sie blieb stehen, sah zuerst Caleb und dann mich an, dann wieder Caleb. „Na, ihr zwei seht aber ziemlich ernst aus. Habt ihr die Probleme der Welt gelöst?" Ich merkte, daß sie scherzhaft klingen wollte, aber als sie an mir vorbeiging, um den Ofen anzustellen, sah sie mich mit dem gleichen merkwürdigen Blick an wie am Morgen, als Caleb und ich aus der Stadt gekommen waren.

„Nicht alle, Tante Libby", erwiderte Caleb, „aber gib uns noch ein wenig Zeit."

„Hmmm", war alles, was Mutter sagte, aber sie sah uns beide mit fragend angehobenen Augenbrauen an. „Kartoffelbrei, Molly?" sagte sie schließlich. „Ich mach den Salat."

„Gebt mir auch etwas zu tun", sagte Caleb.

„Das erste, was du tun kannst, ist, mir ein Bier einzugießen. Wenn du dann noch etwas machen willst, kannst du den Tisch decken."

Caleb holte ein Bier aus dem Kühlschrank, goß ein Glas halbvoll und stellte es vor ihr auf den Tisch. Als er Platzdeckchen und Besteck heraussuchte, stürmte P.J. die Hintertreppe hoch und in die Küche. Sein Gesicht strahlte und war erhitzt, und selbst seine Brille saß da, wo sie sein sollte.

„Was gibt's zum Essen?" fragte P.J.

„Hackbraten", antwortete ich, „und Kartoffelbrei und Salat. Und Mrs. Pattishaws Brotpudding."

„Ihh", sagte P.J. und verzog das Gesicht.

„Heh! Das ist mein Lieblingsessen, das du da niedermachst!" sagte Caleb.

P.J.s Gesichtsausdruck wurde wieder normal. „Na ja, Kartoffelbrei ist okay. Und Hackbraten geht auch noch."

„Brotpudding esse ich am liebsten", sagte Caleb, und ich sah, daß P.J. mit sich kämpfte.

„Keine Chance", sagte er schließlich. „Brotpudding eß ich nicht."

„Geh dich waschen", sagte Mutter.

Als P.J. sich auf den Weg zur Treppe machte, klingelte das Telefon, und er nahm den Hörer ab. „Todds Geflügelfarm, welches Hühnchen hätten Sie denn gern?" meldete er sich gutgelaunt, dann rief er über die Schulter: „Es ist für dich, Mom", und ging weiter.

Mutter ging ans Telefon, und ihre Stimme drang aus dem Flur in die Küche. „Sind Sie sicher, daß es wirklich nötig ist?...Ja, ich wußte, daß das ansteht, aber es ist nicht gerade der beste Zeitpunkt... Na gut, wenn ich muß, dann muß ich. Solange es sich nur um einen Tag handelt."

Sie kam in die Küche zurück und sah ärgerlich und sorgenvoll aus. „Verdammt! Das Verfahren wird eröffnet, und sie haben nicht genug Leute. Ich muß nächste Woche nach New York."

„Wann?" fragte ich und achtete darauf, nicht zu Caleb zu schauen.

„Ich muß am fünften früh morgens dort sein. Das heißt, daß ich hier am vierten los muß."

„Das ist aber schade, Tante Libby", sagte Caleb. „Da entgeht dir die Feier zum vierten Juli in Bucks Harbor."

„Gibt es ein Feuerwerk?" fragte P.J., der gerade wieder in die Küche zurückkam.

„Feuerwerk und einen Rummel", antwortete Caleb.

P.J. machte große Augen. „Ist ja toll! Wir dürfen doch trotzdem gehen, nicht wahr, Mom?"

„Ich denke schon", meinte Mutter zögernd. „Solange ihr alle zusammen geht." Sie sah mich vielsagend an.

„Klaro. Darf Roger mitkommen?"

„Warum nicht?" sagte ich mit einem Schulterzucken.

„Je mehr mitkommen, desto lustiger wird es bestimmt."
Ich warf Mutter einen raschen Blick zu. „Ich weiß, ich weiß. Ich soll meine spitze Zunge im Zaum halten." Dabei war ich tatsächlich froh, wenn Roger mitkam. Er würde P.J. beschäftigen.

Beim Essen erzählte Caleb Mutter und P.J. von unserem Gespräch mit Mr. Bockman.

„Er sagte, Evaline Bloodsworth starb im Alter eines natürlichen Todes. Aber niemand auf der Insel weiß noch, warum sie herkam. Sie war tabu, sagte Mr. Bockman. Die Leute sprachen nicht einmal über sie."

„Es ist schwer," sagte Mutter, „sich vorzustellen, wie das arme Kind, das zur Arbeit in die Spinnerei geschickt worden war, zu einer Ausgestoßenen werden konnte."

„Roger hat einen coolen Chemiekasten, und wir haben schon Experimente gemacht", fiel es P.J. unvermittelt ein, und brachte uns damit vom Thema Evaline Bloodsworth ab. Jetzt, wo er einen richtigen Freund hatte, nahm P.J.s Interesse an ihr ziemlich ab.

„Paßt bloß auf, daß ihr euch nicht selbst in die Luft jagt", warnte Mutter ihn stirnrunzelnd.

Nachdem wir fertig gegessen hatten, klingelte das Telefon, und diesmal war es für Caleb.

„Peggy Ann", dachte ich eifersüchtig. Irgendwie mußte sie seinen Namen herausgefunden und festgestellt haben, wo er wohnte. Und jetzt wollte sie wahrscheinlich den Rest des Sommers um ihn herumschwänzeln. Während Caleb ans Telefon ging, kochte ich bereits innerlich.

Es war dann aber Joel Bockman, der Caleb fragte, ob er nicht morgen mit ihm und seinen Vater zum Fischen hinausfahren wollte.

„So", dachte ich, „jetzt hat P.J. einen neuen und Caleb einen alten Freund gefunden."

Ich goß Sahne über meinen Brotpudding und sah zu,

wie eine einzelne Rosine an der Oberfläche schwamm, während sich das Gefühl von Leere in meine Brust schlich. Ich dachte an Evaline Bloodsworth, die immer allein in ihrer Hütte gewesen war, weil niemand mit ihr reden wollte. Vielleicht hatte P.J.s Interesse abgenommen, aber für mich war sie immer noch recht lebendig.

Ich dachte an die Gestalt, die ich letzte Nacht in meinem Zimmer gesehen hatte, und sie tat mir leid. Vielleicht würde sie mir noch einmal erscheinen. Dann wollte ich nicht so ängstlich sein.

10. Kapitel

Nach dem Essen ging Caleb nach oben, um seine Gitarre zu holen. Er wollte P.J. die Unterrichtsstunde geben, die er ihm versprochen hatte.

Während Mutter eine Tasse Tee trank, holte ich Evalines Tagebuch aus der Schublade, in die ich es gestern abend gesteckt hatte. Gedankenverloren blätterte ich darin herum, obwohl ich es inzwischen schon fast auswendig kannte. Ich kam zu der Stelle, wo sie von ihrer Ankunft in Lowell erzählte, und mein Blick fiel auf den Namen der Leute, bei denen sie gewohnt hatte.

„Das ist ein ausgefallener Name", meinte ich zu Mutter.

„Was?"

„Raintree. Calvin und Minna Raintree. Diesen Namen habe ich vorher noch nie gehört."

„Er ist tatsächlich ungewöhnlich. Ob sie wohl immer noch in Lowell leben? Die Familie Raintree, meine ich."

„Mutter, du bist ein Genie!" rief ich aus, umarmte sie und hob sie dabei fast aus dem Stuhl.

„Uff!", rief sie aus und pustete. „Molly, du brichst mir ja die Rippen, ganz zu schweigen davon, daß meine Tasse gleich zu Bruch geht!"

„Wer ist ein Genie?" wollte P.J. wissen, der hinter Caleb in die Küche trat.

„Mutter", antwortete ich begeistert. Ich sah Caleb an. „Die Raintrees! Warum haben wir nicht gleich daran gedacht? Die müßten doch etwas über Evaline wissen. Wenn es noch irgendwelche Raintrees gibt, die in Lowell leben, besteht die Chance, daß sie von der gleichen Familie sind. So groß wird Lowell schon nicht sein, und wieviele Raintrees kann es dort geben?"

„Laß uns das gleich feststellen", schlug Caleb vor und

ging ans Telefon. „Darf ich, Tante Libby?"

„Aber natürlich", rief Mutter ihm nach.

Ich stand hinter ihm, während er die Auskunft anrief und nach Lowell, Massachusetts fragte. Dann bat er um alle dort registrierten Raintrees. Ich hielt die Luft an, wappnete mich gegen die Enttäuschung, die ich empfinden würde, wenn es keine Raintrees in Lowell mehr gab. Aber als Caleb eine Nummer auf den Notizblock schrieb und den Namen Jerome dazu, machte mein Herz einen Satz.

Er legte den Hörer auf und sah mich lächelnd an. „Hier, Molly", sagte er und reichte mir das Telefon und die Nummer. „Es gibt nur einen Anschluß, aber nachdem das deine Idee war, solltest du auch selbst anrufen."

Nervös wählte ich die Vermittlung für das Ferngespräch und gab die Nummer durch.

Ich hatte keine Ahnung, was ich zu den Raintrees sagen sollte.

Es läutete viermal, bevor dort jemand abhob.

„Hier bei Raintree", sagte eine Frau, und ich holte tief Luft. Ich räusperte mich und begann. „Mein Name ist Molly Todd, und ich rufe aus Plum Cove Island in Maine an. Ich suche Nachkömmlinge der Familie Raintree, deren Verwandte zu Beginn des letzten Jahrhunderts bereits in Lowell gelebt haben." Ich kreuzte meine Finger. „Sind Sie vielleicht mit dieser Familie verwandt?"

Ich lauschte auf die Antwort und kritzelte nervös auf dem Block herum, bis sie fertig war. Dann bedankte ich mich und legte langsam auf. Mittlerweile standen Mutter und P.J. bei Caleb und mir im Flur.

Alle sahen mich an.

„Sie sind es!" rief ich aus. „Die gleichen Raintrees, die vor hundertfünfzig Jahren bereits in Lowell gelebt haben. Es ist nur so, daß sie im Augenblick nicht in der Stadt sind, deshalb müssen wir bis nächste Woche warten. Das gerade eben war die Haushälterin. Sie erklärte, daß die Raintrees Verwandte besuchen und erst nach dem vierten Juli zurückerwartet würden. Aber sie sagte, sie wüßte, daß die Familie schon seit fast zweihundert Jahren in Lowell lebt. Die Raintrees seien eine der ältesten Familien in der Stadt." Ich atmete tief durch. „Jetzt müssen wir nur noch bis nächste Woche warten."

„Und hoffen, daß sie noch etwas über Evaline Bloodsworth wissen", fügte Mutter hinzu. „Weißt du, es ist ja möglich, daß eventuelle Aufzeichnungen über sie verloren gegangen oder in Vergessenheit geraten sind."

Ich weigerte mich, diesen Gedanken überhaupt in Erwägung zu ziehen. An diesem Abend saßen wir alle um den Küchentisch und hörten bei P.J.s Gitarrenstunde zu. Selbst Mutter blieb. Sie holte einen Pullover heraus, an dem sie bereits drei Jahre arbeitete, und begann zu stricken. Draußen war die Sonne gerade untergegangen. Die Farben des Himmels wechselten langsam von rötlichorange zu lachsfarben, dann über lavendel schließlich zu tief indigo. Durch das Fenster sah ich, daß der Vollmond bereits seinen Lauf begann, hell und klar. Morgen würde ein guter Tag zum Fischen sein.

„P.J. hat wirklich Talent, Tante Libby", sagte Caleb am Ende der Stunde. „Er hat den Dreh raus – und auch das Ohr dafür."

Mutter nickte. „Das überrascht mich gar nicht."

P.J. versuchte, gleichgültig zu wirken, aber er konnte den erfreuten Ausdruck, der sein Gesicht erhellte, nicht verbergen. Es war ein schöner Tag für P.J. gewesen. Und den verdiente er auch.

Ich erzählte von dem Judy-Collins-Konzert, das im Juli stattfinden sollte. „Wir drei müssen Caleb davon überzeugen, daß er auch dort spielen muß."

„Laß mal hören, Caleb", sagte Mutter mit einem Lächeln. „Ich kann ja nicht jemanden unterstützen, den ich noch nie gehört habe."

Caleb hob die Gitarre an und strich sanft über die Saiten, um den Klang zu prüfen.

„‚Sounds of Silence', Caleb", bat ich leise, und er leitete in die Eröffnungsakkorde über.

Als er sang: „Hello Darkness, my old friend ...", schienen mir die Worte, nach dem, was er mir vorher erzählt hatte, wie für ihn geschrieben zu sein.

Ich sah zu Mutter hinüber. Das Strickzeug lag in ihrem Schoß. Sie betrachtete Caleb und konnte den Blick gar nicht von ihm wenden.

Ich sah Caleb ebenfalls an und wußte, daß meine Gefühle für ihn, die ich mittags in seinem Zimmer und vorhin in der Küche entdeckt hatte, nicht nur eine momentane Einbildung gewesen waren. Obwohl ich es mir immer noch nicht richtig eingestehen wollte, verliebte ich mich mehr und mehr in meinen Cousin.

Als Caleb am Ende angelangt war, schaute ich Mutter an und fürchtete, sie hätte mir vielleicht vom Gesicht abgelesen, was ich empfand. Aber ihr Blick war nach wie vor auf Caleb gerichtet und zwar mit einem fast verwirrten Gesichtsausdruck.

Im Schweigen, das dem Lied folgte, machte Caleb eine Pause, überlegte und begann dann langsam „Danny Boy" zu singen. Das war ein Lied, an das ich mich noch verschwommen aus meiner Kindheit erinnern konnte und das ich irgendwie mit Onkel John in Verbindung brachte. Ich wußte noch, daß es ein sehr schönes, trauriges Lied war, und hielt es für eine gute Wahl. Aber bevor Caleb noch mehr als den Anfang singen konnte, unterbrach Mutter ihn.

„Nein, Caleb", sagte sie. „Das nicht. Bitte, nicht heute abend. Es ist immer noch zu schmerzhaft."

P.J. sah sie überrascht an, aber für mich kam ihre Reaktion nicht unerwartet. Seit Onkel Johns Tod hatte Mutter es vermieden, an ihn erinnert zu werden. Caleb hörte sofort mit dem Lied auf und stimmte statt dessen ein irisches Seemannslied an.

Als er geendet hatte, schob Mutter ihren Stuhl zurück. „Nachdem ich am vierten Juli schon nicht hier sein kann", sagte sie, „laßt uns wenigstens beschließen, zusammen zu dem Judy-Collins-Konzert zu gehen. Jetzt jedoch", fuhr sie fort, „sollten wir Caleb zu Bett gehen lassen. Wenn er morgen fischen geht, muß er um vier Uhr früh aufstehen."

Im hellen Licht der Lampe sah ihr Gesicht merkwürdig ausgezehrt und schmerzvoll verzogen aus. Sie wandte sich zu Caleb. „Brauchst du den Jeep, um in die Stadt zu kommen?"

„Nein, danke, Tante Libby. Joel sagte, er würde mich abholen. Ich versuche, niemanden zu wecken."

„Vergiß nicht, ihn zum Essen einzuladen."

Diesen Abend gingen wir alle vier zusammen nach oben. Mit einem kurzen „Gute Nacht", stieg Caleb die Treppe zum Dachzimmer hinauf. Ich sah ihm nach, wünschte mir fast, ich könnte ihm folgen. Aber in den letzten Tagen war soviel geschehen, daß mein Gefühlsleben völlig durcheinander war. Jetzt freute ich mich eigentlich auch darauf, allein zu sein, um endlich mal mit mir ins reine zu kommen. Ich machte mich daran, in mein Zimmer zu gehen.

„Molly", rief Mutter, „komm doch bitte noch einen Moment mit in mein Zimmer, ja?"

Mit einem unangenehmen Gefühl im Bauch folgte ich ihr. P.J. ging in sein Zimmer. Von der Art, wie Mutter mich den ganzen Abend angesehen hatte, konnte ich mir schon denken, was kommen würde. Ich war jetzt viel zu müde dafür. Aber egal, was sie sagte, ich wußte, daß ich mich nicht aufregen oder mit ihr streiten durfte.

Sie schloß die Tür hinter uns. Mein Magen drückte wie früher oft, als ich noch kleiner gewesen war und ein schlechtes Gewissen hatte, wenn etwas Schlimmes passiert war, selbst wenn ich es gar nicht gewesen war.

„Molly", begann sie, und so, wie sie meinen Namen aussprach, wußte ich, daß ich mich auf das Schlimmste gefaßt machen mußte. „Ich weiß nicht genau, wie ich das nun mit dir bereden soll, ohne es direkt anzusprechen. Ich weiß, es ist mein Fehler, denn ich habe dich ja gebeten, deine Zeit mit Caleb zu verbringen, immer bei ihm zu bleiben. Aber mir war gar nicht bewußt, daß er jetzt natürlich bereits ein Mann ist." Sie machte eine Pause und sah mich an. „Und ich hatte auch nicht daran gedacht, wie überaus attraktiv er sein könnte."

Ich wartete und sah sie weiter an. Sollte sie doch weiterreden.

„Aber jetzt habe ich das Gefühl, daß die Dinge ... nun ja, daß die Dinge ... die Gefühle ... vielleicht etwas außer Kontrolle geraten ... Ich sehe wohl, daß es jedem Mädchen schwerfallen muß, sich nicht in ihn zu verlieben. Und ihr beide seid euch in vielem so ähnlich. Ihr beide scheint ... so im Gleichklang. Und ich fühle mich verantwortlich." Sie wartete darauf, daß ich antwortete, aber ich schwieg. „Was empfindest du denn für Caleb, Molly?" fragte sie mich schließlich, als ich nicht antwortete.

Ich starrte auf eine Stelle an der Wand, wo die Tapeten nicht haargenau zusammenpaßten. „Ich mag Caleb", antwortete ich. „Natürlich mag ich ihn. Er ist mein Cousin, und er ist ein sehr netter Kerl."

„Ja, aber er ist nicht nur einfach dein Cousin, Molly. Ihr beide seid beidseitige Cousins. Das knüpft die Blutsverwandtschaft noch enger. Zu eng."

„Zu eng wofür?" entgegnete ich, obwohl ich sehr wohl wußte, was sie meinte, denn ich hatte selbst schon vor kurzem erst daran gedacht.

„Du weißt ganz genau, was ich meine, Molly", stellte sie fest, als ob sie meine Gedanken gelesen hätte. „Zu eng für jegliche Art von Beziehung außer als Cousin und Cousine. Durch die enge Blutsverwandtschaft ist Caleb fast wie dein Bruder."

„Ja?" sagte ich. „Ja, ich weiß." Ich betrachtete weiter ausgiebig die Stelle mit den nicht exakt verleimten Tapeten.

„Molly, sieh mich bitte an." Zögernd begegnete ich ihrem Blick. „Wir hatten es nicht immer leicht miteinander", sagte sie. „Manchmal weiß ich nicht, ob wir zu verschieden oder uns zu ähnlich sind. Aber du bist meine einzige Tochter, und vor allem möchte ich nicht, daß du leidest. Es gab genug Leid in dieser Familie. Ich sehe wohl, daß dir Caleb am Herzen liegt. Und er ist jetzt gerade noch so verletzbar ..." Sie ließ ihren Satz in der Luft verklingen.

Ich holte tief Luft, um meine Stimme nicht zu zittrig klingen zu lassen. „Ich werde nicht leiden, Mutter. Und Caleb sollte mir doch am Herzen liegen, oder? Besonders nach all dem, was er durchgemacht hat." Ich achtete darauf, sie nicht direkt anzublicken.

„Ja, natürlich. Aber du weißt sehr wohl, was ich meine, Molly. So lange sein Wohl dir nicht zu sehr am Herzen liegt. Du darfst dich nicht in ihn verlieben! Es wäre unmöglich."

Ihre Worte schmerzten mich, aber ich verdrängte sie.

„Ich finde es schön, daß Caleb hier ist, Mutter", sagte ich. „Es gefällt mir, jemand älteren hier zu haben, mit dem ich etwas unternehmen kann, statt nur mit P.J." Ich versuchte kurz aufzulachen, aber es kam mehr wie ein Gurgeln heraus. „Meine Güte, Mutter. Ich werde mich bestimmt nicht in ihn verlieben, also mach dir keine Sorgen."

Sie sah mich scharf an. „Nun, es gefällt mir ganz und gar nicht, euch beide nächste Woche hier allein zu lassen."

„Wir sind ja nicht allein. P.J. ist auch noch da."

„Das zählt wohl kaum, Molly, und du weißt das auch. Vielleicht sollte ich Mrs. Pattishaw bitten herüberzukommen und hierzubleiben, solange ich fort bin."

Ich merkte, daß mein Entschluß, ruhig zu bleiben, nicht mehr durchzuhalten war.

„O nein, Mutter! Das kannst du doch nicht tun", brach es aus mir heraus. „Das darfst du nicht. Ich bin doch kein Kind mehr, und Caleb schon gar nicht. Du hast selbst gesagt, es ist nur für einen Tag. Du kannst uns doch nicht einen Babysitter ins Haus setzen. Das wäre zu demütigend!"

„Also Molly, es gibt keinen Grund, so melodramatisch zu werden", antwortete Mutter und hielt abwehrend die Hände hoch. „Na gut, ich werde Mrs. Pattishaw nicht herüberbitten. Aber ich möchte, daß du über das nachdenkst, was ich gesagt habe."

„Das mach ich, Mutter, wirklich", antwortete ich so entgegenkommend wie möglich und gab ihr einen Kuß auf die Wange. „Aber du brauchst dir wirklich keine Sorgen zu machen. Bestimmt nicht." Ich sah ihr direkt in die Augen.

Sie betrachtete mich eingehend, eine kleine Falte stand zwischen ihren Brauen. „Wir werden sehen, wie die Dinge in den nächsten Tagen laufen ..." sagte sie und gab mir ebenfalls einen Kuß. Bevor sie den Satz noch beenden konnte, hatte ich ihr Zimmer schon verlassen und war in mein eigenes geflüchtet.

So müde ich war, lag ich doch eine ganze Zeit noch wach. Ich hatte Mutter angelogen. Aber ich würde ihr die ganze nächste Woche keinen Grund geben, ihre Meinung zu ändern — oder schlimmer noch, Caleb nach Hause zu schicken. Ich mußte gut aufpassen. Ich würde etwas Distanz zu Caleb wahren müssen, weniger Zeit mit ihm verbringen. Ich würde so tun, als ob es mir nichts ausmachte.

Aber nachdem ich ja wußte, was ich wirklich fühlte, wußte ich auch, wie schwer es mir fallen würde. Mutters Warnung kam zu spät.

Bevor ich endlich in den Schlaf fiel, wanderten meine Gedanken von Caleb zu Evaline, und ich fragte mich, ob sie wohl diese Nacht wieder auftauchen würde. So sehr mich auch der Gedanke schreckte, ihr gespensterhaftes Gesicht in meinem dunklen Zimmer auftauchen zu sehen, so hoffte ich es gleichzeitig auch. Sie könnte eine Freundin sein. Und ich würde mich über jede Freundin freuen, dachte ich, während ich einschlief. Selbst über eine Freundin, die ein Gespenst war.

11. Kapitel

Um halb fünf weckten mich Scheinwerferlichter an meinem Fenster und das Geräusch eines Autos in der Einfahrt. Joel holte Caleb zum Fischen ab. Eine Tür wurde geschlossen, und der Klang von Männerstimmen tönte von unten herauf.

Es war kein Mond mehr am Himmel zu sehen. Ich kletterte in der Dunkelheit aus dem Bett und kniete mich ans Fenster. Die Sonne war noch nicht aufgegangen, aber ein schwacher rosa Schein erleuchtete den östlichen Himmel. Caleb und Joel standen im Licht der Scheinwerfer und unterhielten sich leise. Dann schwang sich Joel auf den Fahrersitz, und Caleb ging um das Auto herum auf die andere Seite. Er hielt an und sah zu meinem Fenster hoch. Dann hob er die Hand und winkte. Ich winkte zurück.

Die Morgenluft war feucht und kühl, aber ich wartete am Fenster, bis das Auto den Berg hinunter aus meinem Blick entschwunden war. Dann kletterte ich zurück ins Bett und schlief, bis ich von P.J. geweckt wurde, der lauthals im Badezimmer sang.

Der Rest des Tages verging schleppend. Am frühen Nachmittag wußte ich nicht mehr, was ich machen sollte, also packte ich so viele Zeichensachen, wie ich tragen konnte, zusammen und machte mich auf den Weg zur Holzhütte.

In der Lichtung zögerte ich. Ohne Caleb war ich mir plötzlich nicht mehr so sicher, daß ich in die Hütte wollte. Ich rief mir ins Gedächtnis, daß Evaline Bloodsworth eine Freundin war, und näherte mich vorsichtig der Hütte. Ich sah zum Schaukelstuhl, aber er stand bewegungslos da. Nachdem ich keinerlei Gegenwart verspürte, trat ich langsam ein.

Die Nachmittagssonne drang durch die Lichtung und das Fenster herein. Das erinnerte mich an Calebs Gesicht, wie es halb im Licht und halb im Schatten gelegen hatte, und ich beschloß zu versuchen, es aus dem Gedächtnis zu zeichnen. In der Hütte war es nicht gerade hell, aber ich stellte die Staffelei nahe am Fenster auf und begann, mit Kohle zu zeichnen. Ab und zu schloß ich die Augen, um mir sein Gesicht besser vorstellen zu können. Zuerst arbeitete ich schnell und hatte keine Schwierigkeiten, doch je weiter ich kam, desto schwerer wurde es. Schließlich mußte ich es aufgeben. Ich hatte bereits beschlossen, daraus ein Abschiedsgeschenk am Ende des Sommers zu machen. Aber um es beenden zu können, mußte ich ein gutes Schwarzweißfoto von Caleb haben. Mit einem Seufzer packte ich die Kohle weg.

Dann hörte ich es, wie ein Echo meines Seufzers, ein Geräusch, so leicht, daß es der Wind in den Bäumen gewesen sein konnte. Langsam stellte ich meinen Kasten auf dem Boden ab. Ich hatte Angst, ein zu lautes Geräusch oder eine schnelle Bewegung zu machen. Sie war da, bei mir! Ein leichter Nebel, ein Windhauch — nicht mehr als das —, aber ich wußte, es war Evaline. Ich verspürte keine Angst, nur eine neugierige Kameradschaft. Der Seufzer war wieder zu hören, und zwar so leise, daß ich ihn sicher nicht gehört hätte, wenn noch andere Geräusche vernehmbar gewesen wären.

Ich hielt den Atem an und wartete. Nichts. Dann flüsterte ich ihren Namen. „Evaline?"

Ich wartete wieder. „Wenn du Evaline bist, warum bist du hier?"

Immer noch nichts, außer dieser leichten Luftbewegung. Ich flüsterte wieder, so leise, daß ich es kaum selbst hören konnte. „Was du auch willst, wir werden dich nicht vergessen."

Nach und nach nahm der Nebel ab, und die Hütte war leer. Nichts rührte sich. Ich war allein.

Kurz vor dem Abendessen fuhren Caleb und Joel die Einfahrt herauf. Ich hatte auf der Veranda gesessen und gelesen. Jetzt wartete ich, bis das Auto anhielt. Dann lief ich zur Treppe, um die beiden zu begrüßen. Joel war genauso, wie ich ihn von damals — vor neun Jahren — in Erinnerung hatte. Schlaksig und groß mit Haaren, die die Farbe von hellem Weizen hatten, und hellgrauen Augen, die aussahen, als ob auch sie von zu viel Sonne gebleicht worden wären. Calebs Gesicht und seine Arme waren dunkler geworden von dem Tag auf dem Wasser, und neue Sommersprossen vertieften das Braun seiner Haut. Die Blässe, mit der er auf die Insel gekommen war, war verschwunden.

Joel stand eine Treppenstufe unter mir, seine Augen befanden sich auf gleicher Höhe wie meine, die Hände tief in die Taschen seiner Jeans vergraben.

„Hallo, Molly", grüßte er mich mit einem breiten Grinsen, an das ich mich noch gut erinnern konnte. Damals folgten diesem Grinsen immer irgendwelche Streiche. „Wie geht's denn so? Versteckst du dich immer noch unter Calebs Bett, um uns auszuspionieren?"

Ich wollte schon protestieren, da blickte ich zu Caleb, der betont gleichgültig auf der anderen Seite stand. Ich brach in ein herzliches Lachen aus. „Das ist nicht fair", prustete ich. „Caleb hat dir das vorgesagt! Zwei gegen eine. Ich sehe schon, daß sich nicht viel geändert hat."

„Tja", meinte Joel und taxierte mich dabei. „Caleb hat mir auch erzählt, daß du keine naseweise Göre mehr bist. Ich sehe, daß er damit recht hatte."

„Ich war nie naseweis", protestierte ich. „Eine furchtbare Nervensäge vielleicht, aber nicht naseweis."

Joel beugte sich nach vorn und spähte in mein Gesicht. Er roch ganz leicht nach Alkohol. Sie mußten in der Salty Dog, der einzigen Bar in Windhover, haltgemacht haben. Selbst Caleb sah entspannter aus, als ich ihn seit seiner Ankunft gesehen hatte.

Ob es daran lag, daß Joel da war, oder ob beide Männer durch den Alkohol aufgedreht waren, der Abend schien irgendwie eine kleine Feier zu sein. Während des Abendessens lachten wir viel und tauschten Erinnerungen aus. Ich versuchte, so wenig wie möglich zu Caleb zu sehen, und bemühte mich, mit Joel zu flirten. Ich hoffte nur, Mutter würde es auch bemerken.

Aber am Ende des Abends erwies sich meine Strategie als Bumerang.

Als Joel sich verabschiedete, nahm er meine Hand, als ob er sie schütteln wollte, doch er hielt sie fest. „Du bist wirklich ziemlich erwachsen geworden, Molly", sagte er mit einem Lächeln. „Du hättest mich letzten Sommer wissen lassen sollen, daß du hier bist. Ich weiß, daß du Dwayne immer am liebsten gemocht hast, aber jetzt, wo er nicht mehr hier ist, könnten wir beide vielleicht einmal zusammen ausgehen."

Wir standen alle an der Haustür, und ich spürte, wie Mutter mich beobachtete — und auch Caleb.

„Klar, Joel", sagte ich und versuchte, Begeisterung vorzutäuschen. „Das wäre wirklich nett ..., wenn wir das irgendwann mal machen", schloß ich lahm und zog meine Hand zurück.

„Also dann, auf Wiedersehen für heute. Und vielen Dank, Mrs. Todd." Mit drei Schritten seiner langen Beine war Joel über die Veranda und die Treppe hinuntergegangen. Er hielt inne und sah zu uns zurück, wie wir da alle zusammen in der Tür standen. Diesmal war sein Gesicht ernst. „Es ist gut, Caleb wiederzusehen", sagte er. „Schön, daß er nach Hause gekommen ist. Jetzt müssen wir ihn nur dazu bringen zu bleiben."

Mit einem kurzen Winken stieg er ins Auto, setzte die Einfahrt zurück und fuhr hinunter in die Stadt. Die Schlußlichter des Wagens verschwanden, und ich fragte mich, wie in aller Welt ich es vermeiden könnte, mit ihm auszugehen, ohne daß mir Mutter auf die Schliche kam.

Den ganzen Abend hatte ich auf die Gelegenheit gewartet, Caleb von der neuerlichen Begegnung mit Evaline zu erzählen, aber als ich mich umdrehte, war er bereits auf dem Weg nach oben ins Bett. Ich sah ihm nach und zwang mich, ihm nicht zu folgen.

Am nächsten Morgen frühstückten wir zum erstenmal alle zusammen.

„Ich dachte, daß es jetzt vielleicht an der Zeit ist, einen letzten Blick auf unser altes Haus zu werfen", verkündete Caleb, als wir fertig waren. Seine Finger spielten nervös mit dem Salzstreuer. „Hat irgend jemand Lust mitzukommen?"

Sein Gesichtsausdruck machte deutlich, daß er nicht gerne allein dorthin wollte. „Klar, das hatte ich ja schon lange vor", sagte ich rasch. „P.J. möchtest du auch mit?" fragte ich schnell, denn ich wußte, daß Mutter zwar nicht wollte, daß Caleb allein dorthin ging, aber genausowenig mich allein mit Caleb sehen wollte. „Warum nimmst du Roger nicht auch mit?"

„Roger kann heute nicht, seine Großeltern kommen", erklärte P.J. „Aber ich komme mit."

Also machten wir drei uns am Vormittag noch auf den Weg. Ich nahm meinen Fotoapparat mit. Vielleicht bekam ich die Gelegenheit, ein Bild von Caleb zu machen. „Ein Schnappschuß vor deinem alten Haus", konnte ich ganz beiläufig zu ihm sagen.

Mutter reichte Caleb die Schlüssel für den Jeep, also setzte ich mich auf den Beifahrersitz, und P.J. kletterte nach hinten. Der Vormittag war kühl, und Caleb trug die Armyjacke mit den fehlenden Abzeichen. Der Gedanke daran, daß sie ordentlich verstaut in dem Kästchen auf seiner Kommode lagen, schmerzte mich.

P.J. beugte sich vor, als die Straße sich nach unten in die Stadt wand. Er fuhr mit dem Finger über die Stelle unter Calebs rechter Schulter, wo eines der Abzeichen gesessen hatte.

„Was war denn hier?" fragte er.

„Nur ein Abzeichen, das zeigte, welchen Job ich in der Armee hatte."

„Was warst du denn?"

„Offiziell war ich Kundschafter. Aber letztlich taten wir alle das, was gerade getan werden mußte."

P.J. bewegte sich auf das verbotene Thema „Krieg" zu. Ich versuchte, ihm einen warnenden Blick zuzuwerfen, aber er blickte nur auf Calebs Jacke. Hoffentlich war er jetzt still.

„Hast du noch andere Abzeichen?" fragte er jedoch nach einer Weile.

„Hmm, ein paar, und einige Auszeichnungen. Aber das ist keine große Sache. Die bekam fast jeder."

„Aber es hat nicht jeder ein Purple Heart und einen Silver Star bekommen", sagte P.J. voller Stolz. Ich drehte mich um und sah ihn scharf an, aber er schaute nur zu Caleb.

„Nein, nicht jeder", bestätigte Caleb. „Aber ziemlich viele haben das Purple Heart bekommen."

„Ist das dafür, daß du verwundet wurdest?"

„Genau."

„Wie bist du denn verwundet worden, Caleb?"

Diesmal sah ich zu Caleb. Ich hatte Angst, sein Gesicht

könnte verschlossen und dunkel von diesen Schatten sein, die aus dem Nichts zu kommen schienen. Doch sein Gesicht wirkte entspannt, seine Augen waren auf die Straße vor uns gerichtet. Es schien ihm nichts auszumachen, P.J.s Fragen zu beantworten.

„Unser Zug war auf Nachterkundung, und wir sind geradewegs in einen Hinterhalt geraten. Wir mußten eine Lichtung im Dschungel überqueren, die mit Minen bestückt war. Wir nannten sie ‚Chinesisches Fernsehen‘, weil sie aussahen, wie ein kleiner Fernsehschirm auf ganz kurzen Beinen. Ursprünglich waren es amerikanische Minen, aber der Vietcong hatte sie erbeutet und verwendete sie nun gegen uns."

Caleb hatte die Geschwindigkeit verlangsamt, als wir durch Windhover fuhren, und beschleunigte nun wieder, als es den Berg hinaufging. „Wir wußten natürlich nicht, daß die Lichtung vermint war", fuhr er fort, „bis wir den halben Weg hinter uns hatten. Da begannen überall die Minen zu detonieren. Wir mußten uns sofort zurückziehen. Es schafften nur nicht besonders viele."

„Aber du hast es geschafft."

„Ja."

„P.J., warum hältst du nicht endlich den Mund?" fuhr ich ihn an und dachte an den Brief, der in dem Holzkästchen lag.

P.J. sah mich überrascht und beleidigt an. Seine Augen wurden ganz groß, weshalb ich mich sowohl gemein als auch schuldig fühlte. Es war Caleb, der mich rettete.

„Ist schon gut, Molly. Es macht mir nichts aus, es ihm zu erzählen", sagte er leise. P.J. sah erleichtert aus.

„Was ist denn dann passiert, Caleb?" fragte er. „Wann bist du denn verwundet worden?"

„Der Vietcong schoß einige Leuchtraketen ab. Die ganze Lichtung war erhellt, und sie begannen zu schießen.

Ich war fast aus der Lichtung, als ich am linken Bein getroffen wurde, in der Wade."

„Aber du bist doch viel schlimmer verwundet worden, Caleb. Tante Phoebe hat uns das gesagt."

„Das war ein wenig später."

Ich fragte mich, ob er Robert Englehart erwähnen würde.

„Was ist denn später passiert?" P.J. war diesmal wirklich hartnäckig.

„Ich habe es auf die andere Seite der Lichtung geschafft, aber eine Menge Verwundeter waren immer noch da draußen. Wenn niemand sie holte, waren sie alle verloren."

„Und das hast du dann getan?" fragte P.J., in seiner Stimme klang Ehrfurcht. „O Caleb, hast du keine Angst gehabt?"

„Natürlich hatte ich Angst, aber in solchen Momenten hast du nicht viel Zeit zum Nachdenken."

„Aber wenn du am Bein verletzt warst, wie konntest du sie dann holen? Mußtest du sie denn nicht tragen?"

Caleb schaltete in den zweiten Gang, als wir uns dem steilen Bergstück nach der Bucht näherten. Es war offensichtlich, daß er sich an dieses Stück der Straße gut erinnerte.

„Mit solchen Dingen ist es manchmal eigenartig, P.J. Es schien einfach egal zu sein. Damals spürte ich die Verwundung kaum."

„Wieviele Männer hast du denn zurückgebracht?"

„Drei." Robert Englehart hatte er immer noch nicht erwähnt, und natürlich konnte ich auch nicht nach ihm fragen.

Caleb fuhr fort. „Als ich das letztemal draußen war, explodierte jedoch eine Mine ganz in meiner Nähe. Da wurde ich ziemlich schlimm verletzt."

„Wie bist du denn dort weggekommen?" So sehr ich

auch wünschte, P.J. würde aufhören zu fragen, wollte ich jetzt auch Calebs Geschichte zu Ende hören. Also schwieg ich.

„Mittlerweile hatte der Vietcong anscheinend alle Leuchtraketen aufgebraucht", antwortete Caleb, „und es war glücklicherweise wieder dunkel. Das Schießen wurde eingestellt, und es explodierten auch keine Minen mehr. Schließlich fand mich ein Sanitäter."

„Haben sie dir deshalb den Silver Star verliehen? Weil du die Männer gerettet hast?"

„Ja, deswegen. Aber das war auch keine große Sache, P.J."

„Doch, das war es sehr wohl", sagte ich. Ich wollte am liebsten seine Hand nehmen und halten, aber statt dessen langte ich nur hinüber und berührte ihn leicht an der Schulter, für einen Moment. Er drehte den Kopf zu mir und lächelte mich an.

Kurz nach der Bergkuppe wich die Straße von der Küste ab und ließ einen breiten Streifen Land neben dem Ozean frei, der gerade groß genug für ein Haus war. Als wir näherkamen, warf ich einen Blick zu Caleb. Diesmal waren seine Nackenmuskeln angespannt. Zu seinem alten Haus zurückzukommen schien für ihn schwieriger zu sein als vom Krieg zu erzählen.

Wir hatten die letzte Steigung hinter uns und sahen jetzt das Haus vor uns liegen. Es war weiß verschalt, mit dunkelgrünen Fensterläden, und stand genau auf dem Bergkamm. Ein alter Kapitän, der letzte, der auf der Insel gewohnt hatte, hatte es vor mehr als hundert Jahren gebaut. Um den ersten Stock lief eine Art Laubengang, völlig verglast und groß genug, daß jemand dort stehen und nach einem Schiff Ausschau halten konnte, das in den Hafen segelte. Es war ein wunderschönes Haus, das Beständigkeit und Charme vermittelte.

Vor langer Zeit hatte mir Mutter einmal die Geschichte erzählt, wie Onkel John zu dem Haus gekommen war. Der Sohn des Kapitäns hatte es geerbt und viele Jahre dort gelebt, aber seine Frau starb jung, und er hatte nie wieder geheiratet oder Kinder gehabt. Bei seinen Wanderungen entlang der Küste hatte er Onkel John getroffen, und nach und nach hatte er in ihm den Sohn gesehen, den er selbst nie gehabt hatte. Als er starb, vermachte er das Haus Onkel John, denn, so hatte er es in seinem Testament geschrieben, er wußte, Onkel John würde das Haus ehren. Ich dachte immer, daß das wunderschön für Onkel John gewesen sein mußte, zu so einem herrlichen Ort zu kommen.

Seitlich an das Haus angebaut war die Scheune, leewärts, um sie vor den eisigen Winterstürmen zu schützen. Onkel John hatte sie in sein Studio umgebaut. Selbst als Kind hatte ich ihn um diesen riesigen Raum beneidet. Ich hätte gern den Rest meines Lebens dort verbracht.

Caleb hielt davor an und parkte auf einem ebenen Stück Gras, von dem aus man über das Wasser blicken konnte. Auf dieser Seite erstreckte sich die felsige Küste vom Beginn des Hügels bis hinunter zum Wasser fünfzig Fuß darunter. Heute schlugen die Wellen hoch an die Felsen und versprühten einen Regen von weißer Gischt. Der Schoner lag immer noch im Hafen vor Anker und schaukelte in den Wellen wie eine Tänzerin.

P.J. machte sich sofort auf den Weg zu den Klippen.

Ich dachte, daß Caleb vielleicht gerne einen Augenblick allein haben wollte, und blieb etwas zurück, während er zum Haus lief. Währenddessen nahm ich meine Kamera und richtete sie auf den Hafen. Ich machte zwei Bilder von dem Schoner, dann drehte ich mich zu Caleb, der mit angespanntem Gesicht auf mich wartete.

„Sie erinnert mich an das Schiff deines Vaters, die ‚Innisfree'", meinte ich.

„Ja, aber sie ist es nicht. Der Mann, der das Schiff damals gekauft hat, ließ den Rumpf schwarz streichen. Und er wollte mit ihm in den Süden, auf die Bahamas." Calebs Stimme drückte Abscheu aus.

Als wir auf das Haus zuliefen, blieb ich kurz stehen, um ein Bild davon zu machen. Wieder wartete Caleb, und so war es leicht, einen Schnappschuß von ihm vor dem Haus zu machen. Selbst das Licht stimmte.

Alle Fensterläden waren zum Schutz vor den Winterstürmen geschlossen. Nur die kleinen Fenster links und rechts von der Haustür waren einsehbar. Wir preßten unsere Stirn gegen das kühle Glas und spähten hinein. Von dort konnten wir den großen Eingangsbereich sehen, einen Teil des Wohnzimmers mit seinem Kamin aus Marmor und auf der anderen Seite des Flurs die Bibliothek. Dahinter lagen das Eßzimmer, die Küche und ein Gästezimmer mit Bad, das ich immer bekommen hatte, wenn wir zu Besuch hier waren.

Caleb stand einige Minuten an dem Fenster. Er versuchte, die Haustür zu öffnen, doch sie war verschlossen. Wir liefen um das Haus, wo er es an der Hintertür versuchte, aber die war ebenfalls nicht zu bewegen. Als wir zum Schuppen kamen, fanden wir diese Tür zu unserer Überraschung offen, und wir traten ein. Die Verbindungstür zum Wohnhaus war abgeschlossen, aber der Durchgang zur Scheune war zugänglich, und so gingen wir dorthin.

Ich erwartete fast, Onkel John dort auf seinem Stuhl vor der Staffelei vorzufinden, sein großer hölzerner Arbeitstisch voller Pinsel, Farbtuben, Öl- und Terpentindosen.

Nach neun Jahren konnte ich immer noch den leichten Geruch von Terpentin wahrnehmen. Ich wartete darauf, seine Stimme zu hören und den Rauch aus seiner Pfeife aufsteigen zu sehen. Seine Gegenwart war hier so stark, daß ich mich selbst daran erinnern mußte, daß er nicht hier sein konnte. Wenn ich schon so fühlte, dann konnte ich mir vorstellen, wie Caleb sich fühlen mußte.

Er stand in der Tür und sah sich lange in der Scheune um. „Mr. Bockman hatte recht", sagte er schließlich leise. „Dad hätte nie von hier fortgehen sollen."

Ich zögerte, dann stellte ich die Frage, die Mutter mir nie beantworten würde. „Warum tat er es überhaupt, Caleb?"

„Wir waren ziemlich pleite. Der Fischfang war nicht gut. Mit der Malerei lief es noch schlechter. Die ganze wirtschaftliche Lage hier war so mies, Gemälde waren das letzte, was Leute kaufen wollten. Wenn er mit Mutter allein gewesen wäre, wäre er wahrscheinlich sogar geblieben, aber er meinte, er müßte auch mir bessere Aussichten verschaffen. Er wollte mich nicht im Stich lassen." Calebs Gesicht verzog sich zu einer Grimasse. „Und so hat er uns am Ende alle im Stich gelassen – sich selbst am meisten."

„Armer Onkel John", sagte ich leise und suchte nach einer Möglichkeit, das Thema zu wechseln. „Ich denke, er und Evaline hatten etwas gemeinsam. Sie beide waren gezwungen, ihr Zuhause zu verlassen."

„Ja, außer daß Evaline keinen Vater hatte, der ihr leicht hätte helfen können, wenn er gewollt hätte."

„Wollte Grandpa McLaughlin denn nicht helfen?"

„O ja, er half schon", sagte Caleb bitter. „Er half dabei, Dad zu drängen, nach St. Louis zu kommen und in der Firma mitzuarbeiten. Aber er hätte ihm nicht das Geld geliehen, das es ihm ermöglicht hätte hierzubleiben. Und Dad mußte am Ende nachgeben und nach St. Louis gehen. Und als er dann dort war, gab ihm Großvater nicht einmal eine richtige Aufgabe mit Verantwortung. Dad saß einfach nur an einem Schreibtisch und hat Papiere herumgeschoben. Das hat ihn verrückt gemacht – und mich wundert das gar nicht."

„Sah Großvater denn nicht, wie es ihm ging?"

„Er wollte es nicht sehen. Mutter und ich sahen es wohl — doch wir konnten nichts tun. Aber keiner von uns hätte je gedacht, daß er sich umbringen würde. Er hat immer alles in sich hineingefressen."

Caleb drehte sich plötzlich heftig zu mir um. „Manchmal glaube ich, diese Familie ist verflucht — und wir müssen alle diese Last tragen und sind dazu verurteilt, es immer und immer wiederzuerleben."

Caleb steckte die Hände in die Taschen und ging so schnell, wie er konnte, hinaus durch den Schuppen und in den Jeep. Ich konnte nichts anderes tun als ihm zu folgen.

Als wir nach Hause fuhren, schwiegen wir alle. Gott sei Dank waren selbst P.J. die Fragen ausgegangen. Ich war jedoch froh, daß P.J. und ich mitgekommen waren. Tante Phoebe hatte recht. Er sollte nicht so viel Zeit allein verbringen. Zu viele dunkle Erinnerungen lauerten da. Ich wünschte nur, ich könnte etwas tun, um diese Erinnerungen endlich ruhenzulassen.

Als wir zu der leichten Steigung kamen, kurz bevor es die Straße in die Stadt hinunterging, sah ich etwas vor uns, etwas, das sich bewegte. Caleb sah es ebenfalls und verlangsamte den Jeep, als wir uns näherten. Es war ein Hase, und er war von einem Auto angefahren worden, aber nicht tot. Seine Augen waren offen und schienen uns voller Furcht und Schmerz anzustarren.

Die Hinterläufe des Hasen waren völlig zermalmt worden. Der Hase schüttelte den Kopf und zuckte mit den Vorderpfoten, als ob er sich selbst von der Straße ziehen wollte, doch es gelang ihm natürlich nicht.

Während ich den Todeskampf des Hasen da mitten auf der Straße sah, traten mir Tränen in die Augen. Hinter mir wollte P.J. aussteigen, aber ich hielt die Tür für ihn verschlossen.

„Laß mich hinaus, Molly!" schrie er und war den Tränen nahe. „Er ist verletzt! Ich muß ihn holen. Laß mich hinaus!"

Ich schüttelte den Kopf. „Nein, P.J.", sagte ich und versuchte, ruhig zu bleiben, aber meine Stimme zitterte. „Er ist zu stark verletzt. Wir können ihn nicht fortbringen. Wir können für den Hasen nichts tun."

„Ich kann es versuchen!" rief er, und jetzt liefen ihm die Tränen übers Gesicht. „Laß es mich versuchen."

„Molly hat recht, P.J.", sagte Caleb, und seine Stimme klang, als ob er tausend Meilen fort wäre. „Wir können diesen Hasen nicht retten."

„Dann tötet ihn!" rief P.J. und schluchzte so sehr, daß er stotterte. „Überf-f-fahrt ihn noch einmal, damit er n-n-nicht noch länger leidet."

„Ja, Caleb, bitte!" sagte ich. „Er tut mir so leid. Laß uns das arme Ding von seinen Schmerzen befreien."

Langsam setzte Caleb den Jeep zurück und fuhr wieder los, beschleunigte.

„Sieh nicht hin, P.J.", war alles, was ich noch sagen konnte.

Doch gerade als wir bei dem Hasen angelangt waren und ihn hätten überfahren müssen, trat Caleb plötzlich auf die Bremse. Der Jeep blieb stehen. Der Hase lag immer noch zuckend auf der Straße. Auf dem Rücksitz weinte P.J. laut, zu durcheinander, um noch irgend etwas zu sagen.

Caleb blieb stehen. Ich sah zu ihm hinüber. Sein Gesicht war wie eine Totenmaske, weiß und bewegungslos.

„O mein Gott", flüsterte er. Er verschränkte die Arme über dem Lenkrad und legte seinen Kopf darauf. Dann begann er zu zittern, sein ganzer Körper bebte.

Einen Augenblick saß ich wie versteinert da. Dann, ohne weiterzuüberlegen, sagte ich unwillkürlich: „Ich fahre weiter, Caleb."

Ich stieg aus und ging mit weichen Knien um das Auto herum zum Fahrersitz. Als ich die Tür öffnete, rutschte Caleb hinüber auf den Beifahrersitz. Er zitterte immer noch, aber nicht mehr so stark.

Ich setzte ein Stück zurück und fuhr dann langsam um den Hasen herum. Er bewegte sich immer noch, versuchte mit seinen Vorderpfoten verzweifelt, von der Straße zu kommen.

„Nein, Molly!" rief P.J. von hinten, als wir am Hasen vorbei waren. „Laß ihn nicht dort liegen. Fahr zurück!"

„Ich kann nicht, P.J.!" erwiderte ich heftig.

„Du mußt ihn töten! Laß ihn nicht länger leiden! Bitte, Molly!"

„Ich kann es nicht tun!" schrie ich ihn an. Ich holte tief Luft, um meine Tränen zurückzuhalten. „Es wird gleich ein anderes Auto vorbeikommen..." Ich faßte das Steuerrad fester und fuhr weiter.

Caleb sah starr geradeaus.

Ich schaute zu ihm hinüber, und er blickte mir in die Augen. Sie waren dunkel und hatten einen gejagten Ausdruck. Ich wollte etwas Tröstendes sagen, aber der Ausdruck seiner Augen hinderte mich daran.

„O Gott", sagte er leise. „Wird es jemals vorbei sein?"

P.J. weinte immer noch, aber in diesem Augenblick war es nicht P.J., um den ich mir Sorgen machte.

Ich langte hinüber, und diesmal nahm ich Calebs Hand und hielt sie ganz fest. Seine Finger schlossen sich um meine. Ich hielt seine Hand den ganzen Heimweg. Es war mir egal, daß P.J. es sehen konnte.

12. Kapitel

Als wir zu Hause ankamen, hatte P.J. aufgehört zu weinen bis auf ein gelegentliches Schniefen. Ich fuhr in die Einfahrt und löste langsam meine Finger, und Caleb zog seine Hand zurück. Obwohl er immer noch angespannt wirkte, schien sein Gesicht ruhiger, und der gejagte Ausdruck war aus seinen Augen verschwunden.

Im Rückspiegel sah ich, daß P.J. das Kinn auf die Brust gedrückt und den Ausschnitt seines T-Shirts hoch über das Kinn gezogen hatte. Als er meinen Blick spürte, schaute er mich an.

„Es tut mir leid, P.J.", sagte ich leise und drehte mich zu ihm um. „Ich konnte es einfach nicht tun."

Dann öffnete ich die Tür, und Caleb langte zu mir herüber und faßte mich am Handgelenk. „Ich bin derjenige, der sagen muß, daß es ihm leid tut", meinte er zu mir und zu P.J. Das war alles. Dann stieg er aus.

Er drehte sich zu P.J. „Ich gehe jetzt für eine Weile in mein Zimmer, P.J. Wenn du Lust hast, kannst du auch hochkommen." Er humpelte den Pfad zum Haus vor uns hinauf.

Als Mutter P.J.s tränennasses Gesicht sah, wußte sie, daß etwas geschehen sein mußte. Ich erzählte ihr rasch, was passiert war, ohne Caleb zu erwähnen. „P.J. wollte ihn mit nach Hause nehmen, aber ich habe es ihm nicht erlaubt", war alles, womit ich die Tränen erklärte. Dann verschwand ich in mein Zimmer.

Ich streckte mich auf dem Bett aus und starrte an die Decke. Nach einigen Minuten hörte ich Calebs Gitarre und den Klang gedämpfter Stimmen. P.J. mußte seine Einladung angenommen haben. In diesem Augenblick wünschte ich mir mehr als alles in der Welt, auch dort oben sein zu können. Irgendwie schien es mir nicht fair, daß P.J. sich ständig bei Caleb aufhalten durfte, während er für mich verboten war. Dann dachte ich wieder über Calebs Reaktion bei dem Hasen nach. Ich weiß nicht, was mir mehr zu schaffen machte — der Gedanke an den Hasen, der verletzt auf der Straße lag, oder die Erinnerung, wie Caleb das Gesicht in den Armen vergraben und unkontrolliert gezittert hatte.

Bei keiner dieser Erinnerungen wollte ich länger verweilen, und so konzentrierte ich meine Gedanken auf Montag, den vierten Juli. Ich würde den ganzen Tag mit Caleb verbringen — und die ganze Nacht. In meinem Kopf malte ich mir sämtliche Möglichkeiten aus, wie dieser Tag verlaufen könnte, doch alle endeten damit, daß Caleb mich in die Arme nahm.

Am nächsten Tag, am Freitag, ging Caleb wieder mit Joel fischen und blieb zum Essen bei den Bockmans, so daß ich ihn kaum zu Gesicht bekam. Ich tröstete mich damit, daß es nur noch drei Tage bis zum vierten waren, und nutzte die Zeit, um mit meinem Bild für Caleb weiterzukommen.

Ich fuhr in die Stadt, um den Film abzuholen, den ich am Nachmittag vorher zum Entwickeln gebracht hatte. Als ich die Bilder sah, wußte ich schlagartig, was ich zeichnen würde. Je mehr ich darüber nachdachte, desto aufgeregter wurde ich. Ich setzte mich zu Hause sofort auf die Veranda und begann mit meinen Entwürfen.

Beim Zeichnen vergingen der Tag und der Abend schneller, als ich gedacht hätte. Wie immer, wenn ich arbeitete, vergaß ich die Welt um mich herum, und das Zeichnen selbst entführte mich in eine Welt, wo alles andere unwichtig schien.

Am Samstag jedoch wurde mein Traum vom Montag nach und nach zerstört. Ich wachte auf und stellte fest, daß strömender Regen eingesetzt hatte, der aussah, als ob er noch Tage anhalten wollte. Der Gedanke, daß wir am vierten schlechtes Wetter haben könnten, war mir vorher nie gekommen. Was war, wenn das Feuerwerk und der Rummel ausfielen, und Caleb und ich den ganzen Tag mit P.J. und Roger zu Hause sitzen mußten? Diese Möglichkeit war zu deprimierend, als daß ich weiter darüber nachdenken wollte.

Beim Frühstück erzählte Caleb, daß Joel mit uns zur Feier kommen wollte. Meine Stimmung sank. Und ich hatte mich darauf gefreut, mit Caleb den ganzen Tag allein zu sein.

Aber das war noch nicht mal das Schlimmste.

„Joel sagte, er würde noch ein anderes Mädchen mitbringen", fuhr Caleb fort, „so daß wir dann insgesamt zu sechst sein werden."

„Das ist ja wunderbar!" rief Mutter so begeistert aus, daß ich sie hätte erwürgen können. „Wie du schon gesagt hast, Molly, je mehr Leute es sind, desto lustiger wird es, nicht wahr?"

Ich konnte nicht einmal antworten. Ich saß einfach nur da und starrte auf meine Spiegeleier, bis sie kalt waren. Als Mutter schließlich ihren Kaffee ausgetrunken und die Küche verlassen hatte, sah ich Caleb an und stellte fest, daß er mich beobachtet hatte. Mit hochgezogenen Augenbrauen zuckte er kurz die Schultern.

„Tut mir leid, Molly. Es gab keine Möglichkeit, das abzulehnen."

„Ich weiß", erwiderte ich mit einem Seufzer. „Ist schon in Ordnung." Es tröstete mich, daß Caleb auch enttäuscht zu sein schien. „Aber ist dieses andere Mädchen für Joel gedacht, oder für dich?" fragte ich.

„Das hat er nicht gesagt", antwortete Caleb mit einem Lächeln. „Wenn ich jedoch berücksichtige, wie oft Joel deinen Namen genannt hat, schätze ich fast, daß das andere Mädchen für mich sein soll."

Das war der Gipfel. Nicht nur, daß ich den ganzen Tag ein anderes Mädchen an Calebs Seite sehen mußte. Joel betrachtete mich auch noch als seine Verabredung. Der Tag war noch nicht einmal da und entwickelte sich für mich bereits zu einer Horrorvorstellung.

Am Sonntag klarte jedoch wenigstens der Himmel auf, und die Luft roch frisch nach Salz und Seetang wie immer nach einem Sturm. Die Felsen waren voller neuer Schätze, und P.J. und Roger waren den ganzen Tag auf Jagd danach. Selbst Mutter nahm sich ein paar Stunden frei und kam mit einem Picknick zum Strand herunter. Wir ließen uns auf den Felsen nieder, um die Brote zu essen, und der Wind zerzauste unser Haar.

Caleb war entspannt und gutgelaunt. Daß ich ihn jetzt viel öfter lachen sah und er auf einen Witz oder eine dumme Bemerkung antwortete, machte mich fast leichtsinnig. Aber mit Mutter in der Nähe achtete ich darauf, daß ich ihn nicht zu oft ansah oder zu nahe bei ihm stand.

Sonntag nacht, nachdem ich im Bett lag und bereits wieder wie jeden Abend mit meinen Wunschträumen einschlief, kam Mutter in mein Zimmer.

„Molly, ich habe noch einmal darüber nachgedacht, ob ich euch morgen hier allein lassen kann", begann sie in ihrem Anwaltston. Ich hielt die Luft an. „Ich werde Mrs. Pattishaw unter einer Bedingung nicht bitten, über Nacht zu bleiben."

„Und die wäre?" fragte ich und fürchtete, ein Versprechen geben zu müssen, daß ich unmöglich halten konnte.

„Ich denke, das brauche ich nicht auszusprechen. Du weißt, was meine Befürchtungen sind. Ich möchte nicht, daß irgend etwas passiert, was diese Befürchtungen verstärkt."

„Das wird es nicht, Mutter. Ehrlich. Ich werde sowieso die meiste Zeit mit Joel zusammen sein."

„Nun, das gleiche gilt auch für Joel, verstehst du", sagte sie sofort.

Diesmal mußte ich lachen. In diesem Punkt konnte ich sie völlig beruhigen.

„Keine Sorge", sagte ich. „Es wird bestimmt nichts passieren, Mutter. Joel ist nett, aber das ist alles. Und Caleb ist nett, und ich bin nett. Wir sind alle nett, also brauchst du dir keine Sorgen zu machen." Ich lachte noch einmal und war erleichtert, als Mutter mich anlächelte.

„In Ordnung", sagte sie und beugte sich vor, um mir einen Gutenachtkuß zu geben. „Paß auf P.J. auf. Laß ihn keinen Unsinn anstellen. Dienstag abend müßte ich eigentlich zurück sein. Ich werde aber erst eine späte Fähre bekommen, also wartet nicht mit dem Essen auf mich."

An der Tür drehte sie sich mit gerunzelter Stirn um. „Wenn irgend etwas sein sollte — dann kannst du mich im Büro erreichen oder eine Nachricht hinterlassen. Wenn ich nicht dort bin, bin ich in der Wohnung."

„Ist recht", sagte ich mit einem Nicken, um ihr zu zeigen, daß ich alles verstanden hatte.

Ich wußte jedoch, daß ich ganz bestimmt nicht anrufen würde. Ich streckte mich wieder im Bett aus und träumte weiter von Caleb. Zu wissen, daß er für mich tabu war, machte die Träume nur noch intensiver. Die Erwartung ließ in mir Gefühle aufsteigen, die ich nie vorher verspürt hatte — ganz besonders nicht mit den Jungen, die mich auf dem Heimweg von Partys begrabscht hatten. Das hatte ich schon immer lästig gefunden, aber Calebs Hände würde ich gerne spüren. Meine Gefühle jagten mir Angst ein, denn solche Wünsche kannte ich bisher noch nicht. Und trotzdem wollte ich nicht, daß sie aufhörten.

Ich schloß die Augen und gab mich ganz den Träumen

von meinem Cousin Caleb hin, bis ich mit dem Gedanken an ihn einschlief.

Als ich am nächsten Morgen aufwachte, stellte ich fest, daß ich mir wegen des Wetters keine Sorgen hätte zu machen brauchen. Durch das Fenster sah ich, daß der Himmel strahlend blau war und ein warmer Wind vom Meer hereinwehte. Es war ein herrlicher Tag für den vierten Juli. Meine Laune stieg wieder.

Während ich mich anzog, hörte ich das Telefon klingeln und Calebs Stimme unten im Flur.

„Das war Joel", erklärte er, als er zu mir hochsah, während ich die Treppe herunterkam. „Er hat mir angeboten, uns abzuholen, aber ich sagte ihm, daß wir deine Mutter noch zur Zwei-Uhr-Fähre bringen müßten. Also würden wir ihn an der Fähre treffen. In Ordnung?"

„Klar", stimmte ich zu. Ich versuchte, nicht zu erleichtert zu klingen. Das bedeutet, daß wir ohne Joel und dieses andere Mädchen heimfahren würden.

„Du bist nicht enttäuscht?"

„Wohl kaum", sagte ich.

Caleb lächelte. „Ich auch nicht."

Einen Augenblick bewegten wir uns beide nicht, und der Ausdruck in seinen Augen sagte mir, daß er mich küssen wollte. Dann näherten sich Mutters Schritte aus der Küche. Caleb drehte sich um und ging hinaus.

„Nur noch fünf Stunden", dachte ich.

Den restlichen Vormittag verbrachte Caleb mit seiner Gitarre auf der Veranda, verschiedenste Notenblätter um sich herum ausgebreitet. Ich arbeitete oben in meinem Zimmer an Skizzen für meine Zeichnung. Ich hatte beschlossen, mit Feder und Tinte zu zeichnen und nur hier und da einen Akzent mit Wasserfarben zu setzen.

Bevor ich mit Tinte begann, mußte ich jedoch alle Teile

leicht mit Bleistift skizzieren, um sicherzugehen, daß auch alles so wurde, wie ich es wollte. Dieses Bild sollte vollkommen sein. Ich überlegte, ob ich zum Arbeiten in die Hütte hinübergehen sollte, aber es war schön, immer wieder Calebs Musik heraufklingen zu hören. Ab und zu machte ich eine Pause, um zuzuhören.

Kurz vor halb zwei zog ich mich um. Ich wählte ein Kleid, das mein Vater mir aus Mexiko zum Geburtstag geschickt hatte. Es war aus weißem Baumwollstoff mit hellen Blumen um den Saum und einem weiten Ausschnitt, der meine dunkle Haut und meine dunklen Augen gut zur Geltung brachte. Ich hoffte, es würde Caleb gefallen. Dann kam Roger die Einfahrt hereingerannt, und wir fuhren alle zusammen nach Bucks Harbor ab.

Als wir ankamen, füllte sich die Stadt bereits, und es dauerte einige Minuten, bis wir einen Parkplatz fanden. Nachdem sie ihre letzten Ermahnungen abgegeben hatte, stieg Mutter auf die Fähre am Ende des Piers. Ich seufzte erleichtert auf und wandte mich zu P.J. und Roger.

„Hört mal", sagte ich. „Wir treffen uns hier gleich nach dem Feuerwerk. Also vergeßt nicht, wo wir geparkt haben."

Bevor ich noch zu Ende geredet hatte, waren die beiden Jungen schon in Richtung des Rummels verschwunden, der im Stadtpark einige hundert Meter weiter aufgebaut worden war. Mutter hatte P.J. genug Geld gegeben, daß er sich den ganzen Nachmittag und den Abend hindurch vergnügen konnte.

Ich gratulierte mir gerade dazu, Caleb endlich für mich allein zu haben, als Joels Stimme hinter uns ertönte. „Heh, Molly! Caleb! Hier sind wir!"

Wir drehten uns beide um und sahen Joel auf der anderen Seite der Straße. Aber das war noch nicht das Schlimmste. An Joels Arm, ganz in Gelb gekleidet, was sie wie eine verblühte Butterblume aussehen ließ, hing niemand anderes als Peggy Ann. Ich konnte es gar nicht glauben. Sie hatte Caleb aufgespürt, und jetzt hatten wir sie den Rest des Tages auf dem Hals. Ich hätte heulen können.

13. Kapitel

Sobald Peggy Ann Caleb entdeckt hatte, strahlte sie ihn an. „Die Welt ist klein, stimmt's?"

Joel sah sie überrascht an. „Du kennst Caleb? Das hast du mir ja gar nicht gesagt."

„Ich wußte nicht, daß er so heißt. Wir haben uns im Café kennengelernt."

„Und das ist Molly Todd", stellte mich Joel vor.

„Hallo", grüßte Peggy Ann gnädig.

Über den Bäumen sahen wir, wie sich das Riesenrad drehte. Als wir darauf zugingen, nahm Peggy Ann Calebs Arm und beanspruchte ihn damit für sich. Wir konnten auf dem belebten Gehweg nicht zu viert nebeneinander herlaufen, also blieb mir nichts anderes übrig, als neben Joel zu gehen.

Joel sah mich von der Seite an. „Ich habe mich schon die ganze Woche auf heute gefreut", sagte er lächelnd.

„Ich auch", erwiderte ich. Das war zumindest keine Lüge.

Als wir den Park erreicht hatten, sahen wir, was alles geboten war. Buden, die bunt geschmückt waren, reihten sich rund um den Park. In der Mitte waren die Fahrgeschäfte aufgebaut.

Wir begannen unsere Runde beim Karussell, und das war noch ganz in Ordnung, denn da hatte jeder sein eigenes Pferd. Auch der Autoscooter war nicht mal so schlimm.

Beim Riesenrad, wo es nur Gondeln für zwei gab, nahm Peggy Ann Calebs Hand und führte ihn in eine davon. Joel und ich folgten ihnen in der Gondel dahinter. Ich lehnte mich zurück, und Joel legte den Arm halb auf den Sitz, halb um meine Schultern. Seine Finger ruhten auf meinem Arm.

Ich konnte mich nicht vorbeugen, ohne ihn zu beleidigen, also blieb ich sitzen und versuchte, nicht Caleb und Peggy Ann zu beobachten, die Schulter an Schulter vor uns saßen. Statt dessen hielt ich den Blick auf die Leute gerichtet, die unter uns zu sehen waren. Ich entdeckte P.J. und Roger am Zuckerwattestand. P.J. hatte sein Gesicht in einer riesigen, rosafarbenen Wolke vergraben, die so groß war wie sein Kopf.

„Sieh mal", sagte Joel, als unsere Gondel ganz oben angekommen war und für einen Augenblick stehenblieb. „Man kann über den Hafen hinaus auf das offene Meer sehen. Ich glaube nicht, daß ich Bucks Harbor jemals aus der Luft gesehen habe."

„Warst du nie vorher in einem Riesenrad?" fragte ich überrascht.

„Nein. Bis jetzt hatte ich keinen Grund dazu. Jetzt sehe ich, was mir entgangen ist." Er fuhr mit den Fingern über meinen Arm, unmittelbar dort, wo mein Ärmel aufhörte. Ganz sanft strich er hin und her. Ich sah rasch weg und betete, daß die Fahrt bald zu Ende sein möge.

Über die Baumwipfel blickte ich dorthin, wo Himmel und Meer zusammenstießen, und dachte an Evaline. Ich fragte mich, wie oft sie allein an den Klippen gestanden und auf das Meer hinausgesehen hatte. Vielleicht würde ich morgen, wenn ich mit den Raintrees gesprochen hatte, mehr über sie erfahren. Dieser Gedanke lenkte mich ab, bis das Riesenrad wieder anhielt. Vor uns stiegen Caleb und Peggy Ann aus und warteten auf uns.

Als ich nach Joel die Gondel verließ, zwinkerte Caleb mir zu.

„Laßt uns doch mal zu den Buden gehen", schlug er vor.

„Gute Idee", erwiderte ich, bevor Joel oder Peggy Ann etwas einwenden konnten, und zu viert besuchten wir nun eine Bude nach der anderen. Meist waren es Glücksspiele, aber manchmal ging es auch um Geschicklichkeit. Wir versuchten alles und hatten bald eine gemischte Sammlung von Preisen — Windräder, Aufziehspielzeug, Stoffblumen und billige Armbanduhren, die Peggy Ann an ihrem Arm sammelte, in einer bunten Reihe von blauen, grünen, rosa- und orangefarbenen Plastikbändern.

Die letzte Bude war ein Schießstand, wo man einen Preis gewann, wenn man eine gewisse Anzahl von Enten, die auf dem Wasser schwammen, hintereinander traf. Ein gelangweilt aussehender junger Mann mit fettigem Haar lehnte an der Seite. Er wollte sich anscheinend einen Bart wachsen lassen, denn er hatte einige dürftige Bartstoppeln. Ich schätzte ihn auf nicht viel älter als Caleb und Joel.

Caleb wollte an der Bude vorbeilaufen, aber Peggy Ann zog an seinem Arm.

„Oh, sieh nur, Caleb, sie haben Teddybären hier. Schieß mir doch einen, ja?"

„Laß es Joel versuchen", sagte Caleb leise.

Joel legte einen Dollar auf den Tisch und nahm das Gewehr auf. Der Mann an der Seite richtete sich auf und musterte Peggy Ann und mich. Joel traf sieben von zehn Enten, aber das brachte ihm nur ein weiteres Windrad ein.

„Ach bitte, Caleb", drängelte Peggy Ann. „Versuch du es jetzt."

Caleb zögerte, sein Gesicht wurde verschlossen. Dann zuckte er mit den Schultern und nahm das Gewehr auf.

Er traf jede Ente, und der Mann sah ihn ärgerlich an.

„Warst wohl in Vietnam?" fragte er.

„Ja", antwortete Caleb. „Warum? Darf ich dann nicht schießen?"

„Nein, aber so verliere ich meine besten Preise — an euch verdammte Soldaten." Er sah Caleb an. „Wie lange warst du denn dort?"

„Fünfzehn Monate."

„Verwundet?"

„Ja", antwortete Caleb kurz und sah unangenehm berührt aus. Ich merkte, daß er gehen wollte, aber dieser Kerl war hartnäckig.

„War's dort denn so schlimm, wie es immer heißt?"

„Allerdings."

„Bist du eingezogen worden?"

„Nein."

Der Mann sah Caleb an. „Nun sag bloß! Du meinst, du hast dich freiwillig gemeldet? Warum hast du denn so was Bescheuertes gemacht?"

Caleb sah ihn kühl an. „Wir haben alle unsere Gründe. Wahrscheinlich würde ich es heute nicht mehr tun."

„Na, bestimmt nicht. So'n bescheuerter Krieg. Wenn ich eingezogen worden wäre, hätte ich mich bestimmt vorher verdrückt."

„Ach ja?" sagte Caleb mit einer Stimme, die nun fast eisig klang. „Nun, das wäre deine Wahl gewesen."

„Jedenfalls 'ne bessere Wahl als deine, würde ich sagen!"

Caleb sah den Mann aus schmalen Augen an, dann drehte er sich auf dem Absatz um und ging davon.

„Heh, du hast deinen Preis vergessen!" rief der Mann ihm nach.

„Behalt ihn", sagte Caleb über die Schulter und humpelte durch die Menge davon. Joel und ich folgten ihm, aber Peggy Ann blieb zurück. Als sie uns eingeholt hatte, hielt sie einen der Plüschteddys im Arm. Niemand von uns sprach, bis wir an einen Stand mit Erfrischungen kamen.

„Ich komme um vor Hunger", seufzte Peggy Ann und brach das Schweigen.

Wir blieben an dem Stand stehen und bestellten Hot dogs, Pommes frites und Cola. Das trugen wir dann zu einem schattigen Plätzchen unter den Bäumen in der Nähe der Bühne für die Band. Ich aß ein paar Pommes und nippte an meiner Cola, aber mittlerweile saß ein großer Kloß in meinem Magen. Dieser Tag verlief ganz und gar nicht so, wie ich es mir erträumt hatte.

Während wir aßen, kam die Band und baute auf. Sie hatten verschiedene Elektrogitarren, ein Schlagzeug, ein Keyboard und vier Verstärker. Caleb ging hinüber, um sich mit einem der Gitarristen zu unterhalten. Der Mann reichte Caleb seine Gitarre, und die beiden beugten sich über das Instrument. Ich hatte alle möglichen Rivalen, mit denen ich nie gerechnet hatte.

„Einen Penny, Molly", sagte Joel neben mir.

„Wie?" fragte ich halbherzig nach.

„Du weißt schon, für deine Gedanken. Du warst heute ziemlich ruhig — als ob du ganz woanders wärst."

„Entschuldige", sagte ich und versuchte, ihn anzulächeln. „Ich habe gerade darüber nachgedacht, was der Mann am Schießstand gesagt hat. Daß er sich verdrückt hätte."

„Das kann man ihm nicht verdenken", sagte Peggy Ann und blinzelte in die Sonne. Heute waren ihre Augenlider hellblau gefärbt. „Man muß ja verrückt sein, wenn man sich freiwillig meldet."

„Aber nicht Caleb", erwiderte ich scharf. „Und es muß für die Soldaten auch sehr schwer sein, von Vietnam zurückzukommen und sich so etwas anhören zu müssen. Besonders wenn man verwundet wurde — oder vielleicht der beste Freund neben einem starb!" schloß ich hitzig, den Tränen nahe.

Peggy Ann starrte mich mit offenem Mund überrascht an.

„Tut mir leid", stotterte sie. „Ich wollte ja niemanden beleidigen."

„Heh, laßt uns heute nicht mehr vom Krieg reden",

sagte Joel schnell und nahm einen langen Schluck Cola.

„Ich geh mal für kleine Mädchen", sagte Peggy Ann. Sie stand auf und klopfte sich die Brotkrumen vom Rock. „Kommst du mit?" fragte sie mit einem Blick in meine Richtung.

„Nein, danke", sagte ich kurz, und mit einem Schulterzucken ging sie los.

„Also, Molly", sagte Joel. „Wie wäre es, wenn wir das nächste Mal allein wären? Wenn wir zusammen ausgehen, meine ich." Er sah mich an und hoffte offensichtlich auf eine Zustimmung."

„Warum nicht", antwortete ich halbherzig. Er runzelte die Stirn, und ich wußte, daß er merkte, daß etwas nicht stimmte, aber nicht wußte, woran es lag. „Klar, das würde ich gerne", fügte ich hinzu und zwang mich zu einem Lächeln.

Ich konnte ihn nicht ständig abwimmeln, und schließlich war es nicht seine Schuld, daß ich mich nicht für ihn interessieren konnte. Unter anderen Umständen hätte ich mich wahrscheinlich geschmeichelt gefühlt und wäre gern mit Joel ausgegangen.

„Wie wäre es denn mit Samstag?" fragte er sofort, bevor ich wieder einen Rückzieher machte.

„Ja, wunderbar."

„Vielleicht könnten wir ins Kino gehen. Ich ruf dich am Freitag an, und wir können das dann noch genauer ausmachen."

„Ich würde gern ins Kino gehen", sagte ich. Mir grauste bereits vor Samstag abend, nicht weil ich Joel nicht mochte, aber er war eben nicht Caleb. Zumindest würde Mutter sich freuen.

Die Band begann zu spielen, und Caleb kam zurück zu unserem Platz unter dem Baum.

„Heh, das habe ich fast vergessen", sagte Joel, als Caleb

sich neben uns setzte und an den Baum anlehnte. „Ich habe gestern abend mit Dwayne telefoniert, und er läßt dich grüßen, Caleb." Dann drehte er sich zu mir. „Und dich läßt er natürlich besonders grüßen, Molly. Er sagte, er erinnert sich, daß du ihm immer wie sein Schatten gefolgt bist, und wollte wissen, ob du immer noch brav alles erledigen würdest, was er dir aufträgt, wie du es früher getan hast?"

„Nicht unbedingt", sagte ich und wurde rot. „Außerdem bin ich nur immer in seiner Nähe geblieben, weil er mich vor euch beiden beschützt hat."

„Das habe ich aber ganz anders in Erinnerung", sagte Caleb mit einem neckenden Lächeln.

Es blieb mir erspart, darauf zu antworten, denn jetzt begann unvermittelt die Band, einen ohrenbetäubenden Rock and Roll zu spielen. Peggy Ann kehrte im gleichen Augenblick zurück.

Die Leute strömten aus den Buden und Fahrgeschäften auf die Tanzfläche, und als das Lied vorbei war, war sie schon recht voll. Die Band stimmte jetzt ein Lied von den Doors an. Was ihnen an Können fehlte, machten sie durch Lautstärke wett. Es war unmöglich, sich zu unterhalten, also saßen wir im Gras und sahen den Tänzern zu, die sich getrennt von ihren Partnern verausgabten.

Als die Band „Light My Fire" anstimmte, sprang Peggy Ann auf und begann ihre Hüften und Schultern zur Musik zu schwingen. Ihr Kleid hob und senkte sich wie gelbe Wellen. Sie streckte Caleb die Hand entgegen, eine Einladung, mit ihr zu tanzen.

„Tut mir leid", rief Caleb mit einem entschuldigenden Lächeln. „Mein Bein würde das nicht mitmachen."

Peggy Ann sah zu Joel, reichte ihm die Hand und zog ihn auf die Füße. Ohne Einwände folgte er ihr auf die Tanzfläche.

Caleb rutschte am Baum ein Stück zur Seite.

„Heh", sagte er und klopfte auf den Boden neben sich. „Mach es dir doch auch bequem."

Ich setzte mich neben ihn und lehnte mich gegen den Baum. Der Himmel im Westen war glutrot von der untergehenden Sonne, aber dort im Park unter den Bäumen kehrte bereits Dunkelheit ein. Schweigend betrachteten wir die Tänzer, unsere Schultern berührten sich an dem Baumstamm. Ich wagte es nicht, Caleb anzusehen.

Nach „Light My Fire" wechselten sie zu „Touch me" über. Das Tempo wurde langsamer, viel langsamer als die Version der Doors. Die Lautstärke nahm ebenfalls ab, und diesmal mußte Caleb nicht schreien, als er etwas sagte.

„Peggy Ann kommt auf uns zu", erklärte er. „Komm, Molly. Hilf mir auf. Angriff ist die beste Verteidigung."

Ich stand auf und reichte Caleb die Hand, um ihn hochzuziehen. Peggy Ann tauchte eben mit Joel hinter sich von rechts auf, als Caleb und ich, Hand in Hand nach links auf die Tanzfläche aus Holzdielen verschwanden.

Wir tanzten Gesicht an Gesicht, in der Mitte der Tanzfläche. Calebs Arm lag um meine Taille, und ohne zu zögern, zog er mich an sich. Alle anderen tanzten zwar ebenfalls langsam, aber immer noch getrennt. Doch Caleb, der durch sein Bein behindert war, hielt mich an sich gedrückt. Seine rechte Hand lag auf meinem Rücken, die linke hielt meine, Handfläche an Handfläche.

Wir bewegten uns langsam zur Musik, bis wir auf die andere Seite der Tanzfläche kamen, weg von dem Baum, wo Joel und Peggy Ann auf unsere Rückkehr warteten. Meine Stirn ruhte an Calebs Kinn. Er roch nach Sonnenschein und Seife, der gleiche Geruch wie der an seinem Kissen. Ich atmete tief ein, schloß die Augen und entspannte mich, spürte seinen Körper an meinem. Alle früheren Enttäuschungen des Tages verschwanden.

Der Sänger begann zu singen, aber ich hörte nur die Stelle, wo er darum bittet, berührt zu werden, und sagt, daß er keine Angst hat.

Einen kurzen Moment hielt mich Caleb von sich weg, suchte meinen Blick. Ein Ausdruck von Sehnsucht lag in seinen Augen, und ich war sicher, auch Caleb hatte auf den Text gehört. Dann wurde sein Griff um meine Taille fester, und er zog mich an sich. Keiner von uns beiden sprach, bis das Lied zu Ende war. Die Band machte eine kurze Pause, und so war es plötzlich still um uns.

Caleb hielt mich immer noch fest, und wir standen dort zusammen. Ich schloß die Augen und wußte, daß auch er die gleiche Sehnsucht spürte wie ich. Unwillkürlich preßte ich mich stärker an ihn.

In der Stille hörte ich seine Stimme an meinem Ohr. „Molly, Molly, was hast du nur mit mir gemacht?"

Einen kurzen Moment zog er mich noch näher an sich. Die anderen Paare begannen, die Tanzfläche zu verlassen. Ich wollte mich nie mehr wegbewegen.

Dann trat Caleb einen kleinen Schritt zurück und löste den Körperkontakt zwischen uns.

Ich hob mein Gesicht. Er schloß die Augen und beugte den Kopf, um mich zu küssen. In diesem Augenblick wußte ich, daß ich alles für ihn tun würde, ohne es zu bedauern.

14. Kapitel

Den Rest des Abends nahm ich wie aus der Ferne wahr. Als Caleb und ich zurück zu Joel und Peggy Ann gingen, hatte der Himmel im Westen eine indigoblaue Farbe angenommen. Ich befürchtete, daß Joel gesehen hatte, wie Caleb mich küßte, und war erleichtert, als er ganz unbefangen dreinsah.

„Vielleicht sollten wir uns jetzt auf den Weg zum Feuerwerk machen, damit wir noch einen guten Platz bekommen", schlug Caleb vor, bevor Peggy Ann ihn noch einmal zum Tanzen auffordern konnte.

„Gute Idee", meinte Joel mit einem Lachen. „So große Kinder wie wir wollen ja nichts versäumen."

Wir liefen langsam zum Strand. Peggy Ann ging neben Caleb und plauderte lachend mit ihm. Ich hatte immer noch das Gefühl zu schweben, und deshalb machte mir dieser Anblick gar nichts aus. Als Joel meine Hand nahm, merkte ich es kaum. Ich ließ sie ihm den ganzen Weg bis zum Ende des Bürgersteigs.

Wir lehnten uns gegen den Zaun, der zur Sicherheit der Zuschauer errichtet worden war, und warteten darauf, daß das Feuerwerk begann. Der indigoblaue Himmel färbte sich dunkler, und die ersten Sterne waren zu sehen.

Das Feuerwerk begann mit einer ganzen Reihe von Raketen, die breite Farbregen über den dunklen Himmel streuten. Die Zuschauer begleiteten alles mit vielen Oohs und Aahs. Ich sah mich um und versuchte, P.J. und Roger zu entdecken. Ich hoffte, sie hatten einen guten Platz gefunden.

Für eine Stadt von der Größe von Bucks Harbor war das Feuerwerk recht eindrucksvoll, aber es dauerte nicht lang, da war ich in Gedanken bereits bei dem Zeitpunkt, an dem

Joel und Peggy Ann uns verlassen und Caleb und ich zusammen nach Hause fahren würden. Natürlich waren P.J. und Roger bei uns, aber die beiden störten mich nicht so. Ich wußte ja, daß sie verschwinden würden, sobald wir zu Hause waren.

Der Knall der letzten Raketen riß mich ich aus meinen Gedanken. Schimmernd wurde am Himmel die amerikanische Flagge durch Feuerwerkskörper gezeichnet. Die Menge applaudierte und begann, sich dann nach und nach aufzulösen.

Wir vier liefen zu der Straße, wo wir den Jeep geparkt hatten. Als wir uns dem Auto näherten, stellte ich überrascht fest, daß P.J. und Roger bereits dort waren. Ein Blick in P.J.s Gesicht machte mir klar, warum er so pünktlich war. Im Schein der Straßenlaternen war er gespenstisch weiß. Sein Bauch rebellierte anscheinend gegen die Unmengen von Zuckerwatte, Hot dogs und zu viele wilde Fahrten. Sowenig es mir gefiel, einen kleinen Bruder zu haben, dem es schlecht war, wußte ich doch wenigstens, daß er ins Bett gehen würde, sobald wir zu Hause waren.

Als P.J. uns kommen sah, wirkte er deutlich erleichtert. „Mensch, Molly", rief er, „ihr habt euch aber Zeit gelassen." Er kletterte auf den Rücksitz, und Roger setzte sich neben ihn. Peggy Ann wandte sich zu Caleb.

„Ihr Jungs wollt doch nicht etwa schon heimgehen, oder?" fragte sie mit einem kleinen Lachen. „Heh, die Nacht ist noch jung. Was meint ihr zu einem letzten Glas im Whale's Belly?" Sie nickte in die Richtung der Bar auf der anderen Seite der Straße.

„Klar", stimmte Joel mit einem schnellen Lächeln in meine Richtung zu. „Warum nicht? Die Kleinen können ja noch ein paarmal fahren. Wir bleiben nicht so lang."

Ich sah zu Caleb.

„Molly ist noch nicht einundzwanzig", sagte er langsam. „Werden sie sie denn überhaupt hineinlassen?" Ich war dankbar, daß er nicht gesagt hatte: „Molly ist erst siebzehn."

„Aber klar doch", versicherte Peggy Ann. „Die sind nicht sehr streng. Ich bin auch erst zwanzig, aber ich bekomme trotzdem ab und zu etwas — kommt auf den Barkeeper an. Molly kann immer noch eine Cola oder so was trinken."

„Klar, warum nicht", wiederholte Joel.

„Molly!" P.J. rief drängend aus dem Jeep. „Ich muß nach Hause, Molly!"

Ich sah ihn an und wußte, daß er recht hatte. Mittlerweile war sein Gesicht grünlich, und er sah miserabel aus. Ich mußte ihn nach Hause bringen, bevor er sich noch hier übergab.

Widerstrebend drehte ich mich zu den andern. „Ihr könnt ja gehen. Ich muß P.J. nach Hause bringen. Es geht ihm nicht besonders."

„Dann komme ich mit dir", sagte Joel schnell. „Wir können mit meinem Auto fahren, und Caleb und Peggy Ann können hierbleiben und mit dem Jeep heimfahren, wann sie wollen."

Mir rutschte der Magen bis in die Kniekehlen. Das letzte, was ich wollte, war, daß Joel mich nach Hause brachte, wo niemand zu Hause war. Dabei würde P.J. sich womöglich noch in seinem Wagen übergeben. Peggy Ann hielt immer noch Calebs Arm, und er sah mich nicht an.

„Molly, komm endlich!" rief P.J. flehend. Ich merkte, daß er den Tränen nahe war.

„Nein, ist schon in Ordnung, Joel", sagte ich schnell und stieg auf den Fahrersitz. „Ich möchte euch nicht den Spaß verderben. Ihr drei geht noch was trinken, und ich bringe die Jungen nach Hause."

Ich streckte meine Hand nach den Schlüsseln aus, und

Caleb gab sie mir, ohne ein Wort zu sagen. Ich wagte es nicht, ihn anzusehen.

„Ich wünschte, du würdest mich mit dir mitfahren lassen, Molly", meinte Joel, als ich den Motor anließ. „Bist du sicher, daß du zurechtkommst?"

„Aber natürlich", antwortete ich ungeduldiger, als ich wollte. „Es sind ja nur ein paar Meilen."

Bevor er noch weitere Einwände vorbringen konnte, fuhr ich aus dem Parkplatz und die Straße hinunter. Im Rückspiegel sah ich die drei die Straße überqueren.

Auf halbem Weg stieß P.J. plötzlich hervor: „Ich fühl' mich nicht so gut, Molly. Halt lieber an."

Ich fuhr an die Seite und öffnete die Tür. Kaum war P.J. aus dem Auto, beugte er sich nach vorne und übergab sich ins Gras neben der Straße.

Der Geruch löste auch bei mir einen Brechreiz aus, aber ich hielt seinen Kopf, und als alles draußen war, fand ich ein verknittertes Taschentuch in meiner Tasche und wischte ihm damit das Gesicht ab.

„Tut mir leid, Molly", sagte er mit jämmerlicher Stimme. „Ich wollte dir nicht den Abend verderben."

Ich umarmte ihn kurz. „Ist schon in Ordnung, P.J. Ich wollte sowieso nicht mit ihnen gehen. Wir können beide etwas Schlaf vertragen."

Als wir zu Hause ankamen, war P.J. auf seinem Sitz eingenickt. Nachdem ich Roger bei seinem Haus abgesetzt hatte, half ich dem benommenen P.J. ins Haus und ins Bett.

„Danke, Molly", murmelte er, bevor er einschlief. „Für eine Schwester bist du ziemlich in Ordnung."

„Dafür sind Schwestern ja da, Bruderherz. Eines Tages wird es mal andersherum sein."

Ich schlich durch unser gemeinsames Badezimmer in mein Zimmer und ließ beide Türen offen für den Fall, daß es ihm wieder schlecht wurde. Um mich abzulenken, holte ich meinen Skizzenblock heraus und begann zu zeichnen. Dabei wartete ich auf das Motorengeräusch von Joels Auto in der Einfahrt, das Calebs Rückkehr ankündigen würde. Ich konnte mich einfach nicht auf das Zeichnen konzentrieren, und mit einem Seufzer legte ich den Block wieder beiseite.

Ein paar Minuten später sah ich noch einmal nach P.J. Er schlief tief und fest. Ich ging nach unten, holte mir eine Dose kaltes Bier und ging hinaus auf die Veranda. Mißmutig setzte ich mich auf die Treppe und sagte mir, daß, wenn die anderen alle in die Bar gingen, ich wenigstens ein lausiges Bier zu Hause trinken konnte. Ich trank halbherzig, eigentlich schmeckte es mir gar nicht.

Das Bier machte mich nur schläfrig. Ich gähnte und sah auf die Uhr. Es war fast Mitternacht, und ich wußte, daß Caleb morgen mit Joel fischen gehen wollte. Also durften sie eigentlich gar nicht so spät ins Bett gehen. Ich beschloß, noch eine weitere halbe Stunde zu warten, und wenn er dann nicht zu Hause war, würde ich es aufgeben und zu Bett gehen. Wer weiß, vielleicht verbrachte er ja eine herrliche Zeit mit Peggy Ann.

Je länger ich auf der Treppe saß, desto schläfriger wurde ich — und desto deprimierter. Die einzige Nacht, die Mutter fort war, die einzige Nacht, in der ich mit Caleb allein sein konnte, und so mußte sie verlaufen! Ich saß allein auf der Verandatreppe und trank ein Bier, das ich nicht einmal mochte. Der einzige Gedanke, der mich noch tröstete, war die Tatsache, daß die Raintrees morgen zu Hause sein würden. Morgen würde ich vielleicht der Lösung des Geheimnisses um Evaline Bloodsworth einen Schritt näher sein.

Ich starrte auf das Meer hinaus. Der Himmel über mir war sternenübersät. Mit einem Seufzer stellte ich meine leere Bierdose ab und stand auf. Ich ging unsere Einfahrt hinunter und über die Straße. An den Klippen sah ich hinaus auf das Wasser, das über die schwarzen Felsen schwappte. Normalerweise beruhigte mich das Schlagen der Wellen, aber heute vermittelte es mir ein Gefühl der Einsamkeit. Je länger ich dort stand, desto bedrückter wurde ich.

Und je melancholischer ich wurde, desto ärgerlicher wurde ich. Was war nur mit Caleb los? Warum bat er Joel und Peggy Ann nicht, ihn nach Hause zu bringen? Er mußte doch wissen, daß ich auf ihn warten würde — es war unsere einzige Gelegenheit, allein zu sein. Und nicht nur das, er hatte mir auch den morgigen Tag verdorben, indem er damit einverstanden war, mit Joel fischen zu gehen. Er mußte es alles absichtlich tun. Obwohl er genau wußte, wie sehr ich mir wünschte, daß er nach Hause kam, blieb er absichtlich fort. Plötzlich fiel mir ein, daß er das vielleicht tatsächlich absichtlich tat, und zwar, weil er sich selbst nicht traute, mit mir allein zu sein. Aber selbst dieser Gedanke hob meine Laune nicht.

Ich nahm einen Stein auf und warf ihn ins Meer, wo er von einer dunklen Welle geschluckt wurde. „Na gut", dachte ich, „wenn er es so haben will, zum Teufel mit ihm." Ich drehte mich um und machte mich auf den Weg zurück.

Bevor ich noch die Straße überquert hatte, hörte ich es. Das gedämpfte Weinen einer Frau. Das gleiche Weinen, das ich in der Nacht von Calebs Ankunft gehört hatte. Aber diesmal war es weicher, als ob die Frau so lange geweint hätte, daß sie mittlerweile erschöpft von ihrem Kummer war. Ich blieb stehen und hielt den Atem an, wagte es nicht, mich zu rühren. Ich fürchtete mich plötzlich vor der Dunkelheit und der Tatsache, daß ich allein war. Dem Mädchen Evaline in der Sicherheit meines Zimmers oder im Tageslicht zu begegnen, war eine Sache, aber das hier war etwas anderes.

Ohne mich zu bewegen, sah ich rasch nach beiden Seiten der Straße, aber ich konnte nichts erkennen. Ich wartete, doch das Weinen war verstummt. Ich holte tief Luft und rannte über die Straße und in unsere Einfahrt. Da hörte ich es wieder, ein leises Wimmern. Diesmal wußte ich, daß sein Ursprung direkt vor mir lag. Ich blieb in der Einfahrt stehen und spähte in die Dunkelheit.

Sie saß dort auf der Veranda im Schaukelstuhl. Langsam bewegte sie sich im Dunkel, vor und zurück. Ich wußte sofort, daß die Gestalt eine Frau war, aber es war nicht das Mädchen Evaline. Ich legte mir die Hand auf den Mund, um einen Schrei zurückzuhalten.

Die Frau war vornübergebeugt, sie hielt ihr Gesicht in den Händen vergraben. Dann hob sie den Kopf, und ich konnte sie deutlicher sehen. Selbst im Dunkeln erkannte ich, daß dies eine alte Frau war, älter als Mr. Bockman oder meine Großmutter. Als sie den Kopf hob, fiel ihr langes, weißes Haar über die gebeugten Schultern.

Es war die alte Frau, die Caleb bei seiner Ankunft am Strand gesehen hatte. Die alte Frau, von der Mr. Bockman erzählt hatte, die ab und zu gesehen worden sei. Evaline, wie sie ausgesehen haben mußte, kurz bevor sie starb. Ich sah ihre Augen, groß und dunkel, sie sahen mich an und zogen mich näher, einen Schritt nach dem anderen, bis ich schließlich nur noch wenige Schritte von der Treppe entfernt stehenblieb.

„Warum bist du hier?" flüsterte ich.

Sie begann, wieder zu wimmern, leise, kaum hörbar, doch es lag eine solche Verzweiflung darin, daß sich meine Augen mit Tränen füllten.

„Was soll ich denn tun?" flüsterte ich.

Langsam hob sie die Hand und streckte sie mir entgegen. Furcht ergriff mich, und ich konnte mich nicht mehr rühren. Ich hatte Angst, daß ich an ihrer Hand in eine fremde Welt gezogen werden könnte, aus der ich nie wieder zurückfand, und stand da wie angewurzelt.

Sie erhob sich aus dem Stuhl und kam auf mich zu. Ich konnte mich nicht rühren. Zum erstenmal sah ich, daß sie richtig Gestalt hatte, doch natürlich war sie auch nicht so wie ein lebender Mensch, sondern irgendwie durchlässig. Sie kam auf die gleiche Art die Treppe herunter, wie das Mädchen Evaline mein Zimmer durchquert hatte. Als ob ihre Füße den Boden nicht richtig berührten.

Der Mond stand nun hinter der Kiefer, so daß die alte Frau mir im Schatten gegenüberstand. Sie langte mit der Hand hoch zu meinem Gesicht, und ich trat unwillkürlich zurück. Aber ihre Finger berührten meine Wange so leicht, daß es kaum zu spüren war. „Was ist?" fragte ich kaum hörbar.

Sie sah mich an und schüttelte langsam den Kopf wie eine Warnung. In ihren Augen lag eine solche Traurigkeit, daß es mir das Herz zusammenzog. Doch was mir den Atem verschlug, war die Erkenntnis, daß sie nicht wegen ihres eigenen Schicksals traurig war. Diesmal galt ihre Traurigkeit mir.

Meine Beine begannen zu zittern, und ich griff nach dem Pfosten am Fuß der Veranda, hielt mich daran fest. Langsam drehte die alte Frau sich um und ging davon, überquerte die Straße und verschwand im Dunkeln.

Ich zitterte immer noch, als ich die Treppe hinaufging. Rasch zog ich mich aus und ließ mich ins Bett fallen. Ich schloß die Augen und versuchte nachzuvollziehen, was geschehen war, aber nichts davon ergab einen Sinn. Irgendwie wußte ich jedoch, daß ich versagt hatte. Meine Furcht hatte verhindert, daß ich den Grund für ihr Hiersein erfuhr.

Der einzige tröstliche Gedanke war, daß ich morgen vielleicht mehr wissen würde.

Bevor ich endlich einschlief, stellte ich mit Erstaunen fest, daß Evaline mich zumindest für eine Weile Caleb hatte vergessen lassen. Ich ließ mich vom Schlaf hinwegtragen, viel zu erschöpft, um mir noch länger Gedanken zu machen.

15. Kapitel

Nach nur kurzem Schlaf erwachte ich durch den Klang von Stimmen. Jemand rief aus der Ferne. Ich lag flach auf dem Rücken und lauschte. Mein Herz klopfte wie verrückt. Zuerst dachte ich, es sei wieder das Weinen, das ich am Abend bereits gehört hatte. Aber nach und nach erkannte ich, daß es keine Frauenstimme, sondern eine Männerstimme war. Die Rufe kamen auch nicht von draußen, sondern von über mir, wo Caleb schlief.

Ich warf mir einen Bademantel über den Schlafanzug und machte das Licht im Flur an. Mit zitternden Beinen ging ich die Treppe hinauf.

Noch auf der Treppe hörte ich ihn gedämpft rufen: „Nein! Nicht! Nicht schießen! O Gott, nicht schießen!"

Er sprach im Traum. Ich rannte die restlichen Stufen hoch und durchquerte sein Zimmer, bis ich an seinem Bett stand. Das Licht aus dem Flur fiel herein und füllte, zusammen mit dem Mondlicht, das durch das offene Fenster fiel, den Raum mit einem blassen Schein. Caleb warf sich ruhelos auf dem Bett herum. Ich machte kein Licht an, um ihn nicht zu erschrecken.

Er trug eine Schlafanzughose, aber kein Oberteil. Das Laken hatte sich um seine Beine gewickelt, und er stieß und zerrte, im vergeblichen Versuch, sich zu befreien. Im blassen Licht schimmerte auf seinem Gesicht Schweiß, und als ich seine Stirn berührte, waren meine Finger naß.

„Ich kann nicht! Verlang das nicht von mir!" schrie er wieder, aber diesmal war es mehr ein Schluchzen.

Ich setzte mich neben ihn und schüttelte sanft seine Schulter.

„Caleb, wach auf", sagte ich leise, aber seine Augen blieben geschlossen. Er warf den Kopf auf dem Kissen hin und her. Zum ersten Mal, seit Mutter weg war, wünschte ich, daß sie hier wäre. Ich beugte mich näher zu ihm und schüttelte ihn fester. „Caleb, wach auf! Du träumst, Caleb. Wach auf!"

Seine Augen öffneten sich, und mit einemmal setzte er sich so heftig auf, daß er mich fast vom Bett gestoßen hätte. „Was ist los?" rief er. „Was ist mit ihnen geschehen?"

„Caleb, du hast geträumt", sagte ich und faßte seine Schulter. Ich war erschreckt von der Intensität seines Alptraums. Er konnte ihn anscheinend gar nicht so leicht abschütteln. „Du hast einen Alptraum gehabt. Ich bin es, Caleb, Molly! Ich bin hier bei dir." Meine Stimme zitterte. „Caleb, es ist alles in Ordnung. Glaub mir, es ist alles in Ordnung." Ich sagte es wieder und wieder, bis er endlich tief und schaudernd Luft holte und sich zu mir drehte. „Molly?" Ich sah jetzt seine Augen, sie glänzten dunkel im schwachen Licht. „O Gott, es war wieder dieser Traum, nicht wahr?"

„Du hattest einen Alptraum", bestätigte ich, erleichtert, daß er jetzt zumindest wach war und mich erkannte. Aber ich ließ seine Schultern noch nicht los. „Ja, ich weiß", sagte er langsam, und ich spürte, wie er zitterte. „Ich hatte ihn früher schon oft. Aber nun hatte ich ihn eine ganze Weile nicht mehr. Ich dachte, daß er vielleicht gar nicht mehr käme."

„Es ist ja wieder gut", flüsterte ich. Meine Finger fuhren über seinen Rücken, rieben seine verspannten Hals- und Schultermuskeln.

Er beugte sich nach vorne und legte die Stirn auf seine angezogenen Knie. Für einen Augenblick zögerte ich.

„Hör nicht auf", bat er.

„Möchtest du, daß ich das Licht anmache?" fragte ich und fuhr fort, seine Verspannungen zu massieren.

Er schüttelte den Kopf, und ich rieb schweigend seinen

Rücken. Ich war mir der Tatsache nur allzu bewußt, daß ich seine feuchte Haut, seine festen Muskeln spürte. Der Tag am Strand fiel mir ein, an dem ich seinen Rücken mit Sonnencreme eingerieben hatte. Das schien Jahre zurückzuliegen.

Mit einer plötzlichen Bewegung schwang Caleb seine Beine über das Bett und stand auf. Ich war völlig überrascht. Er ging hinüber zur Kommode und öffnete die kleine Holzkiste, die ich vor einer Woche untersucht hatte. Mit einer fahrigen Bewegung holte er die Zigaretten heraus, aber ich konnte nur an den Brief denken, der dort unten noch lag.

Er nahm sich eine Zigarette und zündete sie an, inhalierte zweimal tief. „Möchtest du auch eine?" fragte er, und ich schüttelte den Kopf. „Du bist klug, wenn du gar nicht erst anfängst. Ich habe wie ein Schlot geraucht, aber die Ärzte haben mir gesagt, daß ich lieber versuchen sollte aufzuhören. Meistens schaffe ich es mittlerweile, ohne Zigaretten auszukommen — außer in Momenten wie diesem."

Er kam zurück und setzte sich neben mich aufs Bett. „Habe ich irgend etwas gesagt?" fragte er nach einer Weile. „Während ich geträumt habe, meine ich."

„Du hast immer wieder gerufen: ,Nein, nicht schießen.' Und dann hast du gesagt: ,Verlang das nicht von mir!' Du hast mir Angst eingejagt, Caleb. Du hast so traurig geklungen, so …" Ich suchte nach dem richtigen Wort, „so gequält", flüsterte ich schließlich.

„Das haben die Schwestern im Krankenhaus auch gesagt", erwiderte er tonlos. Er lehnte sich an das Kopfteil des Bettes und nahm wieder einen Zug von der Zigarette.

„Hast du von Vietnam geträumt?" fragte ich.

„Ja", antwortete er und stieß dabei eine Rauchwolke aus, die uns einhüllte. Er schnippte die Asche in den Aschenbecher, legte sich wieder auf das Bett und schloß die Augen.

Ich dachte an Mutters Warnung, Caleb keine Fragen über Vietnam zu stellen. Aber P.J.s Fragen schienen ihm nichts ausgemacht zu haben. Und irgendwie trug die Nachtstunde und das weiche Mondlicht, in dem wir alleine waren und zusammensaßen, dazu bei, daß ich mir deswegen keine Sorgen machte.

„Was passiert in deinen Träumen?" fragte ich schließlich.

„Die verschiedensten Dinge werden durcheinander gemischt."

„Vielleicht würde es dir helfen, wenn du darüber redest."

Er starrte auf das glühende Ende der Zigarette zwischen seinen Fingern und schwieg so lange, daß ich schon dachte, er würde meinen Vorschlag ignorieren.

„Du hast mir deinen Alptraum erzählt", sagte er schließlich. „Vielleicht ist es dann in Ordnung, wenn ich dir meinen erzähle."

„Nur, wenn du es auch willst", erwiderte ich und hatte plötzlich Bedenken, daß ich ihn zu sehr gedrängt hatte.

„Er ist nicht sehr nett."

„Alpträume sind nie nett", entgegnete ich und wartete, während er noch einen Zug nahm. Er behielt den Rauch einen Augenblick in den Lungen und atmete dann langsam mit geschlossenen Augen aus.

„Ich meine damit, ich war auch nicht sehr nett. Was geschehen ist – wovon ich träume – ist nichts, worauf ich besonders stolz bin. Ich versuche, möglichst nicht daran zu denken, aber ab und zu, wie heute nacht, taucht es wieder auf und erinnert mich daran."

„Erinnert dich woran, Caleb?" fragte ich zögernd.

„Wozu uns der Kampf in einem Krieg manchmal bringt." Er öffnete die Augen und sah mich lange an. „Ich habe dir noch gar nicht gesagt, wie hübsch du heute ausgesehen hast, Molly."

Überrascht sah ich ihn an, und er erwiderte meinen Blick lange.

„Von allen Leuten könnte ich es von dir am wenigsten ertragen, verurteilt zu werden", sagte er.

„Das werde ich nicht tun", flüsterte ich. „Niemals. Egal, was du getan hast."

Er streckte die Hand nach meiner aus, und ich reichte sie ihm. Diese Berührung verwirrte mich so sehr, daß ich seine ersten Worte kaum vernahm.

„In meinem Traum vermischen sich viele Dinge", begann er langsam und schloß die Augen wieder. „Ein anderer Kundschafter und ich wurden ausgeschickt, um eine Stellung des Vietcong auszuspähen und die Koordinaten durchzugeben. Es wurde uns gesagt, daß das eine Basis für viele feindliche Unternehmungen sci. Der Captain sagte, es sei Feindgelände, ob die Leute darin sich als friedlich darstellten oder nicht."

Ich wartete, als er wieder an der Zigarette zog.

„Wir gingen dorthin, wo dieses feindliche Lager sein sollte, aber alles, was wir fanden, waren einige Hütten, die wie ein normales Dorf aussahen. Ich wollte sehen, was dort vorging, bevor wir die Position durchgaben, also warteten wir und beobachteten das Dorf. Wir sahen nur normale Dorfbewohner dort. Auch Männer, aber hauptsächlich Frauen und Kinder, einige alte Leute und ein paar Tiere. Das war alles." Er drückte die Zigarette aus.

„Also hat mein Kamerad — er hieß Carl — dem Captain gefunkt, daß wir keine Vietcong gesehen hätten, nur Dorfbewohner. Der Captain sagte jedoch, es sei ein feindliches Lager und wir sollten keine Lagebeurteilung abgeben, sondern nur unseren Job tun. Er sagte, wenn wir nicht die richtige Position durchgäben, brächte er uns vors Kriegsgericht."

Caleb starrte auf die glühenden Funken der Zigarette,

als ob sie die restliche Geschichte beinhalteten. Dann fuhr er langsam fort.

„Also hat Carl die Koordinaten durchgefunkt, und bald darauf begannen sie, den Ort zu bombardieren. Es waren auch Brandbomben darunter. Die ganze Zeit beobachteten Carl und ich alles durch die Ferngläser, und was wir dort sahen ..., das ist es, was ich immer noch vor mir sehe. Das erscheint mir in den Alpträumen wieder und wieder."

Caleb öffnete die Augen und sah auf meine Hand, studierte meine Handfläche und fuhr mit seinen Fingern die Linien meiner Hand nach, als ob sie die Vergangenheit hielten. Ich war nicht sicher, ob er weiterreden würde. Ich war auch nicht sicher, ob ich es noch hören wollte.

Er fuhr mit den Fingern über meine Handfläche und begann weiterzureden. Dabei starrte er auf meine Hand, als ob dort die Bilder vor ihm auftauchen würden.

„Dann hörte ich auf hinzusehen, aber wir konnten jetzt den Brandgeruch riechen. Und wir rochen auch verbranntes Fleisch. Diesen Geruch kann ich nie vergessen. Manchmal wache ich in der Nacht auf und habe ihn noch in meiner Nase."

Er machte eine Pause und fuhr dann leise fort.

„Carl und ich werden jedoch nie erfahren, ob das nun das feindliche Lager gewesen war, das einen Hinterhalt für uns geplant hatte, oder ob es nur ein normales Dorf war. Wir werden es nie erfahren, denn es gab keinen einzigen Überlebenden, der es uns hätte sagen können. Genau wie ich nie erfahren werde, ob mein Vater auch gestorben wäre, wenn ich an jenem Tag mit dem früheren Bus heimgekommen wäre."

Ich suchte nach Worten und wußte genau, egal was ich sagte, es würde nichts ändern. Worte konnten diese Erinnerungen nicht auslöschen.

„Du darfst dir keine Vorwürfe machen, Caleb", sagte ich

schließlich und bemühte mich, meiner Stimme Festigkeit zu verleihen. „Weder was deinen Vater, noch was die Leute in dem Dorf betrifft. Es waren nicht deine Entscheidungen. Und das Dorf wäre auch zerstört worden, wenn ihr nicht die Position durchgegeben hättet."

„Ja", antwortete Caleb wieder mit dieser tonlosen Stimme, die mir mehr Angst einjagte als sein zusammengekniffener Mund. „Aber das zu wissen, verhindert auch nicht diesen Traum. Und außerdem vermischt sich noch etwas anderes in diesem Traum."

Er begann plötzlich zu zittern, und ich sah ihm in die Augen.

„Was ist es noch, Caleb?" fragte ich. „Was ist noch passiert?"

Ich wußte, daß es erleichtert, einen Alptraum erzählen zu können. Davon zu sprechen, läßt ihn weniger lebendig erscheinen, mehr wie eine Geschichte. Ich erinnerte mich an den Traum, den ich gehabt hatte, in dem ich mein Baby suchte. Als ich den Traum damals Caleb erzählen konnte, hatte ich den Traum damit zwar noch nicht vergessen können, aber er war erträglicher geworden.

Caleb sah mich an und schüttelte den Kopf. „Nein", antwortete er tonlos. „Es ist nichts, worüber ich sprechen könnte."

Sein Gesicht wirkte so verschlossen wie damals bei seiner Ankunft.

„Wäre es nicht besser, wenn du darüber reden würdest?" fragte ich. „Das hast du doch auch gesagt, als wir über deinen Vater gesprochen haben. Erinnerst du dich? Du hast gesagt, er hat immer alles für sich behalten, so daß ihm niemand helfen konnte. Tu das nicht, Caleb. Bitte!"

„Du würdest es nicht hören wollen, Molly."

„Doch, das will ich. Ich will hören, was dich bedrückt und weswegen du diese Alpträume hast. Ich will, daß sie nicht mehr wiederkommen. Du bist mir sehr wichtig, Caleb!"

Ich wollte mich neben ihn legen, meine Arme um ihn schlingen und ihn halten, bis er alle bösen Erinnerungen vergessen hatte. Aber ich blieb sitzen, wo ich war, am Bettrand. Caleb sah mich nicht an, sondern blickte an die Decke.

„Ich habe das nie jemandem erzählt, Molly", sagte er. „Nicht einmal meinem behandelnden Arzt. Und ich weiß auch nicht, ob ich es jetzt erzählen kann."

„Versuch es, Caleb", flüsterte ich. „Bitte, versuch es."

Ob es an der ungewöhnlichen Stunde lag oder weil er alles so lange in sich aufgestaut hatte, er begann tatsächlich, zögernd zu erzählen.

„Es war die Nacht, in der wir in den Hinterhalt gerieten", erklärte er und blickte immer noch an die Decke. „Die Nacht, in der wir das Minenfeld durchquerten, die Nacht, in der ich verwundet wurde." Er machte eine Pause, als suchte er nach den Worten, die zu lange nicht ausgesprochen worden waren. „Eine der ersten Minen, die detonierte, befand sich nicht weit von mir entfernt. Ich blickte hinüber und sah, daß jemand getroffen worden war. Dann, im Licht einer Leuchtrakete, sah ich, wer es war."

Calebs Stimme zitterte, und er holte tief Luft. Ich konnte erraten, was kommen würde, und fürchtete mich davor.

„Sein Name war Robert Englehart."

Der Name schmerzte in meinem Bauch, aber ich saß still und achtete darauf, daß ich mir nichts anmerken ließ.

Caleb holte wieder tief Luft. „Wir hatten ihn alle ‚Hopp-Bob' genannt, denn er stolperte ständig über irgendwelche Baumwurzeln. Wir waren von Anfang an zusammen gewesen, und er war mein bester Freund ... Wir hatten uns das Versprechen gegeben, daß wenn einer von uns so schlimm verwundet war, daß es für ihn keine Rettung mehr gab, dann würde der andere ... es für ihn beenden. Ich hätte nie gedacht ..."

Seine Stimme brach ab, und er zwinkerte zweimal, als sei ihm etwas ins Auge gekommen. Er räusperte sich und fuhr fort.

„Als ich ihn erreicht hatte, sah ich sofort, daß es schlimm um ihn stand. Er mußte sich genau auf der Mine befunden haben, als sie explodierte. O Gott, Molly, du kannst dir nicht vorstellen, wie er aussah!" Calebs Gesicht war verzerrt, als ob er die Schmerzen dieser Verwundung noch immer verspürte.

„Sag es mir, Caleb", flüsterte ich so leise, daß ich gar nicht wußte, ob er mich gehört hatte.

„Er hatte keine Beine mehr", sagte er nach einem Augenblick, und seine Stimme bebte. „Es war nichts mehr davon übrig, nur sein Körper, und auch den hatte die Mine schwer verwundet. Er war ... entmannt. Oberkörper und Bauch waren ebenfalls getroffen. Aber das schlimmste war, daß er noch nicht tot war. Er war sogar bei Bewußtsein. Als ich ihn erreicht hatte, waren seine Augen weit geöffnet, und er sah an sich hinunter ... an dem, was von ihm übrig war. Er stand unter Schock, aber er konnte sehen, was mit ihm geschehen war ..., und er begann bereits, die Schmerzen zu spüren. Es war noch nicht unerträglich, aber das war nur eine Frage der Zeit."

Calebs Gesicht wirkte verschlossen, und es tat mir weh, ihn so leiden zu sehen. Dann sprach er weiter, seine Stimme war jetzt fester, aber fast ohne Ausdruck.

„Bob packte mich am Arm und versuchte, mein Gewehr zu nehmen. Er wollte sich selbst töten, aber er hatte nicht die Kraft, die Waffe zu halten. Er bat mich, ihn zu erschießen, flehte mich an.

‚Wir haben es uns versprochen', sagte er und: ‚Ich würde es für dich auch tun'. Er sagte es wieder und wieder.

‚Du hast es versprochen, und ich würde es für dich auch tun, wenn du an meiner Stelle wärst. Ich würde es für dich tun.' Und jedesmal, wenn eine Leuchtrakete abgeschossen wurde, sah ich, daß es ihm immer schlechter ging. Ich sah ihn an und wußte, daß er recht hatte. Wenn ich es gewesen wäre, hätte ich ihn auch gebeten, mich zu erschießen. Ich hätte ihn solange gebeten, bis er es getan hätte."

Caleb flüsterte nur mehr. „Und so hab ich es schließlich getan ... ich hab' getan, worum er mich gebeten hat. Kurz danach wurde ich am Bein verwundet. Danach habe ich die drei verwundeten Männer gerettet. Und später gab man mir den Silver Star. Ich habe drei Männer gerettet, die ich nicht kannte, aber den einen, der mir am meisten bedeutete, konnte ich nicht retten."

„Aber du hast etwas für ihn getan, Caleb", flüsterte ich schließlich nach einem langen Schweigen. „Und es war das einzige, was du tun konntest."

Caleb lag auf dem Bett, ohne sich zu bewegen. Sein Gesicht war schneeweiß im Mondlicht, die Augen geschlossen. Dann stand er plötzlich auf und ging ins Badezimmer, schloß die Tür hinter sich und drehte das Licht an. Einige Sekunden später hörte ich, wie er sich übergab. Ich blieb auf dem Bett sitzen und wußte, daß ich nichts weiter für ihn tun konnte. Also blieb ich sitzen und wartete darauf, daß er wieder herauskam, zu betäubt, um nachzudenken oder zu weinen. Der Gedanke, daß er seinen besten Freund aus Mitleid hatte töten müssen, schmerzte mich furchtbar. Ich dachte an den Brief, der dort in dem Holzkästchen lag, und wie Caleb sich darum bemüht hatte, daß Roberts Mutter nie von dem furchtbaren Leid ihres Sohnes erfahren mußte. Aber ich würde ihm nie sagen können, wie ich ihn dafür bewunderte, ohne zu verraten, daß ich den Brief gelesen hatte.

Ich hörte das Wasser im Badezimmer jetzt laufen. Es lief

eine ganze Weile, und als Caleb schließlich herauskam, waren sein Gesicht und sein Haar naß.
Er ging hinüber zum Fenster und sah nachdenklich hinaus. Dann drehte er sich wieder zu mir um.
„Arme Molly", sagte er und lächelte mich an. „Was wir nicht alles mit dir machen. Das ganze Haus voller Kranker. Zuerst P.J. und jetzt ich. Du hast es wirklich nicht leicht."
Er kam zum Bett zurück und streckte sich darauf aus, die Hände hinter dem Kopf verschränkt. Alles, was ich sagen konnte, hatte er sich bestimmt schon tausendmal selbst gesagt. Und so sagte ich das einzige, was ich sagen konnte.
„Ich liebe dich, Caleb. Ich glaube, das hast du schon gemerkt."
Er sah mich lange an, und als er schließlich antwortete, war seine Stimme leise.
„Ich wüßte nicht, was ich heute nacht lieber gehört hätte", sagte er. Dann lächelte er mich an. „Sieh uns beide nur an, Molly. Allein zusammen auf meinem Bett, mitten in der Nacht. Tante Libby würde der Schlag treffen, wenn sie uns jetzt sehen könnte." Er sah auf den Wecker neben sich, dessen Leuchtziffern 2.30 zeigten. „In weniger als zwei Stunden wird Joel mich abholen."
„Wirst du denn noch schlafen können?" fragte ich.
„Ja", sagte er. „Und ich glaube sogar ohne Alpträume."
Ich sah ihn an und dachte nicht länger über das nach, was ich sagen wollte.
„Ich bleibe bei dir, Caleb. Ich bleibe den Rest der Nacht. Wenn du mich läßt."
Er sah mich an. Seine Augen glänzten im schwachen Lichtschein.
Dann streckte er die Hand aus und zog mich langsam an sich. Ich legte mich neben ihn, mein ganzer Körper zitterte unter seiner Berührung.
Sein Arm lag um mich und umfaßte mich zärtlich. Für

einen kurzen Moment sah ich sein Gesicht über meinem. Ich schloß die Augen, als er mich küßte. Seine Zunge berührte meine Lippen, die ich jetzt öffnete. Caleb hielt mich fester, küßte mich, bis ich das Gefühl hatte, ich müßte dahinschmelzen.

Er langte hinunter und löste den Gürtel, der meinen Bademantel zusammenhielt. Als die beiden Teile auseinanderfielen, fuhren Calebs Hände unter den dünnen Stoff meines Pyjamas. Nichts, was ich mir in meinen Wunschträumen immer vorgestellt hatte, hatte mir eine Vorstellung von dem Gefühl vermitteln können, das mir seine Hände auf meinem Körper gaben. Als ob er auf mein Verlangen antwortete, rückte er mich unter sich zurecht, während ich mich an ihn drängte. Er hob den Kopf und sah mich fragend an. „Molly, hast du schon …?"

Zuerst wollte ich schwindeln, aber dann wußte ich, daß er die Wahrheit schnell herausfinden würde. Ich dachte daran, daß ich sein Vertrauen schon einmal ausgenutzt hatte, und wußte, daß ich es nicht noch einmal tun wollte.

Langsam schüttelte ich den Kopf zu einem Nein.

Caleb stützte sich auf einem Ellbogen ab und sah mich an. Ich wartete, obwohl ich plötzlich wußte, daß er, egal, was er empfand, meinte, auf keinen Fall der erste sein zu dürfen. Er seufzte tief und ließ sich auf die Seite rollen.

„Ich möchte, daß du es bist, Caleb", flüsterte ich und spürte nur noch die drängende Sehnsucht.

„Ach, Molly!" rief er aus, und in seiner Stimme klang Schmerz. „Mach es doch nicht noch schwerer, als es ist!"

„Aber warum willst du denn nicht? … wenn ich es will …"

„Weil ich schon genug Sünden begangen habe. Und ich möchte dich nicht auch noch auf dem Gewissen haben. Mein Gott, Molly, du könntest ja fast meine Schwester sein!"

Er sah mich traurig an. „So sehr ich es auch möchte ..., wir wissen beide, daß es falsch wäre, und früher oder später würde es uns verfolgen. Wir können dem nicht entkommen, was wir getan haben, der Wahl, die wir getroffen haben." Seine Stimme war heiser.

Ich hatte einen solchen Kloß im Hals, daß ich nichts herausbrachte.

Caleb rieb sich mit der Hand über die Augen. „Es ist besser, wenn du jetzt gehst, Molly", sagte er müde. „Bitte, bring mich nicht dazu, etwas zu tun, was ich bedauern würde."

Seine Worte trafen mich wie ein Schlag. Es war nicht nur so, daß ich ihm nicht hatte helfen können. Ich hatte alles noch schwieriger gemacht, wegen meiner selbstsüchtigen Wünsche.

Ich stand auf und lief langsam zur Treppe. Als ich hinunterging, hörte ich ihn das gleiche sagen wie damals im Café. „Du bist meine Beschützerin, Molly. Mein Schutzengel."

Erst in meinem Zimmer fiel mir ein, daß ich ganz vergessen hatte, von meiner Begegnung mit der alten Frau auf der Veranda zu berichten. Auch das mußte auf ein anderes Mal warten. Mit einem Seufzer schlüpfte ich unter die Decke meines Bettes, das mir kalt und leer vorkam.

16. Kapitel

Ich erwachte müde und erschöpft mit geschwollenen Lidern und dunklen Ringen unter den Augen. Ich hatte gar nicht gehört, wie Joel Caleb zum Fischen abgeholt hatte.

Der Tag dehnte sich schier endlos vor mir, und meine Gedanken wanderten zu Caleb und den Ereignissen der vorherigen Nacht. Ich war froh, daß ich auch über Evaline nachdenken konnte. Das lenkte mich von Caleb und der Enttäuschung ab, die ich immer noch verspürte.

Ich brannte darauf, die Raintrees anzurufen, aber die Haushälterin hatte gesagt, sie wären erst am Nachmittag zu Hause. Also mußte ich mich noch einige Stunden gedulden.

P.J. schlief lange, und als er aufwachte, war nichts mehr von den Folgen des Rummels zu merken. Ich beneidete ihn um sein fröhliches, ausgeruhtes Gesicht, das keinerlei dunkle Ringe unter den Augen aufwies. Nach dem Frühstück holten wir Roger ab und fuhren nach Windhover, wo ich Lebensmittel einkaufte und die Vergrößerungen meiner Fotos abholte. Sie kosteten einiges, aber das Ergebnis war die Ausgabe wert.

Die Fotos waren ausgezeichnet, nicht nur die von Caleb, sondern auch die von seinem alten Haus und dem Schoner im Hafen. Ich hatte es auch geschafft, einige gute Schnappschüsse von den Wellen zu machen, als sie sich an den Felsen brachen, und von einer Möwe, die auf einem Pfosten am Pier auf einem Bein stand. Daß ich alle Fotos gut für meine Zeichnung gebrauchen konnte, munterte mich auf, und ich freute mich, nach Hause zu kommen, um daran zu arbeiten. Ich sah auf meine Uhr und stellte fest, daß ich noch zwanzig Minuten Zeit hatte, bevor ich mit den Jungen am Auto verabredet war, also setzte ich mich auf eine

Bank und ging den Stoß Fotos noch einmal durch, betrachtete jedes einzelne genau.

Das Foto von Caleb brachte mir die Ereignisse der Nacht wieder in Erinnerung. Ich dachte daran, wie es auch hätte enden können, und schloß die Augen. Ich sehnte mich nach dem, was nie würde sein dürfen, nur weil unsere Blutsverwandtschaft zu eng war. Aber obgleich ich wußte, daß ich mir etwas Unmögliches wünschte, weigerte ich mich doch, diese Tatsache zu akzeptieren.

„Na, machst du ein kleines Nickerchen, Molly, oder willst du dich nur sonnen?"

Ich erkannte die rauhe Stimme, die mich aus meinen Gedanken riß, sofort.

„Ein bißchen von beidem, wahrscheinlich", sagte ich mit einem Lächeln, öffnete die Augen und sah Mr. Bockman vor mir stehen.

„Wenn du hier auf die Jungen wartest", meinte er mit einem breiten Grinsen, „dann mußt du aber noch lange warten, junges Fräulein."

„Nicht auf diese Jungen", sagte ich. „Ich warte auf die kleinen. Auf meinen Bruder, P.J., und seinen Freund. Wir sind in ein paar Minuten verabredet, deshalb bin ich froh, daß Sie vorbeigekommen sind. Die Sonne schien so schön warm, daß ich fast eingeschlafen wäre."

„Wohl erst spät in die Federn gestern abend, was? Wir haben zu Hause auch was vom Feuerwerk gesehen. Muß eine schöne Feier gewesen sein."

„Oh, das war es!" bestätigte ich und hoffte, begeistert genug geklungen zu haben.

„Und wie steht es mit eurem Logiergast? Evaline, meine ich, nicht Caleb. Gibt es wieder was Neues?"

„Ich weiß nicht", antwortete ich nicht ganz wahrheitsgemäß. „Aber es könnte sein, daß ich heute noch etwas über sie erfahre. Vielleicht sogar, wie sie hierhergekommen ist. Ich habe Nachfahren der Familie gefunden, bei denen sie wohnte, als sie in Lowell arbeitete."

„Sie war in Lowell?"

„Ihre Familie hat sie zum Arbeiten dorthingeschickt, als sie erst zwölf war", berichtete ich, ohne zu erklären, woher ich das wußte.

„Das hab' ich noch nie gehört. Sag mir Bescheid, wenn du mehr herausfindest. Seit du ihren Namen genannt hast, geht sie mir nicht mehr aus dem Kopf."

„Mir geht es nicht anders, Mr. Bockman. Ich hoffe sehr, daß diese Leute mir etwas über sie sagen können. Ich lasse Sie es dann wissen."

„Du kannst es auch über Joel ausrichten lassen." Er sah mich forschend unter seinen buschigen Augenbrauen heraus an. „Was ich so höre, siehst du ihn öfter."

„Ich sehe ihn am Samstag abend wieder", bestätigte ich und versuchte zu lächeln.

Er lachte mich an. „Der Junge zeigt guten Geschmack. Ich muß sagen, ich beneide ihn."

„Vielen Dank, Mr. Bockman. Wir gehen nur ins Kino. Sie sind herzlich eingeladen mitzukommen", sagte ich mit einem Lachen und fand, es sei gar keine schlechte Idee.

„Irgendwie hab' ich das Gefühl, daß Joel das nicht gefallen würde", erwiderte Mr. Bockman mit einem Kichern. „Aber ich wünsche euch jedenfalls viel Spaß." Er tippte an seine Mütze und machte sich auf den Weg. „War nett, dich getroffen zu haben", sagte er. „Und vergiß nicht, mir Bescheid zu geben, was du über die arme alte Evaline rausgefunden hast."

Ich sah ihm nach, bis er um die Ecke verschwunden war, dann machte ich mich auf den Weg zum Jeep, um die Jungen dort zu treffen und nach Hause zu fahren.

Ich verbrachte den Nachmittag hauptsächlich auf der Veranda und arbeitete an meiner Zeichnung. Nach meiner Begegnung mit Evaline verspürte ich kein rechtes Verlangen, allein in die Hütte zu gehen, und ich wollte im Haus sein, wenn Caleb kam. Sobald er da war, würde ich die Raintrees anrufen.

Da ich jetzt die Fotos hatte, konnte ich besser an der Zeichnung arbeiten. Ich beendete alle Entwürfe und überlegte gerade, wie ich sie in die Zeichnung integrieren könnte, als Joels Auto in der Einfahrt auftauchte. Ich steckte schnell die Entwürfe weg und schloß sie in den Schrank in der Eingangshalle. Als ich wieder auf die Veranda hinaustrat, kam Caleb den Pfad hoch zum Haus, Joel ging neben ihm. Ich konnte mir schon denken, was kommen würde, und die Enttäuschung setzte sich wie ein Stein in meine Magengrube. Ich zwang mich, freundlich auszusehen.

„Können wir noch einen Mund füttern?" rief Caleb. „Einen hungrigen, allerdings." Obwohl seine Stimme fröhlich klang, sah er ziemlich erschöpft aus, und seine Augen hatten die gleichen dunklen Ringe, die ich unter meinen eigenen Augen gesehen hatte.

„Sicher", sagte ich und versuchte, ebenso munter zu klingen. „Wenn ihr mit Spaghetti einverstanden seid." Das war meine Spezialität, und die Soße köchelte schon den ganzen Nachmittag auf dem Herd.

„Großartig", freute sich Joel, während wir hineingingen. „Um ehrlich zu sein, wenn es das ist, was ich jetzt rieche, dann könntest du mich um nichts in der Welt wieder aus dem Haus bekommen."

Ich dachte an die Raintrees. So sehr ich mir wünschte, mehr von Evaline zu wissen, wollte ich nicht anrufen, so lange Joel da war. Ich wollte, daß Evaline eine Art Geheimnis zwischen Caleb und mir blieb.

„Caleb hat mir angeboten, seine Dusche zu benutzen,

wenn es dir recht ist", erklärte Joel. „Ich möchte auch nicht so gerne die Spaghetti durch Fischgeruch verderben."

„Wir riechen beide ziemlich stark", meinte Caleb mit einem Lächeln. „Ich zeige dir, wo die Dusche ist, Joel, und du kannst als erster gehen. Dann, denke ich, ist es Zeit für ein Bier."

„Alles klar", sagte Joel und nahm zwei Stufen auf einmal. Caleb folgte ihm langsamer. Er zog sein rechtes Bein stärker nach, wie immer, wenn er müde war.

Als sie nach oben verschwanden, klingelte das Telefon. Es war Mutter, die aus New York anrief.

„Ich bin am Flughafen, Molly", sagte sie schnell und außer Atem. „Meine Maschine nach Bangor geht in wenigen Minuten, also müßte ich eigentlich die Neun-Uhr-Fähre bekommen." Sie sprach plötzlich langsamer, als wolle sie sich an den nächsten Satz herantasten. „Wie läuft denn alles?"

„Bestens, Mutter."

„Keine Probleme?"

„Keine Probleme, außer daß P.J. gestern abend schlecht war, weil er zu viel ungesundes Zeug in sich hineingestopft hat."

„Oh, na ja, wenn das alles ist ... Ich bin froh, daß sonst alles in Ordnung ist. Ich habe gestern abend schon versucht anzurufen, aber es ging niemand ans Telefon."

„Das Feuerwerk war erst um zehn Uhr zu Ende, und entsprechend spät sind wir nach Hause gekommen."

„Das habe ich mir dann schon gedacht und bin zu Bett gegangen. Wenn es Schwierigkeiten gegeben hätte, hättest du mich ja bestimmt angerufen."

„Klar, Mutter, dann hätte ich angerufen." Ich drehte eine Haarsträhne um meinen Finger und trat unruhig von einem Fuß auf den anderen. Hoffentlich wechselte sie bald das Thema.

„Also, ich muß mich jetzt beeilen, Molly. Sie rufen meinen Flug auf. Ich seh dich dann heute abend. Um halb zehn an der Fähre." Die Leitung war tot.

Ich kochte in der Küche Spaghetti, als ein verschwitzter P.J. durch die Hintertür hereinstürmte, gefolgt von einem gleichermaßen verschwitzten Roger.

„Großartig! Spaghetti!" rief P.J. aus, nachdem er in den Topf gespäht hatte. „Kann Roger zum Essen bleiben?"

Roger wartete an der Tür und grinste schüchtern. Es war offensichtlich, daß er hoffte, eingeladen zu werden.

„Ach, zum Teufel", sagte ich. „Joel ist ja auch hier. Da kommt's auf einen mehr auch nicht an."

„Klasse!" rief P.J. begeistert. „Eine richtige Party!" Er verschwand wieder aus der Küche, und Roger folgte ihm, nachdem er mich noch einmal schüchtern angelächelt hatte.

Während des Essens sprach Caleb wenig und versuchte auch immer, meinen Blick zu meiden. Aber sein Schweigen wurde von den beiden Jungen und Joel mehr als wettgemacht. P.J. und Roger nutzten aus, daß Mutter nicht da war, und zogen lautstark ihre Spaghetti in den Mund hoch. Dabei schafften sie es noch, schmutzige Witze zu erzählen und überhaupt soviel Lärm und Unordnung wie nur möglich zu machen. Ich hatte trotzdem nicht das Herz, es ihnen zu verbieten. Wenn sie gerade den Mund voll hatten, sprang Joel ein und erzählte seine Fischergeschichten. Die meisten hörten sich sehr nach Seemannsgarn an, aber wir mußten wenigstens alle lachen.

Nach dem Essen schickte Caleb P.J. nach oben, seine Gitarre zu holen, und sie saßen zusammen in der Küche und übten, während Joel und ich den Abwasch erledigten und Roger P.J. mit offenem Mund bewundernd anstarrte. Selbst ich war beeindruckt von P.J.s Fortschritten und nahm mir vor, Mutter zu drängen, ihm zu seinem nächsten

Geburtstag eine gute Gitarre zu schenken. Danach spielte und sang Caleb noch für uns, und all die Gefühle, die ich den ganzen Abend unterdrückt hatte, überwältigten mich.

Kurz vor neun gähnte Caleb und streckte sich. Die Ringe unter seinen Augen waren noch dunkler geworden. Er nickte fast über seiner Gitarre ein.

„Tut mir leid, Leute", sagte er mit einem entschuldigenden Lächeln. „Ich muß für heute leider Schluß machen. Noch fünf Minuten, und ich schlafe am Tisch ein."

„Ja, mir geht's ähnlich", sagte Joel und stand auf wie auf Kommando. „Ich gehe jetzt auch lieber. Morgen früh um vier ist die Nacht zu Ende. Möchtest du wieder mitkommen, Caleb?"

„Danke, aber ich glaube, ich muß morgen mal ausschlafen", sagte Caleb.

Roger gähnte jetzt auch schon. „Ich bring dich nach Hause, wenn ich zur Fähre fahre", sagte ich zu ihm.

„Ich kann dich auch fahren, Molly", bot Joel an.

Caleb blieb in der Tür stehen.

„Aber nein", sagte ich zu Joel und lächelte ihn an, um die Ablehnung nett zu verkleiden. „Dann würde es ja noch eine ganze Stunde dauern, bis du nach Hause kommst. Ich will nicht daran schuld sein, wenn du morgen so müde bist, daß du vom Schiff fällst."

„Dann nehme ich wenigstens Roger mit", sagte er. „Das liegt sowieso auf meinem Weg. Komm, Junge. Da kannst du mir noch einen deiner merkwürdigen Witze erzählen."

Bevor sie noch aus der Tür waren, rannte P.J. schon die Treppe hoch. Einen Augenblick später hörte ich, wie die Tür zu seinem Zimmer zufiel.

In der Tür drehte sich Joel plötzlich noch einmal um. „Ich seh dich dann am Samstag, Molly?"

Ich nickte, und er schloß die Tür hinter sich.

Caleb sah mich zum erstenmal direkt an. „Joel hat mir

erzählt, daß er dich gebeten hat, mit ihm auszugehen. Ich kann nicht sagen, daß mich das besonders glücklich macht, aber es ist wahrscheinlich das Beste, Molly", sagte er mit einer müden Stimme.

Ich konnte nur noch nicken.

„Hast du die Raintrees schon erreicht?" fragte er.

„Nein, ich hatte nie die Gelegenheit. Ich wollte nicht anrufen, so lange Joel noch da war. Und ich denke, jetzt ist es zu spät, um noch anzurufen. Aber wir können es ja gleich morgen früh machen."

Ich war froh, daß er da sein würde und daß ich gewartet hatte. Es wäre nicht richtig gewesen, ohne ihn anzurufen.

„Ich hatte auch nie Gelegenheit, dir etwas anderes zu erzählen", fuhr ich fort. „Ich hatte noch eine Begegnung mit Evaline, letzte Nacht. Aber es war nicht das Mädchen Evaline. Es war die, die du am Strand gesehen haben mußt."

Ich erzählte nicht, welche Angst ich gehabt hatte, als sie ihre Hand ausgestreckt hatte oder wie sie meine Wange berührt hatte. Caleb schien mir schon zu erschöpft zu sein. „Sie saß auf der Veranda. Danach ging sie einfach", schloß ich. „Es war bevor du nach Hause gekommen bist."

Er stand über mir auf der ersten Stufe, und seine Augen wirkten traurig, sie hatten die tiefgrüne Farbe des Ozeans bei Einbruch der Dunkelheit.

„Es tut mir leid wegen letzter Nacht, Caleb", stieß ich plötzlich hervor, bevor er noch etwas sagen konnte. „Es war nicht richtig von mir, mich dir so an den Hals zu werfen."

Er sah mich eine ganze Weile an. Dann trat er wieder zu mir herunter.

„Du hast dich mir nicht an den Hals geworfen", sagte er langsam. „Du hast mir etwas zum Geschenk angeboten, von dem ich mir sehr wünsche, daß ich es hätte annehmen dürfen. Und das weißt du auch, oder nicht?"

Ich konnte nur nicken. Ich brachte keinen Ton heraus.

„Und ich habe mich noch nicht einmal für gestern nacht bei dir bedankt", fuhr er langsam fort. „Und auch nicht für die anderen Male, in denen du mir geholfen hast. Aber besonders gestern nacht."

Sanft legte er die Hand hinter meinen Kopf. „Ich habe mich in dich verliebt, Molly", sagte er. „Damit hatte ich nicht gerechnet, und ich hatte es ganz sicher auch nicht gewollt. Aber es ist geschehen, trotz allem ... oder vielleicht gerade deswegen ..." Er beugte den Kopf und küßte mich. Seine Lippen waren warm wie seine Hand an meinem Hinterkopf, nahe meinem Hals. Bevor ich darauf reagieren konnte, hatte er sich schon wieder umgedreht und ging die Treppe hinauf.

Auf dem halben Weg drehte er sich um und sah mich noch einmal an. „Ich möchte außerdem, daß du weißt, wie froh ich bin, daß deine Mutter nach Hause kommt, denn sonst würde es mir sehr schwerfallen, meinen Vorsätzen treu zu bleiben."

Dann ging er weiter, humpelte langsam nach oben. Ich konnte nur am Fuß der Treppe stehenbleiben und ihm nachsehen. Ein Seufzer stieg in mir auf und flatterte in meiner Brust wie ein kleiner Vogel.

17. Kapitel

Mutter kroch praktisch von der Fähre. Sie war so müde von ihrem zweitägigen Aufenthalt in New York wie der Rest von uns von den beiden Tagen ohne sie. Die verschwommensten Antworten auf ihre Fragen schienen sie zufriedenzustellen. Bis wir zu Hause angelangt waren.

Bevor ich in mein Zimmer verschwand, hielt sie mich fest und nahm mein Gesicht in beide Hände. Sie zwang mich, ihr direkt in die Augen zu sehen.

„Alles unter Kontrolle, Molly?" fragte sie.

Ich tat nicht einmal so, als ob ich nicht wüßte, wovon sie sprach.

„Ja, Mutter. Alles unter Kontrolle." So sehr ich mir auch wünschte, daß es anders wäre, war es doch die Wahrheit.

„Wirklich?"

„Ja, Mutter, wirklich", antwortete ich mit einem Seufzer. Sie mußte mir vom Gesicht abgelesen haben, daß es die Wahrheit war, denn sie küßte mich auf die Wangen und sagte gute Nacht.

„Am Samstag abend gehe ich mit Joel Bockman aus", sagte ich, kurz bevor sie ihre Zimmertür hinter sich schloß. „Wenn du dich damit besser fühlst."

„Ehrlich gesagt, damit fühle ich mich besser."

„Und, Mom, es ist schön, daß du wieder da bist", fügte ich hinzu.

Mit einem kleinen Lachen schloß sie die Tür hinter sich.

Ich ging zu Bett und wünschte mir, Caleb läge neben mir.

Am nächsten Morgen schliefen wir alle lang, und erst am Nachmittag hatte ich endlich Gelegenheit, die Raintrees anzurufen.

Sowohl Mutter als auch P.J. blieben in der Nähe, um mitzubekommen, was ich herausfand. Caleb und ich gingen in den Flur, um anzurufen, aber als ich den Hörer aufnahm, bekam ich plötzlich Bauchweh.

„Mach du es!" Ich hielt Caleb das Telefon hin. „Ich bin zu nervös. Wenn sie nichts wissen, fang' ich bestimmt gleich an zu heulen."

Er schüttelte den Kopf. „Wenn es Neuigkeiten gibt, bist du diejenige, die sie als erste hören soll. Ich glaube, das würde sich Evaline so wünschen."

Ich fuhr mit den Handflächen über meine Shorts, holte tief Luft und wählte.

Ein Mann ging ans Telefon. Er meldete sich als Jerome Raintree. Bevor ich noch erklärt hatte, warum ich anrief, unterbrach er mich.

„Meine Haushälterin hat mir schon erzählt, daß Sie anrufen würden. Wissen Sie, Sie sollten mit meiner Großtante Martha sprechen. Martha Bascombe. Sie ist die Ururenkelin von Clara Raintree."

Als er die Tochter der Raintrees erwähnte, setzte mein Herz beinahe aus. Ich schrieb „Clara" auf meinen Block und unterstrich es. Daneben schrieb ich „Martha Bascombe — Ururenkelin". Das zeigte ich Caleb, der nickte und lächelte, dann lauschte ich wieder auf das, was Jerome Raintree erzählte.

„Was es über Evaline Bloodsworth zu sagen gibt, weiß meine Großtante Martha besser als jeder sonst. Unsere Familie hat den Kontakt zu Evaline verloren, nicht lange, nachdem sie fortging, aber wegen der traurigen Umstände wurde ihre Geschichte öfter erzählt."

„Traurige Umstände?" fragte ich und sah zu Caleb.

„Ja, aber sprechen Sie lieber gleich mit Tante Martha. Da gab es auch einen Brief, glaube ich."

„Einen Brief?"

„Ja, ich glaube, Tante Martha hat ihn immer noch. Bevor ich Ihnen jedoch ihre Nummer gebe, möchte ich wissen, warum Sie sich so für Evaline Bloodsworth interessieren." Er machte eine Pause. „Soweit ich weiß, wußte niemand von ihr außer unserer Familie."

So gut es mir möglich war, erzählte ich ihm, wo wir lebten und daß unser Haus auf einem Grundstück stand, von dem wir glaubten, daß Evaline hier einmal gelebt hätte. Ich erzählte ihm von den Dingen, die wir in der Hütte gefunden hatten, und von dem Tagebuch. „So sind wir auch auf die Idee gekommen, bei Ihnen anzurufen", erklärte ich. „Sie hat darüber geschrieben, daß sie nach Lowell geschickt wurde und bei Calvin und Minna Raintree wohnte. Sie erwähnte, daß die beiden zwei Kinder hätten, Clara und Thomas."

„Ja, ich bin ein direkter Nachkomme von Thomas. Er war mein Ururugroßvater. Das ist einer der Vorteile, die es hat, zu einer alten Familie zu gehören, die immer im gleichen Ort lebte — die Überlieferungen sind gut. Ich wußte jedoch nicht, daß es ein Tagebuch von Evaline Bloodsworth gab."

„Es endet, nicht lange nachdem Evaline nach Lowell kam", fuhr ich fort. „Und das war alles, was wir wußten. Aber wir wollten gern noch mehr über sie erfahren — zum Beispiel, wie sie auf unsere Insel kam."

„Ich erzähle Tante Martha von Ihrem Anruf. Sie wird mit Ihnen sprechen, solange Sie nicht so ein neugieriger Schreiberling sind, der nur hinter einer gepfefferten Geschichte her ist."

„O nein", versicherte ich ihm und fragte mich, was „gepfeffert" wohl zu bedeuten hatte. „Ich interessiere mich nur für Evaline, weil ich ihr Tagebuch gelesen habe."

„Ich könnte mir vorstellen, daß Tante Martha gerne eine Kopie des Tagebuchs hätte. Vielleicht im Austausch für eine Kopie des Briefes, den sie hat?"

„Aber natürlich", stimmte ich sofort zu. „Das mache ich gerne." Er gab mir ihre Telefonnummer, und ich schrieb sie auf meinen Block.

„Warten Sie noch etwa eine halbe Stunde, bevor Sie anrufen", bat er mich. „Ich bereite sie erst darauf vor, daß Sie anrufen, und sage ihr, daß sie Ihnen ruhig erzählen kann, was sie von Evaline weiß. Sie ist fünfundachtzig und schon ein wenig schwerhörig, also ist es besser, Sie müssen am Telefon nicht alles erst noch einmal erklären."

„Vielen herzlichen Dank, Mr. Raintree. Das ist wirklich sehr nett von Ihnen."

„Es freut mich, daß ich helfen konnte", antwortete er. „Sie muß ein ziemlich einsames Mädchen gewesen sein. Es ist schön zu wissen, daß sich immer noch jemand für sie interessiert. — Und sollten Sie jemals durch Lowell kommen, besuchen Sie uns doch."

„Das werde ich, Mr. Raintree", sagte ich herzlich, „und nochmals vielen Dank."

Meine Hand war feucht, als ich den Hörer auflegte. Ich drehte mich zu Caleb. „Er war nett, wirklich nett. Seine Großtante Martha kennt Evalines Geschichte. Ich kann sie in einer halben Stunde anrufen. Er wird ihr sagen, daß ich sie anrufe und sie mir alles erzählen kann. Ach ja, und sie hat einen Brief", sagte ich nahezu in einem Atemzug.

„Es wird auch so lange dauern, bis du dich wieder erholt hast", meinte Caleb mit einem Lächeln. Er folgte mir in die Küche, wo ich einen langen Schluck Wasser nahm und alles, was ich von Jerome Raintree erfahren hatte, Mutter und P.J. erzählte.

„Stellt euch das mal vor!" rief Mutter aus. „Es gibt immer noch einen Brief. Ist es ein Brief von Evaline selbst?"

„Ich glaube, das hat er gesagt." Ich versuchte, mich an seine genauen Worte zu erinnern. „Ich glaube, er sagte, es sei ein Brief an Clara Raintree, oder vielleicht war er auch an Minna gerichtet."

Nach genau einer halben Stunde ging ich wieder ans Telefon und wählte die Nummer, die Mr. Raintree mir gegeben hatte. Es wurde gleich abgenommen, und ich erkannte an der Stimme, daß es wohl die Großtante Martha Bascombe sein mußte.

Mein Gespräch mit ihr war schwieriger, denn ich mußte alles mindestens zweimal wiederholen. Glücklicherweise hatte Jerome Raintree sie schon vorbereitet, und ich mußte nicht zu viel sagen. Als sie mir erzählte, was sie wußte, begann ich, mir Aufzeichnungen zu machen, aber bald hörte ich damit auf. Es war keine Geschichte, die man leicht vergaß. Als ich schließlich den Telefonhörer wieder auflegte, war das Gefühl von Aufregung und Entdeckerfreude verblaßt. Ich verspürte nur noch eine große Traurigkeit.

Caleb wußte sofort, daß etwas nicht stimmte.

„Was ist los, Molly?" fragte er mit besorgtem Gesichtsausdruck.

Wie sehr wünschte ich mir, ihm alles unter vier Augen zu erzählen, aber natürlich warteten Mutter und P.J. ebenfalls darauf, die Geschichte zu hören. Ich goß mir eine Tasse Kaffee ein, und wir vier setzten uns an den Küchentisch, genauso wie wir es an dem Abend getan hatten, als ich das Tagebuch vorgelesen hatte. Ich begann langsam und kämpfte darum, meine Stimme unter Kontrolle zu halten.

„Martha ist Claras Ururenkelin", erinnerte ich meine Zuhörer als erstes und holte tief Luft. „Was sie weiß, hat sie von ihrer Ururgroßmutter gehört, als sie noch ein sehr kleines Mädchen war. Clara gab ihr den Brief, den sie aufheben sollte, denn sie war das einzige Mädchen in der Familie. Martha sagte nicht, was mit ihrer Mutter oder ihrer Großmutter war, und sie weiß nicht, warum Clara den

Brief für wichtig genug hielt, ihn so lange zu behalten."

Ich nahm einen Schluck schwarzen Kaffee, schluckte und spürte, wie er auf dem Weg in den Magen hinunter brannte. Er schmeckte bitter. Ich konzentrierte mich auf die schwarze Flüssigkeit in der weißen Tasse. Niemand sprach oder drängte mich weiterzuerzählen, und dafür war ich dankbar.

„Das war das erste, was sie sagte. Martha, meine ich. Sie sagte, ihre Urururgroßmutter hätte ihr immer und immer wieder erzählt, wie hübsch Evaline gewesen sei. Mit langem goldenem Haar und blauen Augen. Jedenfalls hatte Evaline gerade etwas länger als ein Jahr bei den Raintrees gewohnt und in der Spinnerei gearbeitet, als sie herausfanden, daß sie schwanger war."

Ich sah hoch und dann schnell wieder in meine Tasse. „Dieser Mann, ihr Aufseher, Mr. Dobbs, hat sie geschwängert. Könnt ihr euch das vorstellen? Ein Mann hat ein dreizehn Jahre altes Mädchen mißbraucht, er wußte, daß sie einsam war und ihre Familie vermißte. Und er wußte auch, daß Evaline es nicht wagen würde, sich gegen ihn zu wehren, wo er sie doch entlassen konnte." Meine Stimme begann zu zittern.

„Manche Dinge ändern sich nie, stimmt's?" sagte Mutter und langte herüber, um meine Hand zu streicheln.

Ganz plötzlich stiegen mir Tränen in die Augen. Ich blinzelte sie schnell fort und nahm noch einen Schluck heißen Kaffee.

„Natürlich wurde sie trotzdem entlassen", sagte ich, als ich wieder weiterreden konnte. „Sobald der Besitzer der Spinnerei entdeckt hatte, daß sie schwanger war, feuerte er sie. Mrs. Raintree hatte Mitleid mit der armen Evaline und ließ sie weiter bei sich wohnen. Die Raintrees kündigten Mr. Dobbs das Zimmer, aber er verlor nicht einmal seinen Job!" Meine Wut verdrängte die Tränen.

„Das Baby kam im Haus der Raintrees auf die Welt, kurz vor Evalines vierzehntem Geburtstag. Mrs. Raintree fand jemanden, der das Baby annahm, ein kinderloses Ehepaar, das sie kannte. Sie nahmen das Baby, und Mrs. Raintree behielt Evaline so lange, bis es ihr gut genug ging, um zu reisen. Sie gab Evaline auch das Geld für die Reise nach Hause. Sie riet ihr, ihrer Familie zu sagen, daß sie krank geworden wäre und nicht mehr hätte arbeiten können. Und das hat Evaline auch getan.

Sie haben dann nichts mehr von ihr gehört, außer dem einen Brief, den sie Clara kurz nach ihrer Ankunft zu Hause geschrieben hatte. Das ist der Brief, den Martha Bascombe hat. Sie hat ihn mir nicht vorgelesen, weil sie mir eine Kopie schickt. Und ich habe ihr versprochen, eine Kopie des Tagebuchs zu schicken."

„Was für eine unglaublich traurige Geschichte!" sagte Mutter nach einem Augenblick. „Das arme Kind!"

Ich konnte Caleb gar nicht ansehen.

Ich trank den restlichen Kaffee aus, weil ich Angst hatte, die Tasse auf den Unterteller zurückzustellen, denn meine Hände zitterten zu sehr. Ich versuchte, die Erinnerungen wegzuschieben, die sich mir aufdrängten.

Doch P.J. beschwor sie mit seiner Bemerkung erst recht herauf. „Liebe Güte", sagte er. „Das ist ja vielleicht ein Ding. Sie ist gefeuert worden, und ihr Baby durfte sie auch nicht behalten."

Da fiel mir schlagartig mein Traum wieder ein — der Traum von diesen endlosen Korridoren, in denen ich nach meinem Baby suchte. Und als ich es schließlich gefunden hatte, war da eine andere Frau, die es für sich beanspruchte. Ich wußte genau, was Evaline gefühlt haben mußte. Dieses Gefühl des Verlustes und der Leere.

Jetzt waren die Tränen nicht mehr zurückzuhalten. Ich vergrub den Kopf in meinen Armen auf dem Tisch und konnte nur noch weinen. Um Evaline und ihr Baby, dessen Verlust ich selbst so stark nachempfand.

Mutter kam um den Tisch und legte ihre Arme um mich.

„Ist schon gut, Molly", tröstete sie mich mit schmeichelnder Stimme, wie sie es immer getan hatte, als ich noch klein war und mit irgendeinem Leid zu ihr gerannt kam. „Nimm es nicht so schwer. Es ist schon lange her." Sanft strich sie mir übers Haar.

Ich hob den Kopf und sah Caleb an, wünschte, Mutters Arme wären seine. Ich merkte aber, daß auch er sich an meinen Traum erinnerte, und in seinem Gesicht stand all die Liebe, die ich immer gewünscht hatte, dort zu sehen.

18. Kapitel

Zwei Tage später, an einem grauen, regnerischen Morgen, kam die Kopie des Briefes. Sowohl Mutter als auch P.J. waren in der Stadt, als die Post ausgetragen wurde, und so konnte ich den Brief erst einmal alleine lesen. Ich las ihn dreimal, dann ging ich zur Treppe, die zu Calebs Dachzimmer führte.

Seine Tür stand offen, und er spielte Gitarre. Ich rief hinauf.

„Komm hoch, Molly."

Er saß auf dem Bett und um ihn herum lag Notenpapier verstreut. Neben ihm lag der geöffnete Gedichtband, den ich auf dem Nachttisch schon gesehen hatte.

Ich hielt den Brief hoch. „Sieh mal", sagte ich. „Die Kopie von Evalines Brief." Ich reichte sie ihm.

Er warf einen Blick darauf und reichte sie mir dann wieder. „Lies es mir vor, Molly", bat er mit einem Lächeln. „Du kannst ihre Handschrift besser entziffern."

Er machte für mich Platz, und ich setzte mich auf das Ende des Bettes. Ich erinnerte mich nur zu deutlich an das letztemal, als ich dort gesessen hatte.

„Er ist auf den 3. Februar 1827 datiert", sagte ich und begann zu lesen:

„Liebe kleine Clara,
hier nun der Brief, den ich Dir versprochen habe. Vielleicht liest Du ihn zusammen mit Deiner Mutter. Ich möchte ihr noch einmal sagen, wie dankbar ich ihr für ihre Freundlichkeit bin.

Ohne Deine Freundschaft und die Freundlichkeit Deiner Mutter hätte ich wohl nicht mehr gewußt, was ich tue. Ich denke gerne zurück an die Zeit, die wir zusammen verbracht haben. Du warst wie eine Schwester für mich und hast mich oft getröstet. Mein Leben ist jetzt so, wie es früher war, aber natürlich kann es nie mehr wirklich sein wie früher, und so wird es auch nie mehr werden.

Ich bin schon wieder etwas kräftiger. Meiner Familie habe ich erzählt, daß die Influenza mich heimgesucht hatte, und ich deswegen nach Hause kommen mußte. Ich bin dankbar, daß niemand in New Dover die Wahrheit kennt, und ich bete, daß es nie jemand erfahren wird. Ich bin voller Scham und Kummer."

Ich warf einen Blick zu Caleb und räusperte mich. Dann fuhr ich fort.

„Die Tränen werden nun schon weniger, und ich hoffe, daß dies eines Tages alles hinter mir liegt. Aber ich werde nie mehr mein Baby sehen. Ich glaube nicht, daß ich jemals heiraten werde, obwohl meine Mutter mir immer sagt, ich muß daran denken, weil ich an meinem nächsten Geburtstag schon fünfzehn werde.

Ich bete, daß meine Mutter und mein Vater niemals die Wahrheit erfahren werden, denn sie würden mich als Sünderin verstoßen.

Ich danke Gott für die Güte Deines Vaters. Bitte laß auch ihn wissen, wie dankbar ich ihm bin. Ich vermisse Dich, meine kleine Schwester, und ich hoffe, daß wir uns eines Tages wiedersehen werden. Bete für mich."

Ich räusperte mich wieder. „Dann ist er unterschrieben mit ‚Deine Dich liebende Schwester, Evaline.' Es gibt noch ein Postskriptum", sagte ich, „ein paar Zeilen nach ihrer Unterschrift." Ich schluckte.

„Weil Deine Mutter weiß, wo mein Baby ist, sage ihr,

daß meine Gedanken oft bei ihm sind, und ich gerne wüßte, ob es ihm gut geht. Vielleicht würde ihr gutes Herz es erlauben, daß sie sich nach ihm erkundigt. Es würde mir mein Herz erleichtern."

Ich faltete den Brief und steckte ihn sorgfältig zurück in den Umschlag.

„Arme Evaline", sagte Caleb leise. „Jetzt wissen wir, was sie hierher zurückgebracht hat."

„Aber wir wissen immer noch nicht, was danach geschehen ist", sagte ich. Nach diesem Brief interessierte mich das Ende der Geschichte noch mehr denn je. „Wir wissen nicht, weshalb sie New Dover verlassen hat und nach Plum Cove Island gekommen ist — und auch nicht wann. Und wir wissen nicht, warum sie so ausgestoßen war. Ich könnte mir denken, daß es wegen des Babys war. Aber wie hat man es herausgefunden?"

„Lowell ist weit weg, und Evaline hat es sicherlich niemandem erzählt", stellte Caleb fest.

„Und nach dem, was Mr. Bockman sagte", fuhr ich fort, und versuchte, mehr von dem Puzzle zusammenzusetzen, „war es nicht so, daß sie nur keine Freunde hatte. Alle gingen ihr richtiggehend aus dem Weg. Als ob sie die Pest hätte, oder so was. Selbst zu jener Zeit muß es doch öfter vorgekommen sein, daß unverheiratete Mädchen schwanger wurden."

„Diese puritanischen Gemeinden konnten ziemlich nachtragend sein."

„Aber sie hätten doch sicher nicht ein Mädchen wie Evaline behandelt, als sei sie eine Aussätzige, oder?"

Je mehr ich darüber nachdachte, desto mehr empörte es mich. Welche Chance hatte denn ein Mädchen wie Evaline? Wenn sie sich einsam fühlte, war das kein Wunder.

„Ich kann nicht glauben, daß das nur wegen des Babys

war", fuhr ich nach einem Augenblick fort. „Und außerdem, wie haben sie es denn herausgefunden?"

Caleb lächelte. „Wir scheinen wieder da angelangt zu sein, wo wir angefangen haben."

„Und wir wissen immer noch nicht, was Evaline von uns will. Könnte es etwas mit ihrem Baby zu tun haben?"

„Vielleicht", antwortete Caleb. „Aber irgendwie glaube ich es nicht so recht. Und da könnten wir auch sowieso nichts tun." Er machte eine Pause und verzog nachdenklich die Stirn. „Vielleicht ist es nur das Verständnis, das ihr nie jemand entgegengebracht hat — weder die Leute im Dorf, noch ihre eigene Familie. Verständnis und Verzeihen."

„Vielleicht hast du recht", sagte ich langsam, während ich darüber nachdachte. Ich erinnerte mich an das Weinen, das ich gehört hatte, die verzweifelte Trauer, die darin geklungen hatte. Verständnis und Verzeihen. Vielleicht war es genau das, was Evaline suchte. Oder zumindest gehörte es dazu. Ich erinnerte mich an die alte Frau, den kummervollen Blick und wie sie mich berührt hatte, und ich schauderte. Obwohl die junge Evaline vielleicht in mein Zimmer gekommen war, um Verständnis zu finden, war ich sicher, daß die alte Evaline aus einem anderen Grund gekommen war. Aber ich hatte keine Ahnung, was es war.

Ich sah zu Caleb und dachte an den verletzten Hasen und seinen Alptraum. Auch Caleb hatte sich selbst noch nicht verziehen.

Eine Auto fuhr in die Einfahrt. Mutter würde es ganz sicher nicht gefallen, mich in seinem Zimmer vorzufinden, und das in einem leeren Haus — auch nicht am hellen Tag. Widerstrebend stand ich auf und ging die Treppe hinunter.

Diesen Abend, als Mutter in der Küche beschäftigt war und Caleb mit P.J. übte, ging ich aus einem Impuls heraus in Mutters Zimmer und rief in Chicago an.

Mein Vater freute sich sehr, daß ich anrief, und fast unmittelbar begann ich, von Caleb zu erzählen. Als ich einmal angefangen hatte, schien ich gar nicht mehr aufhören zu können. Ich erzählte, was wir alles zusammen unternommen hatten, von Calebs Musik und wie begabt er war, über das Judy-Collins-Konzert in der kommenden Woche, wo er spielen wollte, und wie gerne ich mit ihm zusammen war. Ich erzählte alles, außer von Calebs Alpträumen und wie ich wirklich für ihn empfand.

Plötzlich hielt ich inne, und mir wurde bewußt, daß ich meine wahren Gefühle schon längst preisgegeben hatte.

„Immer noch dein Plappermäulchen, stimmt's Daddy?" sagte ich mit einem zitternden kleinen Lachen.

„Immer noch mein kleines Mädchen", sagte er. „Aber es hört sich an, als ob du erwachsen würdest. Es hört sich an, als ob du ... viel an Caleb denkst."

„Ja, das stimmt", gab ich zu und holte tief Luft. „Mutter meint, ich mag ihn zu sehr. Weil wir ja doppelt verwandt sind, meine ich."

„Und das heißt, daß er fast ein Bruder für dich ist, nicht wahr?"

„Ja, wahrscheinlich."

„Das könnte ein Problem sein", sagte er. „Das, und die Tatsache, daß du erst siebzehn bist, Molly. Du hast noch alle Zeit der Welt vor dir." Er wartete auf meine Antwort, aber der Kloß in meinem Hals erlaubte mir keine Erwiderung. „Das ist aber nicht das, was du hören wolltest, oder?"

„Nein, eigentlich nicht", gab ich mit einem weiteren zitternden Lachen zu.

„Ich würde dir gerne etwas anderes sagen, Molly, das weißt du. Aber wenn ich ehrlich bin, kann ich das nicht.

Ich kann dir nicht sagen, daß das, was du jetzt tust, später keine Bedeutung mehr hat. Denn alles was wir tun, hat für uns Bedeutung. Und ich glaube, ich möchte dich einfach nicht etwas tun sehen, was du später möglicherweise einmal sehr bedauerst."

Seine Worte klangen nur allzu vertraut, und ich erinnerte mich an das, was Caleb in jener Nacht in seinem Zimmer gesagt hatte. Früher oder später würde das, was wir tun, uns verfolgen, und wir könnten den Konsequenzen unserer Entscheidungen nicht entkommen.

„Hast du schon einmal so etwas gemacht, Daddy?" fragte ich und merkte, wie meine Tränen zu fließen begannen. „Ich meine, etwas getan, was du dir selbst nicht vergeben konntest?" Ich starrte aus Mutters Fenster und wischte mit dem Ärmel über meine Augen, während ich darauf wartete, daß er antwortete. Es dauerte eine ganze Weile.

„Ja, mein Liebes", sagte er schließlich. „Es tut mir leid, das sagen zu müssen, aber es ist so."

„Was war es denn, Daddy?" fragte ich leise.

„Es war ... es war, daß ich dich und P.J. aufgegeben habe", sagte er. Er räusperte sich. „Das ist etwas, was ich mir nie verzeihen werde. Es geht nicht um die Scheidung, denn in dieser Hinsicht schien es keine andere Lösung zu geben. Aber es vergeht kein Tag, an dem es mir nicht leid tut, daß ich nicht bei dir und P.J. sein kann." Seine Stimme wurde rauh, und er hustete. „Besonders heute abend, Molly. Ich wünschte, ich könnte jetzt bei dir sein."

„Das wünschte ich mir auch, Daddy", sagte ich mit einem Seufzer. „Und ich wünschte, du könntest auch Caleb wiedersehen. Ich glaube, du würdest ihn mögen."

„Bestimmt", sagte er. „Ich habe ihn schon immer gemocht. Und vergiß eines nicht, Molly ..."

„Was denn?"

„Vergiß nicht, daß er immer ein Teil deines Lebens sein kann. Er kann dir immer sehr nahe stehen, ohne dein ... dein Liebhaber zu sein." Das auszusprechen, mußte ihm sehr schwergefallen sein.

„Ich weiß", sagte ich. „Ich glaube, ich wollte nur, daß es mir jemand anderes sagt."

„Dann bin ich froh, daß du angerufen hast."

„Ich auch", sagte ich. „Gute Nacht, Daddy."

„Gute Nacht, Püppchen." Er machte eine Pause. „Es stimmt anscheinend wirklich."

„Was?"

„Mein kleines Plappermäulchen ist tatsächlich erwachsen geworden." Ich hörte ihn noch einmal seufzen, bevor er den Hörer auflegte.

Das erste, was ich am nächsten Morgen feststellte, als ich aus dem Fenster sah, war, daß der Schoner den Hafen verlassen hatte. Es schien fast wie ein Omen, daß etwas zu Ende ging. Die Tatsache, daß es Samstag war, besserte meine Laune auch nicht gerade, schon gar nicht, als Joel mittags anrief, um mir zu sagen, daß er mich um halb acht abholen würde.

Nach dem Abendessen ging ich mich umziehen. Um genau halb acht fuhr Joel in die Einfahrt, und ich kam gleich zu ihm hinaus. Caleb war oben in seinem Zimmer. Die Klänge seiner Gitarre wehten durch das offene Fenster.

‚Butch Cassidy and the Sundance Kid' lief im einzigen Kino auf der Insel. Nachdem der Film begonnen hatte, langte Joel zu mir herüber und nahm meine Hand. Seine Handflächen waren rauh und schwielig wie die seines Großvaters, aber seine Hand war warm und nicht so feucht wie die vieler Jungen, mit denen ich mich getroffen hatte. Seine Fingerspitzen strichen sanft über meine Handfläche. Ich dachte daran, wie Calebs Finger die Linien meiner Hand nachgefahren hatten.

Als der Film zu Ende war, schlug Joel vor, noch etwas zu essen, bevor wir nach Hause gingen. „The Whale's Belly hat die besten Hamburger in der ganzen Stadt", sagte er. „Wenn es dir nichts ausmacht, in eine Bar zu gehen."

„Soll ich dir ein Geheimnis verraten?" fragte ich mit einem Lachen. „Ich wollte schon in das Whale's Belly gehen, als ich noch klein war und dieses Schild im Fenster gesehen hatte, auf dem stand: ‚Nischen für Damen'. Ich hatte die tollsten Vorstellungen von dem Ort, der ‚Nischen für Damen' anbot. Es hörte sich furchtbar verrucht an."

„Ich fürchte, da steht dir eine große Enttäuschung bevor", sagte Joel mit einem Lachen.

Wir liefen das kurze Stück bis zur Bar. Das Schild ‚Nischen für Damen' befand sich immer noch im Fenster, etwas abgegriffen und angeschmutzt nach so vielen Jahren.

Samstag nacht um zehn war die Bar voll, sowohl mit Inselbewohnern als auch mit den Sommergästen, die seit dem vierten Juli vermehrt ankamen. Es würde nicht lange dauern, dann war die ganze Insel von ihnen in Beschlag genommen.

Wir blieben einen Augenblick hinter der Tür stehen, um unsere Augen an das schummrige Licht zu gewöhnen.

„Hier entlang", sagte Joel, nahm meinen Arm und führte mich zu der letzten freien Nische. „Eine Nische für eine Dame." Er setzte sich mir gegenüber und betrachtete mich lächelnd. „Na, hast du es dir so vorgestellt?"

„Wohl kaum", antwortete ich lachend. „Ich glaube, das was ich mir vorgestellt habe, war mehr so etwas wie eine Opiumhöhle. Du weißt schon, rauchgeschwängert und mit Schnürchenvorhängen, hinter denen düstere Gesichter hervorspähen. Und dann, irgendwo weiter hinten, gibt es noch zwei oder drei sehr vornehme Nischen, zu denen die Männer keinen Zutritt haben."

Joel warf den Kopf in den Nacken und lachte. „Donnerwetter! Du hattest ja eine recht lebhafte Phantasie für eine — wie alt warst du denn da?"

„Ach, vielleicht sechs oder sieben." Ich merkte, daß ich rot wurde.

„Und da hast du bereits von Opiumhöhlen geträumt! Nun, wie du sehen kannst, soll das Whale's Belly mehr wie das Innere eine Fisches aussehen als wie eine Opiumhöhle. Die typische Seemannsbar, fürchte ich. Es tut mir ja leid, daß ich derjenige bin, der dir deinen Traum zerstört."

„Das hast du gar nicht. Es gefällt mir hier."

Die Kellnerin kam, und wir bestellten einen Hamburger und ein Cola für mich und einen Cheeseburger und Bier für Joel.

Als sie weg war, beugte sich Joel zu mir. „Und wovon träumst du heute, Molly Todd? Jetzt, wo du erwachsen bist."

Das war das zweitemal in zwei Tagen, daß man mir sagte, ich sei erwachsen geworden. Irgendwie hatte ich dadurch nur noch mehr das Gefühl, nicht erwachsen zu sein.

„Oh, von vielen Dingen", antwortete ich.

„Sag mir eines."

„Künstlerin zu werden zum Beispiel. Und zwar eine gute. Nach dem nächsten Jahr will ich auf eine Kunstakademie. Vielleicht an das Institut für Kunst in Chicago. Auf diese Art und Weise könnte ich auch meinen Vater öfter sehen." Indem ich es aussprach, wurde es irgendwie wirklicher. Als ob es tatsächlich geschehen würde.

„Caleb hat mir schon erzählt, daß du sehr viel Talent hast. Noch mehr als sein Vater."

Ich sah ihn überrascht an und versuchte, mir mein Erstaunen nicht anmerken zu lassen. „Ach, er wollte nur nett sein, weil ich seine Cousine bin." Es war das erstemal, daß ich Caleb jemals das Talent seines Vaters in Frage stellen hörte, und ich fragte mich, ob er womöglich recht hatte und Onkel John tatsächlich nicht gut genug war, um als Künstler Erfolg zu haben.

„Es gibt einige Künstler hier auf der Insel", fuhr Joel mit einem hoffnungsvollen Gesichtsausdruck fort. „Das hier ist ein guter Platz für Künstler. Auch um hier zu leben."

Ich dachte wieder an Onkel John. Für ihn schien es auch der beste Platz zum Leben gewesen zu sein, aber nicht gut genug, um seine Familie zu ernähren. Ich sah zu Joel. Er betrachtete mich aufmerksam, als ob er auf irgendeine Antwort wartete.

Ich beschloß, rasch das Thema zu wechseln.

„Und wie ist es mit dir?" fragte ich. „Wovon träumst du denn?"

„Ich denke, ich habe nicht zu viele Träume", antwortete Joel langsam. „Mir gefällt das, was ich tue. Ich lebe gern hier. Ich bin auch gern ein Fischer. Es ist im Sommer harte Arbeit, aber es läßt dir viel Zeit im Winter. Ich habe mit einer Schreinerei angefangen. Sie geht ziemlich gut."

„Was machst du denn?"

„Hauptsächlich Möbel. Ich bin zwar kein Einstein, aber dafür bin ich mit meinen Händen recht geschickt. Meistens sind es Sonderaufträge für die Sommergäste, an denen ich den Winter über arbeite."

„Aber das ist ja großartig, Joel", sagte ich, als die Kellnerin unsere Bestellung brachte. „Das hört sich so an, als ob du dein Leben schon sehr gut im Griff hättest. Ich beneide dich."

Er nahm die Ketchup-Flasche und sah mich an. „Natürlich möchte ich eines Tages auch eine Familie haben. Du weißt schon, Kinder. Und natürlich eine Frau", fügte er mit einem Lächeln hinzu. „Ich denke, die Frau kommt als erstes, oder?"

Ich lachte. „In der heutigen Zeit scheint das ziemlich

egal zu sein", sagte ich und biß von meinem Hamburger.
„Wenn wir schon bei der heutigen Zeit sind", sagte ich beiläufig und suchte immer noch nach einem anderen Thema. „Hat Caleb dir viel über den Krieg erzählt?"
„Nein. Er hat überhaupt nicht darüber gesprochen. Aber er redet viel davon, daß er wieder zurück ist. ‚Wieder zu Hause', hat er oft gesagt und damit die Insel gemeint. Ich glaube, es war gut für ihn, daß er hierhergekommen ist. Ich wünschte, er würde bleiben. Dad und ich haben ihm sogar angeboten, bei uns als Fischer einzusteigen. Wir könnten ihn gut brauchen. Dad würde gerne etwas weniger arbeiten, und es gibt niemanden, mit dem ich lieber arbeiten würde als mit Caleb."
„Hat er gesagt, daß er es macht?"
„Nein, aber er will darüber nachdenken."
Mein Herz tat einen Satz bei dieser Möglichkeit. Zu wissen, daß Caleb jeden Sommer auf der Insel verbrachte, würde mich die Winter überstehen lassen.
„Ach du liebe Güte", sagte Joel plötzlich und schlug sich mit der Hand an die Stirn. „Großvater hat mir eine Nachricht für dich mitgegeben. Er hat mir eingeschärft, es nicht zu vergessen, und jetzt hätte ich es doch fast vergessen."
Er suchte in seiner Hosentasche und zog schließlich ein zerknittertes Stück Papier heraus.
„Es ist der Name einer Frau", erklärte er und reichte mir den Zettel. „Er sagte, ich soll dir ausrichten, daß sie vielleicht etwas über jemanden namens Evaline wüßte. Er sagte, du wolltest wissen, was mit ihr passiert sei."
„Das stimmt", bestätigte ich vorsichtig. „Wir glauben, daß sie früher auf unserem Grundstück gelebt hat." Ich sah auf den Namen, der auf dem Papier stand. Daneben stand ‚Altersheim New Dover' und eine Telefonnummer.
„Letitia Hornsby?" fragte ich nach, weil ich nicht sicher war, ob ich den Namen richtig gelesen hatte.

„Großvater sagte, er hätte gar nicht gewußt, daß sie noch am Leben sei, bis jemand sie kürzlich erwähnte. Er meinte, sie sei wahrscheinlich die einzige, die dir noch etwas erzählen könnte. Ihre Familie lebte ganz in der Nähe eures Anwesens. Er sagte, wenn irgend jemand etwas über diese Evaline wüßte, dann wäre es Letitia."

Sorgfältig faltete ich das Papier und steckte es in meine Tasche. Wie sehr hoffte ich, daß diese Frau den Schlüssel zu der restlichen Geschichte von Evaline besaß. Sie mußte ja schon sehr alt sein.

Joel bezahlte die Rechnung, und wir machten uns auf den Weg nach Hause. Ich war so in meine Gedanken über Evaline vertieft, daß ich es zuerst gar nicht merkte, als Joel beim alten Leuchtturm anhielt. Er parkte in seinem Schatten und sah mich an.

Ich wurde ganz steif, aber zu meiner Überraschung berührte er mich nicht.

Es war sehr dunkel hier, doch das bißchen Licht, das es gab, spiegelte sich in seinen Augen wieder.

„Mir hat dieser Abend sehr gut gefallen, Molly", begann er mit leiser Stimme. „Es ist schön, mit dir zusammenzusein."

Er wartete darauf, daß ich irgend etwas antwortete.

Schnell sagte ich das einzige, was mir in den Sinn kam. „Mir hat der Abend auch gut gefallen, Joel." Einfallslos wie meine Antwort war, schien sie ihn dennoch zufriedenzustellen. Er lehnte sich zurück gegen die Tür und betrachtete mich.

„Sonntag ist der einzige Tag, an dem ich nicht zum Fischen hinausfahren muß", sagte er. „Also ist Samstag abend mein einziger freier Abend. Ich würde aber gerne wieder mit dir ausgehen, so oft du möchtest. Das heißt natürlich, falls du auch möchtest." Er lächelte, und seine weißen Zähne blitzten in der Dunkelheit.

Ich war nur dankbar, daß er nicht sieben Abende die Woche frei hatte. Das Schlimmste daran war jedoch, daß ich Joel wirklich mochte. Es machte Spaß, mit ihm zusammenzusein. Wenn Caleb nicht gewesen wäre, hätte ich den Gedanken, Joels Freundin zu sein, sicher aufregend gefunden, und ich fragte mich, was geschehen wäre, wenn ich ihn vorigen Sommer tatsächlich besucht hätte. Ob dann wohl alles anders verlaufen wäre?

„Aber natürlich möchte ich, Joel", antwortete ich langsam, „es ist nur leider so, daß ich nächsten Samstag nicht kann. Die ganze Familie fährt rüber nach New Dover." Ich legte die Betonung auf ‚ganze Familie', damit er nicht erwartete, daß ich ihn bat mitzukommen.

„Ich weiß", sagte er, und die Enttäuschung war seiner Stimme anzuhören. „Caleb hat mir schon erzählt, daß ihr alle zum Konzert von Judy Collins geht. Aber wie ist es denn den Samstag darauf? Da ist in Bucks Harbor eine Square-Dance-Veranstaltung."

Square Dance hörte sich sicher genug an. „Klar", sagte ich. „Klingt gut."

„Schön." Er legte den Arm um den Rücksitz, seine Hand lag auf meiner Schulter. Er zog mich an sich und küßte mich. Es war ein weicher, sehnsuchtsvoller Kuß. In der Dunkelheit war es leicht, sich vorzustellen, er sei Caleb, und ich schloß die Augen und gab mich dem Kuß hin. Wie von selbst, teilten sich meine Lippen. Joels Zunge tastete sich vorsichtig zu meiner herüber. Er stöhnte leise auf, da öffnete ich die Augen und zog mich rasch zurück.

„Wir fahren besser wieder, Joel", sagte ich leise.

Ich hoffte nur, er würde mich nicht wieder berühren, aber ärgerlich war ich auf mich selbst. Ich hatte ihn dazu ermuntert. Das nächstemal würde er mindestens genausoviel erwarten. Ich war noch schlimmer als Peggy Ann, dabei verdiente Joel etwas Besseres. Aber was mir am meisten Sorgen machte, war das Wissen, daß ich mich gewiß nicht zurückgezogen hätte, wenn es Caleb gewesen wäre.

„Ich muß nach Hause", sagte ich wieder und sah in die dunkle Nacht hinaus.

„Ja", sagte Joel mit einem kleinen Seufzer und startete zu meiner Erleichterung den Motor. „Manchmal vergesse ich, daß du ja noch ein Jahr auf der High School vor dir hast, Molly. Aber du hast recht. Wir haben keine Eile. Wir haben den Rest des Sommers und den nächsten Sommer auch noch, hoffe ich."

„Ja, nächsten Sommer auch noch."

Dabei wollte ich gar nicht so weit in die Zukunft denken. Die letzte halbe Meile legten wir schweigend zurück.

„Vielen Dank, Joel", sagte ich und schlüpfte aus dem Auto, sobald er in der Einfahrt angehalten hatte. „Vielen Dank für den netten Abend. Bis in zwei Wochen dann."

„Gute Nacht, Molly", rief er mir zu, als ich die Autotür zuschlug.

Als ich zum Haus hochlief, blickte ich hinauf zu Calebs Zimmer. Es brannte immer noch Licht bei ihm, sein Schatten zeichnete sich gegen die zugezogenen Vorhänge ab, als ob er dort gestanden und auf Joels Auto gelauscht hätte, das mich nach Hause bringen sollte.

19. Kapitel

Am nächsten Tag wollte ich gleich die nächste Fähre nach New Dover nehmen, aber Mutter redete es mir aus.

„Du kannst nicht einfach vor der Tür stehen, Molly!" Sie hob ärgerlich die Augenbrauen. „Es ist ein Altersheim, kein Hotel! Du solltest vorher anrufen. Schon um herauszufinden, ob Mrs. Hornsby überhaupt mit dir reden will."

„Sie muß mit mir reden", sagte ich. „Sie muß einfach!"

Ich rief beim Altersheim an und erfuhr, daß Letitia Hornsby sich gerade von einer Bronchitis erholte und daß ich nicht vor Ende der Woche kommen könnte. Enttäuscht überlegte ich, was ich tun konnte. „Bleiben Sie bitte noch einen Moment dran", bat ich.

Ich deckte die Sprechmuschel mit der Hand ab und rief Mutter.

„Sie sagen, es geht Ende der Woche. Könnten wir vor dem Konzert dort vorbeifahren?" fragte ich. „Wir fahren doch mit dem Auto auf die Fähre, oder?"

„Ja, ich habe schon einen Platz auf der Fähre reserviert", sagte Mutter, die in der Küchentür stand und ihre nassen Hände an einem Trockentuch abwischte. „Das würde gerade gut passen."

Ich nahm meine Hand vom Hörer. „Könnte ich nächsten Samstag um fünf Uhr kommen?" fragte ich und hielt den Atem an, während ich auf die Antwort wartete.

„Das müßte gehen", erwiderte die Stimme am anderen Ende der Leitung. „Aber rufen Sie bitte vorher noch einmal an, um sicherzugehen, daß Mrs. Hornsby sich gut genug fühlt, Sie zu empfangen. Kann ich ihr sagen, wer kommt?"

„Mein Name ist Molly Todd", sagte ich. „Ich wohne auf Plum Cove Island, nicht weit davon entfernt, wo sie früher wohnte. Sie kennt mich nicht, aber sagen Sie ihr, ich möchte mit ihr über Evaline Bloodsworth sprechen." Plötzlich kam mir ein furchtbarer Gedanke. „Mrs. Hornsby ist nicht ..., ich meine, kann sie sich noch an etwas erinnern?"

Ein Lachen war im Telefon zu vernehmen. „Letitia Hornsby? Sich erinnern? Darauf können Sie wetten! Letitia ist zwar nicht mehr ganz die alte, aber ihr Verstand und ihr Erinnerungsvermögen ... ich wünschte, meines wäre halb so gut."

„Vielen Dank!" sagte ich erleichtert. „Ich rufe Samstag vormittag noch einmal an."

Ich legte auf und hoffte, daß die alte Dame sich gut erholte.

Caleb arbeitete die ganze Woche an seinen Musikstükken. Von Zeit zu Zeit hörte ich Musikfetzen herunterklingen, denen ich lauschte. Einmal fragte ich ihn, was er am Samstag spielen wollte, aber er lächelte nur und schüttelte den Kopf.

„Es wird eine Überraschung", sagte er.

Während er so beschäftigt war, füllte ich meine Zeit damit aus, an meiner Zeichnung weiterzuarbeiten. Ich war zufrieden, wie ich vorankam.

Endlich war der Samstag da. Ich rief wieder beim Altersheim an und fürchtete zu hören, daß Letitia Hornsby entweder tot oder immer noch krank sei.

„Letitia geht es schon viel besser", sagte die Stimme am Telefon, und ich verspürte große Erleichterung. „Sie freut sich darauf, mit Ihnen zu sprechen."

„Wunderbar!" rief ich aus. „Vielen herzlichen Dank. Ich bin um fünf Uhr da."

Kurz nach halb fünf verließen wir die Fähre. Das Altersheim befand sich etwa eine Meile außerhalb der Stadt, in einem schön angelegten Park mit Blick auf das Meer.

Caleb parkte den Jeep davor und drehte sich zu mir um. P.J. saß neben mir. „Möchtest du, daß wir mitkommen, Molly? Oder möchtest du lieber allein gehen?"

„Vielleicht ist es besser, wenn du alleine gehst, Molly", mischte Mutter sich ein. „Sie erwartet sicher niemanden sonst. Wenn sie krank gewesen war, wird ihr so großer Besuch sicher zu viel."

Ich war erleichtert, daß dieses Altersheim nicht meinen schlimmsten Erwartungen entsprach. Das Haus wirkte gepflegt. In der Eingangshalle saß eine Frau um die vierzig mit hochgestecktem blondem Haar.

„Ach ja. Sie sind gekommen, um Letitia Hornsby zu besuchen", sagte die Frau mit einem Lächeln, als ich mich vorstellte. „Den Flur entlang, dann nach links und dann die dritte Tür rechts."

Ich lief nervös durch den Flur, wußte nicht so recht, was ich erwarten sollte. Zwei ältere Männer saßen in Rollstühlen im Flur, die Köpfe gebeugt, ihre Münder halboffen. Einer schnarchte sogar. Als ich angekommen war, klopfte ich leicht an die Tür. Keine Antwort. Ich klopfte etwas stärker, und sofort war ein deutliches „Herein" zu hören.

Ich öffnete die Tür und stand Letitia Hornsby schon gegenüber. Sie saß in einem Schaukelstuhl vor dem Fenster. Die späte Nachmittagssonne drang hinter ihr ins Zimmer und zauberte ihr fast einen Heiligenschein um den Kopf. Ich schätzte sie auf etwa neunzig Jahre.

Ein blauer Schal lag um ihre schmalen Schultern und eine Decke auf ihren Knien. „Komm nur herein, Kind", sagte sie mit einer überraschend kräftigen Stimme und winkte mich zu sich. Die bläulichen Venen waren an ihrer Hand deutlich zu sehen. „Ich habe dich schon erwartet."

Ich trat ein und schloß die Tür hinter mir. „Ich bin Molly Todd, Mrs. Hornsby", sagte ich und strich nervös meine Hand an meinem Rock ab.

„Ja, ich weiß", antwortete sie und musterte mich. Unter ihren runzligen Lidern blickten mich ihre blauen Augen scharf und durchdringend an. Sie streckte mir die Hand entgegen, und ich schüttelte sie vorsichtig, denn sie wirkte überaus zerbrechlich. Dann deutete sie auf einen Stuhl.

„Ich fürchte, das ist alles, was ich dir anbieten kann", sagte sie mit einem Lächeln.

Ich zog den Stuhl heran und setzte mich. „Das ist aber ein hübsches Zimmer", bemerkte ich und sah mich um. Die Wände waren in einem zarten Gelb gestrichen, das die Sonne reflektierte. Verschiedene nette Blumenbilder hingen in Rahmen verteilt an den Wänden. Auf dem Tisch neben ihr stand eine ganze Reihe von Fotos.

„Ja, es ist so gut, wie ein solches Zimmer nur sein kann", seufzte sie. „Also du kommst von Plum Cove Island, ist das richtig?"

„Ja, Ma'am, aus der Nähe von Windhover."

„Das hat man mir gesagt. Du wohnst in der Nähe meines alten Hauses, ja?"

„Ich denke schon. Wir haben ein Haus auf dem Grundstück, wo Evaline Bloodsworth gelebt hat."

Sie kniff ihre Augen zusammen und sah an mir vorbei. „Ach, ja. Evaline Bloodsworth", sagte sie langsam, und ich hielt den Atem an. Woran erinnerte sie sich wohl? „Man sagte mir schon, daß du dich für Evaline interessierst." Sie sah mich an und schüttelte langsam den Kopf. „Die arme, arme Frau. Es hieß, ihr Geist wäre zurückgekommen, um dort oben umzugehen. Aber ich habe nie viel auf solche Geschichten gegeben."

„Dann haben Sie sie nie gesehen? Ich meine ihren Geist, nachdem sie gestorben ist?"

„Nein, niemals. Ich war aber diejenige, die sie gefunden hat." Sie schüttelte langsam den Kopf.

„Sie gefunden hat?" fragte ich nach.

„Ja, als sie starb, die arme Frau. Sie war ganz alleine, und meine Mutter hatte mich mit ein wenig Essen den Berg hinaufgeschickt. Das war ein bitterkalter Winter damals, kälter als üblich. Meiner Mutter hat sie leid getan, und wir waren die einzigen Nachbarn." Letitia Hornsbys Stimme zitterte. „Ich ging an dem Tag nicht gerne hinauf, denn es war so kalt, und ein eisiger Wind ging. Ich war damals gerade acht Jahre alt. Aber meine Mutter schickte mich."

Sie streckte die Hand aus und faßte meine, hielt sie leicht zwischen ihren zerbrechlichen Fingern. „Wer hat dir denn erzählt, daß ich Evaline Bloodsworth kenne?" fragte sie plötzlich.

„Mr. Bockman", antwortete ich. „Er sagte, Sie seien die einzige, die sich vielleicht noch an sie erinnern könne."

„Harry Bockman?" Sie lachte und mußte gleich darauf husten. Ihre Bronchitits war anscheinend noch nicht ganz ausgeheilt. „Was war das für ein frecher Bengel! Du kannst ihm ruhig sagen, daß ich mich daran auch noch erinnere!"

„Das mache ich, Mrs. Hornsby", antwortete ich und lächelte.

Sie sah zum Fenster hinaus, und es wirkte fast, als ob sie sich in Erinnerungen verlor.

„Sie erzählten mir gerade, daß Sie Evaline gefunden haben", erinnerte ich sie vorsichtig nach einem Augenblick.

„Ja, an diesem Morgen ging ich zu ihr hinauf, und sie war tot. Sie lag da mit einer dünnen Decke um sich gewickelt. Ob sie an der Kälte oder eines natürlichen Todes gestorben war, weiß niemand. Sie war schließlich schon eine alte Frau. Fast so alt, wie ich es jetzt bin", fügte sie mit einem Lächeln hinzu.

„Dann kannten Sie sie nicht sehr lange?"

„Nicht lange, nein. Nur die paar Jahre, in denen ich ihr etwas zu essen brachte. Aber sie war immer so nett. Und sie sah so hübsch aus, selbst im Alter. Sie hatte langes, weißes Haar. Und ihre Haut war so weich wie ein Pfirsich. Man sah wohl, daß sie ein sehr hübsches Mädchen gewesen sein mußte. Das arme Ding. Sie hat mir immer leid getan, wie sie so alleine war. Niemand außer uns kümmerte sich jemals um sie."

„Wissen Sie, wie sie nach Plum Cove Island kam?" fragte ich. „Ich meine, sie lebte doch vorher hier auf dem Festland. Wissen Sie, warum sie auf die Insel zog?"

„Oh, ja, das weiß ich!" sagte Mrs. Hornsby etwas lauter und mußte sofort wieder husten. Danach fuhr sie fort. „Meine Mutter sorgte schon dafür, daß ich wußte, warum sie auf der Insel war! Sie sagte immer, Evaline sei ein Beispiel dafür, wie sündige Wege ein Leben ins Unglück stürzen könnten. Die arme Evaline war aus New Dover verbannt worden."

„Was hatte sie denn getan?" fragte ich und überlegte, wie das Geheimnis ihres Babys hatte bekannt werden können.

„Nun, zum einen hat man erfahren, daß sie ein Kind geboren hatte, ein uneheliches Kind. Da war sie noch nicht einmal vierzehn Jahre alt. Das allein war schon schlimm genug. Aber dann hatte sie es auch noch verschwiegen, und das konnte ihr die Gemeinde nie verzeihen." Letitia Hornsbys Finger zogen an der Decke, die ihr von den Beinen rutschen wollte. „Natürlich hat damals niemand so etwas zugegeben — oder davon gesprochen. Ich vermute, sie hat viele Leute an deren eigene sündige Geheimnisse erinnert. Aber wie auch immer, in New Dover war es verboten, überhaupt mit ihr zu sprechen, als ob sie verderblichen Einfluß auf die anderen ausüben könnte."

Letitia Hornsby runzelte die Stirn, was die Fältchen in ihrem Gesicht noch vertiefte. „Also wurde sie aus New Dover verbannt", fuhr sie fort. „Aber auch auf der Insel wollte niemand etwas mit ihr zu tun haben. Die Leute sprachen nicht mit ihr. Es war so, als ob sie nie existiert hätte. Aber meine Mutter meinte, selbst eine Sünderin hätte Anspruch auf Vergebung und ein wenig christliche Nächstenliebe. Und so ging ich ab und zu hinauf zu ihr, und sie tat mir immer so leid."

Ich starrte Letitia an, versuchte, mir vorzustellen, wie es sein mußte, von der ganzen Gemeinde gemieden zu werden.

„Aber Evaline konnte doch nicht das einzige Mädchen in New Dover gewesen sein, das ein uneheliches Kind hatte", sagte ich. „Warum wurde sie denn so furchtbar bestraft, so geächtet?"

Das Drängen in meiner Stimme ließ Letitia aufblicken. Sie sah mich verständnisvoll an.

„Es ist eine tragische Geschichte — fast zu unwahrscheinlich, um sie zu glauben — und nicht die Art von Geschichte, die ich gerne erzähle."

Sie zögerte, sah mich noch einmal prüfend an und fuhr dann fort.

„Als Evaline zuerst wieder von Lowell nach Hause kam, blieb sie viel für sich. So hübsch sie auch war, sie kümmerte sich um keinen der Jungen aus der Stadt. Nach einer Weile hörten sie auf, ihr den Hof zu machen. Als sie schon über dreißig war, nannte man sie eine alte Jungfer, weil sie immer noch bei ihren Eltern zu Hause wohnte."

Sie räusperte sich und zupfte an ihrem Schal.

„Etwa ein Jahr später wurde eine neue Straße gebaut, die geradewegs durch New Dover ging. Die Männer, die die Straße bauten, kamen von weiter her, aber weil es im Ort noch kein Hotel gab, wohnten sie bei den Leuten, die gerade ein Zimmer frei hatten. Der junge Mann, der den Verlauf der Straße plante, wohnte bei den Bloodsworths. Wie meine Mutter mir erzählte, war es ein hübscher junger Mann, noch nicht zwanzig, und trotz des großen Altersunterschiedes verliebten er und Evaline sich ineinander. Nicht lange danach heirateten sie."

Sie machte wieder eine Pause, und ihr Blick wanderte unruhig im Zimmer umher. Ich merkte, daß sie sich beim Erzählen dieser Geschichte sehr unwohl fühlte, und wartete still darauf, daß sie fortfuhr. Schließlich holte sie tief Luft und erzählte weiter.

„Nun, nach der Heirat lud der junge Mann seine Familie ein, nach New Dover zu kommen und seine Frau kennenzulernen. Aber als sie kamen und Evaline ihnen vorgestellt wurde, und sie ihren Mädchennamen hörten, wußten sie, daß das Schlimmste geschehen war." Letitia hustete wieder und sah mich an. „Es stellte sich heraus ... nun, es schien, daß Evaline nicht nur die Frau des jungen Mannes war, sondern auch seine Mutter."

Ich starrte Letitia an, unfähig, auch nur ein Wort hervorzubringen. Das Entsetzen, das ich bei dem verspürte, was sie mir gerade gesagt hatte, lähmte mich völlig.

„Vor etwas weniger als zwanzig Jahren", fuhr sie nach einen Augenblick fort, „hatte diese Familie einen neugeborenen Jungen adoptiert. Sie wußten nichts von ihm außer den Namen der Mutter. Sie erzählten ihrem Sohn auch nie, daß er adoptiert oder wer seine Mutter war. Und weil sie dies verschwiegen hatten, war genau das die Frau, in die sich der junge Mann verliebt und die er geheiratet hatte."

Ich starrte sie immer noch schweigend an.

„Was ist mit ihm geschehen?" flüsterte ich nach einer Weile.

„Sobald man alles herausgefunden hatte, holte ihn seine Familie zurück nach Massachusetts. Die Ehe wurde annulliert. Soweit ich weiß, war das das letztemal, daß Evaline etwas von ihm gesehen oder gehört hat. Es war, als ob er vom Erdboden verschwunden sei. Es mußte Evaline das

Herz gebrochen haben. Sie hatte ihren Sohn nicht nur einmal, sondern zweimal verloren. Und als die Leute in New Dover alles erfahren hatten — über das Baby und ihre Lügen und die Heirat —, da wurde sie verbannt und mußte alleine auf Plum Cove Island leben."

„Aber warum hat man ihr denn die ganze Schuld gegeben?" flüsterte ich, denn ich traute meiner Stimme noch nicht. „Evaline konnte doch gar nicht wissen, daß sie seine Mutter war!"

„Ob sie es wußte oder nicht, darauf kam es schließlich nicht an. Es war einfach nicht richtig. Mein Gott, Kindchen, diese Menschen waren zum Großteil Farmer. Sie ließen nicht einmal ihre Tiere sich untereinander mischen. Inzucht gibt immer schlechtes Blut — es wurde einfach als verwerflich angesehen. Und daß eine Mutter und der Sohn heirateten — auch wenn sie es nicht wußten —, war einfach mehr, als diese Menschen hinnehmen konnten."

Ich versuchte, ihre Worte wegzudrängen, aber sie setzten sich richtiggehend in meinem Kopf fest.

Letitia fuhr fort. Ihre Stimme war jetzt leise. „Evaline war außer sich über die Abreise des jungen Mannes und trauerte ganz offen um ihn. So kam zu der Sünde des Verschweigens ihrer früheren Vergehen nicht nur der Inzest der Heirat, sondern auch noch die Tatsache, daß sie keine Reue zeigte. Das konnten die Menschen ihr nicht verzeihen."

Sie machte eine kurze Pause und nickte nachdenklich mit dem Kopf. „Aber trotz allem, was ich über sie wußte, als ich sie an jenem Morgen fand, mußte ich um sie weinen. So traurig und allein war sie immer gewesen."

Ihre Augen wurden feucht bei der Erinnerung. Als ich das sah, füllten sich auch meine Augen mit Tränen.

„Du liebe Güte, mein Kind", seufzte Letitia nach einem Augenblick und langte nach zwei Taschentüchern, eines reichte sie mir. „Sind wir nicht ein rührseliges Paar? Weinen über etwas, was vor so langer Zeit passiert ist."

„Vielen Dank", flüsterte ich. „Vielen Dank, daß Sie mir alles erzählt haben."

Sie tätschelte meine Hand. „Mein liebes Mädchen", sagte sie. „Ich freue mich, daß du gekommen bist. Ich freue mich immer über Besuch. Hier wird man auch einsam. Ich hoffe, du kommst einmal wieder. Wann immer du möchtest."

„Das werde ich", versprach ich.

„Es tröstet mich zu wissen, daß die arme Evaline heute nicht mehr geächtet ist."

„O nein", versicherte ich ihr. „Sie ist nicht mehr geächtet, das habe ich ihr schon versprochen." Ich erhob mich.

Letitia sah mich fragend an.

„Dann hast du sie gesehen, ja?" fragte sie leise.

Ich nickte.

Ihre Augen ließen mich nicht los, und sie schien mir mitten ins Herz zu schauen.

„Und du trägst auch schwer an einem Geheimnis", sagte sie.

Ich nickte wieder. Wie benommen ging ich zur Tür und öffnete sie. Ich drehte mich um, um mich zu verabschieden. Letitia hatte mir nachgeblickt.

„Wenn du Evaline noch einmal sehen solltest", rief sie mir nach, „sag ihr, daß ich mich an sie erinnere. Und sag ihr, daß ihr verziehen ist."

„Das werde ich", erwiderte ich leise und schloß die Tür hinter mir.

20. Kapitel

„Igitt!" rief P.J. aus und streckte die Zunge heraus. Ein Ausdruck des Ekels stand auf seinem Gesicht geschrieben. Er schob die Brille die Nase hoch. „Das ist ja verrückt!"
Wir waren vom Altersheim zum New Dover Music Theater gefahren und breiteten eine Decke auf dem Gras unter der Bühne aus. Wir wollten noch ein Picknick abhalten, bevor das Konzert begann. Zögernd hatte ich den anderen den Rest von Evalines Geschichte erzählt. Das war P.J.s Antwort — igitt. Ich bereute, daß ich nicht einen Tag vorher allein gekommen war, um Letitia Hornsby zu besuchen.
Im letzten Halbjahr hatte unsere Klasse „Ödipus" gelesen, das gehörte auch zu Mr. Daniels' Lieblingsthemen. Einige der Klasse hatten genauso reagiert wie P.J.: igitt, Wahnsinn. Was für ein Kerl könnte denn so drauf sein? Was für ein Verrückter könnte denn mit der eigenen Mutter schlafen wollen? — Bis Mr. Daniels sie mit seinem eisigen Blick gemustert und ihnen klargemacht hatte, daß sie sich in der Schule befänden und daß sie den Mund halten sollten, solange sie nicht etwas Intelligenteres von sich gäben.
Zuerst hatte ich auf die Geschichte ähnlich reagiert, aber dann fühlte ich mit Ödipus. Schließlich hatte das Schicksal es so gewollt, und er hatte nicht gewußt, daß Iokaste seine Mutter war. Außerdem war es eine Sage, eine Geschichte, die uns etwas über die menschliche Natur, Stolz und Schuld und Erbsünden vermitteln sollte, all das, wovon die griechischen Tragödien immer handelten. Es war nichts, was wirklich passierte.
Jetzt entdeckte ich, daß es doch passieren konnte.
„Was heißt da ‚igitt', P.J.?" fragte ich und fühlte mich

verpflichtet, Evaline zu verteidigen. „Schließlich war Evalines Sohn nicht einmal vierzehn Jahre jünger. Sie wußten nicht, daß sie Mutter und Sohn waren. Genausowenig wie Ödipus und seine Mutter."

„Wer sind die denn?"

„Ödipus war ein griechischer König, der seinen Vater tötete und seine Mutter heiratete."

„Verrückt!" P.J. sah Mutter von der Seite an, die lächeln mußte. „Aber wie konnten sie das denn nicht merken?"

„Vielleicht haben sie sich genau deshalb verliebt", erklärte ich. „Vielleicht fühlten sie sich gerade wegen ihrer Blutsverwandtschaft ganz besonders zueinander hingezogen, ohne zu wissen, warum. Vielleicht war deshalb ihre Beziehung so besonders, und sie liebten sich eben ..."

Ich war unvermittelt still. Plötzlich wurde mir bewußt, daß ich mir selbst eine Falle gestellt hatte. Ich spürte Mutters Blick auf mir ruhen. Ihre Augen bohrten sich förmlich in mich. Ich schielte zu Caleb, aber er sah mich nicht an.

Ich dachte an die beiden Evalines, das junge Mädchen, das ein uneheliches Kind zur Welt gebracht hatte, und an die Frau, die später dieses Kind geheiratet hatte. Ich dachte auch an Letitias Worte und war jetzt sicher, daß Caleb recht gehabt hatte — daß die junge Evaline Vergebung suchte, damit ihr Geist endlich Ruhe fand.

Aber meine Gedanken wanderten zurück zu der Nacht des vierten Juli. Die Nacht, in der mir die alte Frau erschienen war. Ich erinnerte mich an den Blick ihrer Augen, die Berührung ihrer Finger, und ich wußte plötzlich, daß sie gekommen war, um mich zu warnen. Mich zu warnen vor der Einsamkeit und dem Schmerz, den sie hatte erleiden müssen, mich vor meinen Gefühlen für Caleb zu warnen. Aber wie die Warnung meiner Mutter, war auch Evalines Warnung zu spät gekommen.

P.J. starrte mich nach meiner heftigen Erklärung mit offenem Mund an. Natürlich konnte er nur so empfinden, wie er es ausgedrückt hatte. Wenn ich ein zehnjähriger Junge gewesen wäre, hätte ich ähnlich empfunden. In diesem Alter scheint alles schwarz oder weiß.

Es blieb mir erspart, noch etwas zu sagen, weil eine Lautsprecherdurchsage gemacht wurde, daß all diejenigen, die vor dem Konzert auftreten wollten, jetzt hinter die Bühne kommen sollten, um alles zu besprechen.

Caleb erhob sich steif, nahm seine Gitarre und stieg die Stufen zur Bühne hinauf.

Er schien nicht im mindesten nervös zu sein, aber ich war es. Ich sah mich in der Menge um, die sich mittlerweile eingefunden hatte, und bekam Bauchschmerzen. Seit unserer Ankunft, hatte sich das ganze Gelände, das einen leichten Berghang einschloß, mit Menschen gefüllt. Manche lagen auf Decken, andere hatten Klappstühle mitgebracht, und wieder andere saßen einfach im Gras. Aber jeder verfügbare Platz war besetzt. Ich war froh, daß wir zeitig genug gekommen waren, um einen Platz gleich vor der Bühne zu bekommen.

Die Sonne war inzwischen hinter dem Berg untergegangen, die ersten Sterne waren schwach am Himmel zu sehen. Die Bühnenbeleuchtung wurde eingeschaltet. Ich hatte schon Angst, daß Caleb gar nicht mehr zurückkäme, doch da tauchte er plötzlich von der Seite auf und setzte sich wieder zu uns.

„Jeder von uns darf zwei Lieder vortragen, denn es gibt insgesamt nur vier, die auftreten wollen", erklärte er mit einem Lächeln. „Wir sind sozusagen die Vorgruppe von Judy Collins, und wir sollen fünfundvierzig Minuten ausfüllen. Wir beginnen um acht Uhr. Sie kommt um acht Uhr fünfundvierzig auf die Bühne."

„Wann bist du dran?" fragte P.J.

„Ich komme zum Schluß", sagte Caleb. „Wir haben

Nummern gezogen. Ich habe glücklicherweise die Vier bekommen. Sie werden uns nacheinander auf die Bühne rufen."

„Warum bist du gar nicht aufgeregt?" stieß ich hervor. „Wie kannst du nur so ruhig sein?"

„Ich weiß nicht", antwortete er, als ob er das erstemal darüber nachdächte. „Ich denke, es liegt daran, daß ich so gerne Gitarre spiele. Da merke ich nicht, was um mich herum passiert." Er sah mich an und lächelte. „Dir muß es ähnlich gehen, wenn du dich in eine Zeichnung vertiefst."

„Vielleicht, aber ich muß mir auch wegen der Zuschauer keine Gedanken machen!"

Er zuckte mit den Schultern. „Für mich ist es noch besser, wenn ich Zuhörer habe. Ich kann auch nicht genau erklären, warum das so ist."

P.J. sah ihn ungläubig an, und ich wußte, daß er in diesem Augenblick auch meinen Gesichtsausdruck widerspiegelte. Es war ein solcher Unterschied zwischen dem Caleb, den ich in der Nacht seines Alptraumes gesehen hatte, zu dem, der jetzt an meiner Seite saß. Ich wußte nicht, zu welchem ich mich mehr hingezogen fühlte.

„Ich könnte nie vor so vielen Leuten spielen", meinte P.J. leise.

„Aber natürlich wirst du das können." Caleb langte hinüber und strich P.J. freundschaftlich über den Kopf. P.J. lächelte, und ein Stich der Eifersucht durchfuhr mich, als ich die beiden beobachtete. Irgendwie schaffte P.J. es immer, die sanftere Seite Calebs hervorzubringen.

Ein Mann trat auf die Bühne und vor das Mikrophon. Ein Scheinwerfer fing ihn ein. Nach und nach wurden die Zuschauer leiser.

„Herzlich willkommen in New Dovers Freilichtbühne", begann der Mann. Die Menge applaudierte, feuerte ihn an und stampfte mit den Füßen.

„Heute abend haben wir Ihnen zwei besondere Vorführungen zu bieten. Judy Collins" — noch mehr Stampfen und Klatschen — „und vier talentierte junge Künstler, die Sie jetzt unterhalten werden. Heißen Sie sie herzlich willkommen!"

Der Applaus nahm zu und verstummte, als der Ansager die erste Gruppe ankündigte. Es waren zwei Männer und ein Mädchen, die nach einem etwas wackeligen Anfang ihr Selbstvertrauen fanden und eine ganz nette Nummer boten.

Danach kamen zwei Männer, der eine eigentlich mehr ein Junge, zumindest jünger als ich. Er war nicht schlecht, aber der andere spielte klassische Gitarre, und es klang so, als ob er immer wieder das gleiche spielte.

Als Caleb schließlich angekündigt wurde, war die Menge inzwischen schon ziemlich unruhig. Er stieg die Stufen hoch und ging zum Mikrophon, sein Hinken war kaum zu bemerken. Ich schloß die Augen und schickte ein kleines Stoßgebet los. „Bitte, bitte, bitte", flüsterte ich, aber ob es an Gott oder an Caleb oder an die Menge gerichtet war, wußte ich selbst nicht. An alle zusammen, beschloß ich.

„Ich möchte diese beiden Lieder meinem Vater widmen", sagte Caleb ruhig ins Mikro, aber seine Stimme war deutlich zu vernehmen. Er setzte sich und sah hinunter zu Mutter, dann begann er mit dem ersten Lied, ohne es anzukündigen. Mutters Gesicht war ernst.

Ich holte tief Luft, hatte Angst, mittlerweile würden die Zuhörer sich nicht mehr beruhigen, bevor nicht Judy Collins auftrat.

Caleb spielte drei Akkorde, dann sang er die ersten Worte von James Taylors „Fire and Rain". Jeder kannte das Lied und wußte wahrscheinlich auch, daß er es für einen Freund geschrieben hatte, der gestorben war.

Calebs Stimme tönte voll und klar über die dunkle Wiese. Noch bevor er die erste Strophe beendet hatte, war das Gemurmel der Menge verstummt. Die Gesichter wandten sich ihm zu wie tausend kleine blasse Monde, die im Bühnenlicht glänzten.

Mit einem leichten Seufzer ließ ich die Luft, die ich angehalten hatte, jetzt ausströmen. Auch ich ließ mich nun von der einzelnen Gestalt auf der Bühne fesseln.

Als er geendet hatte, ertönte ein donnernder Applaus. Als das Klatschen verstummte, kündigte Caleb sein zweites Lied an.

„Dieses Lied ist auch meinem Vater gewidmet", sagte er, und mittlerweile hörte jeder andächtig zu. „Die Melodie habe ich zu einem Gedicht des irischen Dichters William Butler Yeats geschrieben. Ich nenne es einfach ‚Innisfree'."

Er spielte die ersten Akkorde.

Ich erkannte die Melodie, von der ich ab und zu Bruchstücke zu Hause gehört hatte. Sie war von der Art, die einem immer und immer im Kopf herumgeht, voller Melancholie.

Die letzte Strophe wiederholte er dreimal, jedesmal langsamer und weicher als das letztemal. Als er endete, war es kaum mehr als ein Flüstern, aber in der Stille der Nacht war jede Silbe hörbar.

Um uns brauste der Applaus auf. Ich konnte nur dortsitzen, unfähig zu klatschen. All meine Gefühle überwältigten mich, so daß Caleb, als er schließlich zu mir heruntersah und sich unsere Blicke trafen, sie mir vom Gesicht ablesen konnte. Er lächelte mich an, und seine grünen Augen strahlten. Sein Gesichtsausdruck entspannte sich, und im hellen Scheinwerferlicht erkannte ich meine eigene Sehnsucht in seinem Gesicht.

Er schloß die Augen. Als er sie wieder öffnete, sah er

hinaus in das Publikum und erhob sich von dem Stuhl, um sich für den Applaus zu bedanken.

Der Ansager trat zu ihm und sagte ihm etwas ins Ohr. Caleb hob fragend die Augenbrauen, dann nickte er. Der Mann trat wieder hinter den Vorhang. Neben ihn trat jetzt eine Frau mit langem braunem Haar. Judy Collins hörte noch zu, bevor sie auftrat.

Caleb setzte sich wieder auf den Stuhl, und die Menge verstummte.

„Ich habe noch für ein weiteres Lied Zeit, wie mir gesagt wurde", verkündete er mit seiner ruhigen Stimme. „Und wie die anderen beiden Lieder, möchte ich auch dieses meinem Vater widmen. Es war sein Lieblingslied." Er sah zu Mutter, die direkt vor ihm saß. „Tante Libby?"

Mutter sah ihn ausdruckslos an. Dann nickte sie langsam.

Diesmal wußte ich, was kommen würde. Er sang „Danny Boy". Während ich Caleb zuhörte, dachte ich an Onkel John und sah zu Mutter hinüber.

Sie saß mit angezogenen Knien da. Ihre Ellbogen lagen auf ihren Knien, so daß ihre Hände ihr Gesicht abstützten und es vor meinem Blick verbargen. Ich dachte, daß sie wohl weinte und nicht wollte, daß P.J. oder ich es sahen. Aber am Ende des Liedes, als der Applaus wieder einsetzte, hob sie den Kopf, und ihre Augen waren nur feucht. Sie sah plötzlich wieder ganz jung aus.

Caleb ging von der Bühne, und der Applaus hielt an. Als Caleb sich zu unserer Decke durchgedrängt hatte, stand Mutter auf. Sie trat zu ihm und umarmte ihn schweigend. Dann trat sie wieder zurück.

„Ich danke dir, Caleb", sagte sie mit einer kaum vernehmbaren Stimme. „Ich hatte nie zugeben wollen ..., was er getan hat. Ich wollte auch meine eigene Trauer nie zulassen, denn das hätte bedeutet zuzugeben ..., aber ich habe ihn so geliebt. Jetzt, glaube ich, kann ich anfangen zu trauern. Ich kann endlich loslassen."

P.J. machte auf einmal einen Satz nach vorne und warf seine Arme um Calebs Beine, brachte ihn damit fast zu Fall.

„Du warst einfach spitzenmäßig!" rief er so laut, daß die Leute um uns herum lachen mußten.

Es schien, daß ich die einzige war, die nicht aufstehen und die Arme um ihn legen konnte.

Er kam und setzte sich neben mich. Ich streckte zwei Finger aus und berührte sein Handgelenk, spürte seinen Puls unter meinen Fingerspitzen. Sein Herzschlag war im Einklang mit meinem.

Keiner von uns bewegte sich, nicht einmal, als Judy Collins angekündigt wurde. Nicht einmal, als die Menge um uns stampfte und klatschte, als Judy Collins auf die Bühne trat.

Sie trug einen langen, bestickten Rock und eine hochgeschlossene Bluse. Ihr braunes Haar fiel offen über ihre Schultern und schimmerte im Scheinwerferlicht. Ihr Gesicht, ohne Make-up, sah blaß im hellen Bühnenlicht aus, aber als sie lächelte, zeigte es ein eigenes Strahlen. Der Applaus verstummte, als sie ans Mikrophon trat.

„Jetzt weiß ich, warum es auch ,Anheizen' genannt wird", sagte sie lächelnd, während sie ihre Gitarre stimmte. „Viel wärmer kann es euch nicht mehr werden, stimmt's? Es ist nicht leicht, nach ihm zu kommen!" Sie lachte, und die Menge applaudierte wieder. Caleb sah hoch und lächelte sie an.

„Nun geht's aber gleich los", fuhr sie fort. „Ich singe für euch einige eurer alten Lieblingssongs, aber auch einige ganz neue Lieder."

Die nächste Stunde sang sie ohne Pause. Manche Lieder kannte ich gut, andere hatte ich noch nie gehört.

Erst am Ende hoben Caleb und ich unsere Hände und klatschten mit. Der Applaus wollte nicht enden. Die Zuhörer wollten noch mehr. Also kam Judy Collins schließlich noch einmal auf die Bühne.

„Ihr wart so ein nettes Publikum", sagte sie, „daß ich noch ein letztes Lied für euch singen werde. Es ist ein Lied, das ich erst kürzlich aufgenommen habe, doch ich bin sicher, daß es viele von euch schon kennen."

Ohne Gitarrenbegleitung stimmte sie nun „Amazing Grace" an.

Während des ersten Verses begann das Publikum zur Musik hin und her zu schwingen wie an einer unsichtbaren Kette.

Bevor sie den letzten Vers anstimmte, bat sie alle mitzusingen.

Alle stimmten mit ein. Diejenigen, die nicht singen konnten, summten die Melodie mit. Mir kam es so vor, als ob dieser mächtige Gesang so vieler Menschen bis über das Meer in die ganze Welt vordringen müßte.

Dann stimmte sie noch einmal die erste Strophe an, und alle stimmten auch hier ein. Einer nach dem anderen standen die Zuhörer auf und nahmen sich bei den Händen. Jeder faßte die Hand desjenigen, der neben ihm stand. Ich hielt Calebs und P.J.s Hand, und auf P.J.s anderer Seite faßte eine ältere Frau seine freie Hand. Mutter faßte Calebs andere Hand und die Hand eines Fremden. Wir standen zusammen singend da, bildeten eine Kette von schwingenden Händen und summten die Melodie mit, die Judy Collins sang.

Das Lied war zu Ende, aber eine ganze Weile bewegte sich niemand.

Schließlich erhob sich Judy von ihrem Stuhl. „Ich danke euch allen", sagte sie leise ins Mikrophon. „Gott segne euch und gute Nacht."

Die Lichter auf der Bühne gingen aus, und sie verschwand in der Dunkelheit. Die Menge stand schweigend da. Niemand wollte die Hände loslassen, die er immer noch hielt. Ich am wenigsten von allen.

21. Kapitel

Das Publikum begann nun, langsam den Berg hinunter Richtung Parkplatz abzuwandern. Wir sammelten unsere Sachen ein und falteten die Decke, dann warteten wir darauf, daß der Andrang nachließ, bevor wir versuchten, uns auf den Weg zum Auto zu machen.

Ein Mann kam an den Bühnenrand, beugte sich über die Plattform und winkte Caleb zu sich. Als Caleb sich ihm näherte, sagte der Mann etwas, was ich nicht hören konnte. Ein Ausdruck der Überraschung erschien auf Calebs Gesicht. Er nickte und drehte sich um.

„Ich bin gleich zurück", sagte er zu uns. „Geht ihr drei schon mal vor. Ich treffe euch am Auto."

„Brauch nicht zu lange, Caleb", rief Mutter ihm nach. „Wir dürfen die letzte Fähre nicht verpassen."

Caleb nickte und verschwand in der Dunkelheit.

„Was für ein tolles Konzert!" begeisterte sich P.J., als wir den Berg hinaufliefen. „Sie hätten Caleb etwas zahlen müssen. Er war genausogut wie Judy Collins."

„Fast", sagte Mutter.

Besser, dachte ich.

„Was glaubt ihr, was sie von ihm wollen?" fragte ich.

„Der Manager wollte sich wahrscheinlich bei ihm bedanken", meinte Mutter.

Bis wir das Auto erreicht hatten, hatte sich der Stau schon fast aufgelöst. Als wir unsere Parkbucht verließen, entdeckten wir Caleb oben am Berg, und Mutter fuhr zum Ende des Parkplatzes, um ihn aufzulesen.

„Danke, Tante Libby", sagte er, als er auf den Sitz neben sie kletterte.

„Haben sie dir Geld gegeben, Caleb?" fragte P.J. und beugte sich zu ihm vor.

„Noch besser", erklärte Caleb und lächelte. „Der Manager von Judy Collins war da. Er gab mir seine Karte und sagte, ich sollte bei ihm vorbeischauen, wenn ich mal in New York wäre. Dann könnten wir vielleicht zusammen arbeiten."

„Oh, Caleb, das ist ja wunderbar!" sprudelte ich heraus. „Er will dich unter Vertrag nehmen?"

„Es ist eine Möglichkeit."

„Viel mehr!" rief P.J., und seine Brille rutschte ihm fast von der Nase. „Du wirst berühmt!"

„Nicht so schnell, P.J. Du darfst nicht zu viel erwarten, wenn du nicht enttäuscht sein willst. Er hat mir keinerlei Versprechungen gemacht. Er sagte nur, er wollte noch einmal mit mir reden." Caleb hatte sich umgedreht, um P.J. anzusehen, und sah jetzt zu mir. Selbst in dem schwachen Licht des Armaturenbretts strahlten seine Augen.

„Er wird dich unter Vertrag nehmen", sagte ich.

„Ich finde, es hört sich aufregend an", sagte Mutter. „Egal, was daraus wird, Caleb, es ist ein Anfang. Ein Ziel, auf das du hinarbeiten kannst."

Etwas im Ton ihrer Stimme und der Blick, den sie und Caleb austauschten, erfüllte mich plötzlich mit Furcht. Ich wollte nicht darüber nachdenken, was die Folge davon war, wenn Caleb einen solchen Vertrag unterzeichnete. Ich wollte jetzt nur daran denken, wie glücklich Caleb in diesem Moment zu sein schien.

Als wir endlich auf der Fähre waren und den Jeep auf dem Autodeck geparkt hatten, schlief P.J. schon fast. Ich stieg aus, und er streckte sich auf dem Rücksitz aus. Mutter hatte am Hafen eine Zeitung gekauft und setzte sich in den Fahrgastraum, um sie zu lesen. Caleb und ich blieben draußen. Ich ging ans Heck und lehnte mich an die Reling. Keiner von uns beiden sprach, als wir in das schwarze ölige Wasser unter uns blickten.

„Warte hier, Molly", sagte er nach einer Weile. „Ich bin gleich wieder zurück."

Er ging in den Fahrgastraum und setzte sich neben Mutter. Sie sah ihn an und faltete die Zeitung zusammen. Als ich ihre Gesichter von weitem nebeneinander sah, merkte ich, wie sehr sie sich ähnelten und wie sehr Mutter Onkel John glich. Wenn es nach dem Aussehen ging, hätte Mutter Calebs Mutter sein können, genau wie Tante Phoebe meine Mutter. Ich fand diesen Gedanken unangenehm und drehte mich zur Reling.

Zum erstenmal, seit das Konzert begonnen hatte, dachte ich wieder an Evaline und die Traurigkeit ihres Lebens. Es schien so unfair, daß ein einzelner Mensch eine solche Last zu tragen hatte. Die arme Evaline war ein Spielball von Mächten gewesen, die außer ihrer Kontrolle lagen. Irgendwie wollte ich alles an ihr wieder gutmachen.

Der Motor wurde angelassen. Unter mir verwandelte sich das Wasser in einen blassen cremigen Schaum, während die Fähre langsam vom Hafen ablegte. Ich war in Gedanken immer noch bei Evaline, als die Tür zum Fahrgastraum geschlossen wurde und Caleb zurückkam und sich neben mich stellte.

Er stand ganz nah bei mir. Seine Schulter preßte sich an meine. Für einen Augenblick schwiegen wir, unsere Schultern berührten sich, unsere Hände baumelten über der Reling. Wir standen so eng zusammen, wie es nur möglich war. Ich lehnte mich an ihn, wollte seinen Körper noch stärker an meinem spüren.

„Ich muß dir etwas sagen, Molly", brach Caleb leise das Schweigen. „Etwas, das ich vorhin noch nicht erwähnt habe."

Ich drehte den Kopf, um ihn anzusehen, aber er starrte immer noch auf das Wasser hinaus. Ich wartete.

„Ein Freund von Judy Collins war heute abend ebenfalls

da. Es ist ein Discjockey aus Boston. Er bot mir einen Auftritt in seiner Show an. Ich würde auftreten, interviewt werden und life im Radio singen."

„Aber Caleb, das wird ja immer besser!" rief ich aus. „Wann denn?"

„Nächsten Samstag. In seiner Show am frühen Abend. Das bedeutet, ich müßte die erste Fähre am Morgen nehmen und von Bangor nach Boston fliegen."

„Aber du wirst es doch auch tun, oder?" fragte ich. „Du wärst verrückt, wenn du es nicht machen würdest. Es ist eine große Chance. Und du könntest Samstag abend wieder zurückfliegen." Ich machte eine Pause, verwirrt durch sein offensichtliches Zögern. „Du wirst es doch tun, oder?"

„Ja, ich werde es tun", sagte er schließlich. „Du hast recht, ich wäre verrückt, wenn ich es nicht täte. Aber ich werde nicht wieder zurückkommen, Molly."

„Nicht zurückkommen?" wiederholte ich. Ich hatte das Gefühl, mein Inneres würde ganz langsam zusammenschrumpfen wie eine zerknüllte Zeitung.

„Es hat nur Sinn, wenn ich sofort nach New York gehe und sehe, ob das Angebot des Managers etwas wert ist. Ich fliege von Boston aus direkt nach New York."

„Aber du könntest danach wieder zurückkommen."

„Ich glaube nicht, Molly."

„Du wolltest doch den ganzen Sommer mit uns verbringen! Und jetzt warst du erst drei Wochen hier!"

Er sah mich an. „Ich weiß. Und sieh nur, was in diesen drei Wochen geschehen ist."

„Du könntest doch zurückkommen, Caleb, nachdem du in New York warst!"

„Nein, Molly, das kann ich nicht. Eine ganze Weile nicht."

„Warum? Warum denn nicht?" weinte ich jetzt und

wollte gar nicht hören, was er sagte, weil ich es bereits wußte.

Er drehte sich zum Wasser, als ob er in den schwarzen Wellen nach den Worten suchte.

„In der Nacht, in der du in mein Zimmer gekommen bist, Molly", begann er langsam, „war ich nahe daran ... nun, wir beide wissen, was fast geschehen wäre. Nachdem du gegangen bist, habe ich mir geschworen, daß es nie geschehen wird. Und jetzt fürchte ich, daß ich diesen Schwur brechen würde, wenn ich noch länger bliebe."

„Aber wäre das denn so furchtbar?" flüsterte ich.

„Ja, ich glaube schon. Ich habe schon genug, für das ich mich vor mir selbst verantworten muß, Molly, ohne dich zu meinen Opfern zählen zu müssen."

„Ich bin wohl kaum dein ‚Opfer'! Und Robert Englehart oder diese Vietnamesen waren es auch nicht. Du hast getan, was du tun mußtest. Manchmal ist eben jede Wahl, die man treffen kann, eine schlechte Wahl."

„Ach, Molly", sagte er mit einem kleinen Lachen, „ich darf gar nicht daran denken, was aus mir geworden wäre, wenn du diesen Sommer nicht hiergewesen wärst."

„Dann bleib, Caleb! Geh nicht fort!"

„Ich muß. Zumindest für eine Weile. Deine Mutter hält das auch für das beste."

„Du hast mit Mutter darüber geredet?" Einen Augenblick lang füllte mein Entsetzen fast die riesige Leere in mir aus. „Du hast es ihr erzählt — alles?"

„Sie weiß es, Molly", sagte er sanft. „Sie wußte es schon die ganze Zeit. Sie sieht ja, was um sie herum geschieht. Ich wollte nur, daß sie weiß, daß ... daß nichts passiert ist, während sie fort war. Aber sie sieht sehr wohl, was geschehen wird, wenn ich bleibe, und damit hat sie recht. Wenn ich an ihrer Stelle wäre, würde ich mich wegschicken. Das bringt sie nicht fertig, und deshalb muß ich selbst gehen."

„Aber wäre es denn wirklich so furchtbar?" flüsterte ich. „Ich meine, wenn du bleiben würdest ... wenn wir ..."

„Das könnte es werden, Molly. Für uns beide. Aber besonders für dich. Evalines Geschichte sollte uns beiden das klarmachen. Aber es ist nicht nur, weil wir so eng verwandt sind."

„Was denn noch?"

Seine Augen schlossen sich, und seine Stimme wurde so leise, daß ich mich anstrengen mußte, ihn zu hören. „Molly, du weißt ja nicht, wie gerne ich bleiben möchte ... und wie gerne ich dich lieben möchte. Ich habe noch niemals so viel empfunden, und ich weiß nicht, wie ich mich verhalten soll. Aber ich weiß, daß mein Leben ein ziemliches Durcheinander war, und zum erstenmal nach langer Zeit scheint sich alles besser zusammenzufügen. Ich habe immer noch einiges zu lernen, und es wird einige Zeit dauern. Ich bin einundzwanzig, Molly, aber du bist erst siebzehn."

Da war der Satz, den ich gefürchtet hatte. Ich sah fort.

„Du hast dein ganzes Leben vor dir, Molly, und es wäre falsch, dir all die Erfahrungen, die noch auf dich warten, zu nehmen. Irgendwann würdest du es bedauern. Und das ist das letzte, was ich möchte."

Ich dachte an meinen Vater. Calebs Worte klangen allzu vertraut.

„Du hast noch ein Jahr an der High School vor dir und dann das College – oder die Kunstakademie." Ich sah ihn an, und er lächelte aufmunternd. „Du weißt selbst, daß du das nicht aufgeben kannst. Das solltest du auch nicht. Es ist zu wichtig. Es gehört zu dem, was dich ausmacht, Molly. Es ist Teil dessen, was dich so besonders macht."

„Wie dich deine Musik", antwortete ich langsam.

„Ja, wie mich meine Musik. Und ich hatte noch keine Gelegenheit, alles auszuprobieren. Zu sehen, ob es so wird,

wie ich es mir vorstelle. Wir brauchen beide Zeit, Molly."
Plötzlich fiel mir Joels Angebot ein.

„Joel sagte, er hätte dir angeboten, mit ihnen fischen zu gehen. Könntest du dir vorstellen, einmal zurückzukommen, um das zu tun?"

„Vielleicht. Eines Tages. Ich fühle mich hier immer noch zu Hause."

Wenn er sich auf der Insel immer noch zu Hause fühlte und wenn ich jeden Sommer hier verbringen würde ... Zum erstenmal seit Beginn unseres Gespräches spürte ich einen Hoffnungsschimmer.

„Wer weiß?" fuhr Caleb fort. „Vielleicht kann ich eines Tages beides tun. Musiker und Fischer sein."

Der Hoffnungsschimmer wurde stärker. „Joel sagt, er ist im Sommer Fischer und im Winter Schreiner. Also geht das doch."

„Da ist noch etwas", sagte Caleb langsam. „Wir beide brauchen Zeit, um ... auch mit anderen Menschen zusammenzusein. Du ganz besonders. Joel denkt viel an dich. Wirst du ihn sehen, wenn ich fort bin?"

Ich dachte an den kommenden Samstag abend und atmete tief durch. „Das wird kaum zu vermeiden sein, denke ich", antwortete ich.

„Du solltest es auch nicht vermeiden. Und auch nicht, wenn du wieder auf der Schule bist."

„Aber das ändert nichts daran, was ich für dich empfinde."

„Das kannst du doch jetzt noch nicht wissen, Molly. Und du mußt es wissen. Dann, vielleicht eines Tages, wenn wir mehr Erfahrungen gesammelt haben, könnten wir entdecken, daß wir sehr gute Freunde sein können." Seine Finger berührten sanft meine Hand. „Und es gibt niemanden auf der Welt, den ich lieber als Freund hätte."

Ich klammerte mich an seine Worte, steckte sie an einen

sicheren Platz in meinem Herzen, wo ich sie dann und wann, wenn ich ihn am meisten vermißte, herausholen und ihn wieder sagen hören konnte: „Vielleicht eines Tages."

Es läuft immer wieder darauf hinaus, das man eine Wahl zu treffen hat, dachte ich. Aber das wichtige war, daß man überhaupt eine Wahl treffen konnte. Nicht wie Onkel John, der meinte, keine andere Wahl mehr zu haben. Oder wie Evaline, deren Wahlmöglichkeiten im Alter von zwölf Jahren geendet hatte, als sie fortgeschickt worden war, nur um verführt zu werden.

„Ich habe auch das Gefühl, Evalines Freundin zu sein", sagte ich nachdenklich zu Caleb. „Und ich habe ihr etwas versprochen. Bevor du gehst, müssen wir etwas für sie tun. Ich habe ihr gesagt, wir würden sie nicht vergessen."

„Was möchtest du denn tun?"

„Ich weiß auch nicht genau. Aber was du über Verständnis und Verzeihen gesagt hast ..., vielleicht sollten wir irgendwie versuchen, ihr das zu geben."

Caleb sah mich an. „Du meinst, so etwas wie eine Geisterbeschwörung?"

„Ja, aber nicht genau so", sagte ich und versuchte, mir dabei selbst über meinen Wunsch klarzuwerden. „Geisterbeschwörung wird immer mit einem bösen Geist verbunden. Evalines Geist ist ganz sicher nicht böse, egal, was die Menschen in New Dover dachten. Wir müssen ihr irgendwie Frieden schenken."

Caleb schüttelte den Kopf. „Ich weiß nicht so recht. Es müßte etwas sein, was nichts mit der Kirche zu tun hat." Er lächelte. „Ich möchte mich nicht auch noch der Gotteslästerung schuldig machen."

„Aber es ist wichtig, daß wir das zusammen tun, Caleb, noch bevor du fährst." An sein Weggehen durfte ich gar nicht denken. „Am ersten Tag, als wir sie am Strand sahen, warst du es, den sie angesehen hat. Ich glaube, es ist wichtig, daß du auch dabei bist." Unvermittelt schoß es mir durch den Kopf, daß Evaline vielleicht erschienen war, weil sie spürte, daß auch Caleb von seinen Erinnerungen gequält wurde.

„In Ordnung", sagte Caleb. „Wir werden uns diese Woche überlegen, was wir tun können. Und was immer es ist, wir tun es am Freitag."

Jetzt, wo Caleb einverstanden war, machte mich der Gedanke daran doch etwas nervös. Wir hatten mit Dingen zu tun, die außerhalb unseres Wissens und unserer Erfahrung lagen, und ich war nicht sicher, ob wir es nicht bedauern würden. Aber als ich an Evaline dachte, die so lange ohne Freunde hatte leben müssen, wußte ich, daß ich sie nicht im Stich lassen durfte. Ich mußte es zumindest versuchen.

Ich hatte eine Idee. „Wir sollten es in ihrer Hütte tun", sagte ich.

Er nickte.

„Und nur wir beide? Bitte!"

„Nur wir beide", versprach er.

Die Lichter von Bucks Harbor rückten näher.

Über uns schien das blasse Mondlicht auf das Wasser. Das Licht, das aus dem Fahrgastraum hinter uns drang, warf lange Schatten auf das Wasser, teilte unsere Körper in Licht und Schatten, aber nicht einen vom anderen.

22. Kapitel

Während der nächsten Woche spürte ich weniger den Schmerz als die Leere in mir. Am Sonntag morgen, als P.J. hörte, daß Caleb uns verlassen würde, brach er in Tränen aus und klebte für den restlichen Tag an Caleb wie ein Schatten. Caleb erkundigte sich im Musikgeschäft in Windhover nach einem Gitarrenlehrer und fand auch jemanden. Er überredete Mutter dazu, P.J.s Gitarrenstunden fortzusetzen. Nach und nach akzeptierte P.J. die Tatsache, daß Caleb fortging. Er hatte zumindest noch Roger.

Am Dienstag und am Donnerstag fuhr Caleb mit Joel im Boot hinaus. So gern ich ihn auch zu Hause gehabt hätte, wollte ich auch Joel nicht der Chance berauben, Caleb dazu zu überreden, sein Partner zu werden. Ich hoffte, er hatte Erfolg, wenn auch nicht für diesen Sommer, so doch zumindest für den nächsten.

Als Caleb fischen war, arbeitete ich an meiner Zeichnung. Am ersten Tag ging ich hinaus in die Hütte, aber ich konnte mich nicht auf die Arbeit konzentrieren. Ich sah immer wieder auf und lauschte auf Anzeichen von Evaline.

So beschloß ich am Donnerstag, zu Hause zu bleiben und draußen auf der Veranda zu arbeiten. Am frühen Nachmittag vollendete ich meine Zeichnung mit den letzten vorsichtigen Strichen an der Schattenseite von Calebs Gesicht. Dann begann ich mit der Farbe. Nur ein kleiner Akzent mit Wasserfarben hier und dort. Ein Hauch von Grün in Calebs Augen und an den Fensterläden des Hauses. Ein bißchen Blau hinter dem Schoner und über dem Wäldchen. Ein Strich Rotbraun über die Gitarre, die Caleb hielt. Das war alles.

Mutter kam heraus, als ich die letzten Farbtupfer anbrachte. Sie stand hinter mir und sah ohne ein Wort über meine Schulter auf die Zeichnung. Ich trat einen Schritt zurück, und Seite an Seite betrachten wir das Bild zusammen. Es war genauso geworden, wie ich es mir vorgestellt hatte.

Sie legte den Arm um meine Schultern. „Oh, Molly!" sagte sie schließlich. „So viel Liebe. Wie konnte ich das nur zulassen?"

Keiner von uns rührte sich. Ich schluckte, aber es dauerte noch eine Weile, bis ich antworten konnte.

„Wenn es nicht geschehen wäre ..., das wäre das einzige, was mir leid täte", sagte ich.

„Ich weiß, wie sehr es dir jetzt wehtun muß."

„Natürlich tut es weh. Aber das heißt nicht, daß es mir leid tut, daß es passiert ist." Ich sah sie an. „Du hast Onkel John geliebt. Daß er gestorben ist, heißt doch nicht, daß es dir leid tut, daß er dein Bruder war."

„Natürlich nicht", sagte sie, und in ihren Augen stand Traurigkeit. „Die Jahre, die wir zusammen aufgewachsen sind, ich würde sie für nichts in der Welt aufgeben ... auch nicht jetzt, wo ich weiß, wie sie endeten."

„Genau das empfinde ich auch", flüsterte ich.

Es war das erstemal, daß wir von Onkel Johns Tod gesprochen hatten. Mutter hob die Hand und strich mir über die Wange. Eine große, trennende Barriere zwischen uns schien aufgehoben worden zu sein.

Am Donnerstag abend kam Joel mit Caleb zu uns und aß mit uns. Es war ein ernsteres Essen als die anderen Male, die er hier gewesen war, aber er tat sein bestes, uns aufzumuntern, obwohl ich wußte, er würde Caleb ebenso vermissen wie ich. Bevor er ging, erwähnte er noch den Square Dance am Samstag und fragte, ob mir acht Uhr recht sei. Ich nickte und blickte zu Caleb, aber er hatte sich abgewandt.

An den Tagen, an denen Caleb zu Hause war, arbeiteten wir an unserem Abschied für Evaline. Wir suchten aus der Bibel und aus Gedichten Verse zusammen, die uns geeignet erschienen. Ob sie etwas nützen würden, konnte niemand sagen.

Ich genoß die letzten Stunden, die ich mit Caleb verbrachte. An sie wollte ich mich später erinnern, wenn er fort war. Mutter ließ uns in Ruhe. Selbst P.J. schien zu spüren, daß wir Zeit für uns brauchten. Ich war froh, daß er Roger hatte.

Am Freitag vormittag gingen Caleb und ich barfuß am Strand entlang. Es war Ebbe, und wir konnten entlang des Wassers laufen, ohne über die Felsen klettern zu müssen. Ich hatte ein leeres Einmachglas mitgebracht und füllte es mit Meerwasser.

Wir liefen eine ganze Weile schweigend nebeneinander her, bis Caleb schließlich sagte: „Setzen wir uns doch einen Augenblick."

Wir setzten uns auf einen Felsen weiter oben, unsere Rücken an einen anderen Felsblock angelehnt.

„Wenn es in New York nicht so klappt, wie du dir vorgestellt hast", fragte ich zögernd, „was machst du dann?"

„Dann versuche ich es anderswo. Zumindest für eine Weile. Ich habe meine Kriegsrente. Damit komme ich eine Zeitlang durch." Er warf einen Kieselstein in die Wellen. „Früher oder später werde ich wahrscheinlich wieder studieren. Ich hatte erst zwei Jahre College hinter mir, als ich mich zum Kriegsdienst meldete."

„Warum hast du dich gemeldet, Caleb?" fragte ich zögernd.

Er lachte kurz auf. „Es scheint jetzt schon so lange zurückzuliegen, daß ich mich kaum mehr daran erinnern kann. Ich denke, ich hatte einfach das Gefühl, ich müßte etwas tun. Irgend etwas. Vielleicht hatte es etwas mit Dad zu tun ..." Er machte eine Pause und beobachtete eine Möwe, die über uns kreiste. „Oder vielleicht wollte ich mehr über mich selbst herausfinden."

An diesem Abend, gleich nach dem Essen, als es noch immer hell war, gingen Caleb und ich hinüber zur Hütte. Er hatte P.J. eine letzte Gitarrenstunde versprochen, sobald wir zurück waren, und so bettelte P.J. nicht darum mitzukommen. Wir sagten Mutter nur, daß wir einen letzten Spaziergang machen wollten. Sie sah uns mit einem leichten Stirnrunzeln an, aber sagte nichts. Ich packte einen Korb mit allem, was wir brauchten. Dazu nahmen wir noch Calebs Gitarre mit. Der Wind hatte nachgelassen, und der Wald wirkte ruhig. Als wir in der Lichtung angelangt waren, dämmerte es bereits.

Wir stießen die Tür zur Hütte auf und traten ein. Ein Gefühl von ängstlicher Erwartung stieg in mir auf. Dann holte ich tief Luft und schloß die Tür hinter mir.

Zuerst legte ich ein weißes Tuch über den Tisch, dann zündeten wir die Kerzen an, sechs Stück, und ordneten sie halbmondförmig an. Wir hatten beschlossen, daß das Meerwasser und die Form des Halbmondes die passenden Symbole für Evaline waren. Die alten Symbole für die Weiblichkeit. Der Halbmond war für Evaline, das Mädchen, das Meerwasser für Evaline, die Frau. Im warmen Kerzenschein wirkte die Hütte fast gemütlich.

Ich holte das Tagebuch, den Kamm und den Feuerstein aus dem Korb und legte die Sachen innerhalb des Halbmondes auf den Tisch. Caleb setzte die kleine Puppe in den Schaukelstuhl, während ich das Meerwasser in eine kleine Schüssel goß, die ich zu den anderen Dingen stellte.

Wir waren bereit. Nervös wischte ich mir die Hände an meinem Rock ab und blickte zu Caleb.

„Ich glaube, wir sind alle bereit", sagte er.

Er nahm die Gitarre auf und begann leise zu spielen. Ich holte mir den Zettel heraus, auf den ich die Verse geschrieben hatten, die mir für diese Gelegenheit zu passen schienen, und las sie mit gedämpfter Stimme vor.

Dann machte ich eine Pause, tippte mit meinen Fingerspitzen in die Wasserschüssel und verspritzte die Tropfen über die Sachen auf dem Tisch. Die Kerzen flackerten. Ich verspürte einen Lufthauch und wartete, hielt die Luft an.

Wieder tippte ich die Fingerspitzen ins Wasser und diesmal besprützte ich die Puppe im Schaukelstuhl. Die Kerzen flackerten wieder. Evaline war bei uns, da war ich mir sicher.

Calebs Finger strichen sanft über die Saiten der Gitarre. Die Musik wirkte beruhigend und tröstend.

Ich drehte meinen Zettel um und las das, was wir uns für Evaline ausgedacht hatten, in Anlehnung an Verse aus der Bibel:

„Wo du bist, soll keine Nacht herrschen. Und du wirst weder Kerzen noch das Licht der Sonne benötigen. Denn du hast das ewige Licht und den ewigen Frieden."

Wieder verspritzte ich das Meerwasser, diesmal in einem Kreis in der ganzen Hütte. Irgend etwas drängte mich, zum Schaukelstuhl zu gehen und die Puppe aufzunehmen. Ich nahm sie in den Arm und wiegte sie sanft hin und her. Dann las ich den letzten Vers, den wir für Evaline geschrieben hatten.

„Evaline Bloodsworth, dir ist alles vergeben, was dein Gewissen belastet. Mögest du den ewigen Frieden finden. Möge deine Seele frei von Qualen das ewige Leben finden." Leise begann Caleb, ein altes irisches Lied zu singen. Vorsichtig setzte ich die Puppe zurück in den Schaukelstuhl und kniete mich neben die Eckbank.

Ich sah zu Caleb und lauschte seiner Musik. Doch plötzlich wußte ich, es war nicht genug. Etwas fehlte noch. Und auf einmal wußte ich, daß es nicht nur für Evaline war, was wir hier taten. Wir taten es für uns alle. Für mich, für Mutter und besonders auch für meinen Vater, für Onkel John, für Caleb. Ganz besonders für Caleb.

Als Caleb sein Lied beendet hatte, stimmte ich „Amazing Grace" an, sah zu Caleb und bat ihn mitzusingen.

Zusammen sangen wir alle Strophen des Liedes, und als ich Caleb wieder ansah, rannen ihm Tränen über die Wangen. Er machte keinen Versuch, sie wegzuwischen.

Sofort war ich bei ihm, kniete neben ihm auf dem Boden. Seine Arme umfaßten mich, hielten mich fest. Ich legte meine Arme um ihn und drückte ihn mit aller Kraft, die ich hatte, und wiegte ihn sanft in meinen Armen hin und her, bis er die letzten Tränen geweint hatte.

Als ich schließlich wieder aufsah, bewegte sich der Schaukelstuhl langsam hin und her, doch er war leer. Die Puppe war verschwunden. Ich seufzte tief und erleichtert auf.

Am nächsten Morgen verabschiedete sich Mutter mit P.J. bereits zu Hause von Caleb. Sie ließ mich Caleb allein nach Bucks Harbor zur Fähre fahren.

Wir kamen erst kurz vor der Abfahrt dort an. Keiner von uns beiden wollte den Augenblick des Abschiednehmens zu sehr in die Länge ziehen. Schweigend liefen wir den Pier entlang genau wie an dem Tag seiner Ankunft. Caleb trug seine Tasche und ich die Gitarre. Doch mittlerweile brauchte er keinen Stock mehr. Ich trug außerdem noch meine Zeichnung, zusammengerollt und mit einem Stück Garn zusammengebunden.

Anders als bei seiner Ankunft lag die Fähre heute in hellem Sonnenschein. Das Wasser glitzerte.

Am Ende des Piers setzte Caleb seine Tasche ab. Die Fähre war überfüllt mit Sommergästen, die einen Tagesausflug aufs Festland machten, aber sie waren bereits an Bord und der Pier fast leer. Wir standen an der Planke und sahen uns an.

Ich reichte Caleb meine Zeichnung. „Ich hätte sie für dich gerahmt", sagte ich, „aber ich dachte, dann müßtest du nur so schwer tragen." Meine Stimme zitterte.

Er zog die Schnur ab und rollte das Bild auseinander. Ich hielt es an der einen Seite und er an der anderen, so konnte er das ganze Bild gut betrachten. Ich versuchte, es mit seinen Augen zu sehen.

Caleb hatte ich in die Mitte plaziert. Er saß auf einem Stuhl und hielt die Gitarre im Arm, eine Seite seines Gesichts lag im Licht, die andere im Schatten. Er war die größte Figur auf der Zeichnung und beherrschte sie, aber um ihn herum hatte ich mehrere kleinere Bilder angeordnet — jedes für sich — sein altes Haus, den Schoner „Innisfree", das gerahmte Foto auf seiner Kommode von ihm und Onkel John, eine Hummerreuse und einen Fisch an der Angel, die Hütte im Wäldchen, und schließlich, ganz links, hatte ich mich selbst vor einer Staffelei gemalt, wie ich gerade sein Bild zeichnete.

Er sah das Bild schweigend an, bis das Horn der Fähre uns aufschreckte. Langsam rollte er die Zeichnung zusammen, band das Garn wieder darum und legte sie sorgfältig auf seine Tasche. Dann zog er mich an sich, legte seine Wange an meine und drückte mich ganz fest.

„Molly, Molly", flüsterte er. „Was für ein wundervolles Geschenk. Aber du warst das beste Geschenk von allem, und ich hätte mir nie träumen lassen, es hier zu finden."

Ich konnte ihn nicht loslassen.

Das Horn tutete zweimal, das Signal, daß die Planke eingezogen werden würde.

„Ich habe auch ein Geschenk für dich", sagte er leise in mein Ohr. „Du wirst es diesen Nachmittag im Radio hören. Ich habe es für dich geschrieben."

Ich konnte nichts sagen, und so nickte ich nur.

„Willst du mit, Junge?" rief ihm einer der Hafenarbeiter zu. „Wir ziehen jetzt die Planke ein."

Langsam trat Caleb zurück. Er nahm die Tasche und seine Gitarre, betrat über die Planke das Schiff und verschwand hinter der Menge, die an der Reling stand. Irgendwie schaffte ich es, zum Auto zurückzugelangen und nach Hause zu fahren. An der Kurve am High Point, dort wo ich geparkt hatte, als ich Caleb abgeholt hatte, hielt ich an und stieg aus. Ich lief zu den Klippen und sah hinunter auf die Felsen, wo wir die geisterhafte Gestalt zum erstenmal gesehen hatten. Ich stellte mir vor, wie sie jetzt die Puppe in den Armen hielt. „Jetzt kannst du schlafen, Evaline", dachte ich.

Und Caleb auch, hoffte ich. Keine Alpträume mehr, kein endloses Nachsinnen über Onkel Johns Selbstmord und die Frage, ob auch er selbst einmal so verzweifelt sein könnte. Caleb hatte mir etwas versprochen, gestern abend, bevor wir die Hütte verließen, und ich wußte, er würde es halten.

Ich wußte auch, daß wir uns dem nicht verschließen können, wonach wir uns am meisten sehnen. Es war ganz besonders schwer, sich nicht nach Caleb zu sehnen. Aber egal was geschehen würde, ich würde ihn nie im Stich lassen. Das Gefühl der Seelenverwandtschaft, das uns zusammengebracht hatte, würde immer da sein, für mich wie für ihn. Es würde mich stärken, wenn ich es brauchte, für das, was vor mir lag, was immer es war.

Ich schirmte meine Augen gegen die Sonne ab und sah hinaus auf das Wasser. An einem so klaren Tag wie heute schimmerte das Meer so grün wie Calebs Augen.